听客溪的朝圣

[美]安妮·迪拉德 著

余幼珊 译

广西师范大学出版社

·桂林·

著作权合同登记号桂图登字:20-2013-273 号

图书在版编目(CIP)数据

听客溪的朝圣/(美)迪拉德著;余幼珊译.—桂林:广西师范大学出版社,2015.6(2024.4 重印)

书名原文:Pilgrim at Tinker Creek

ISBN 978-7-5495-6383-8

Ⅰ.①听… Ⅱ.①迪… ②余… Ⅲ.①散文集-美国-现代 Ⅳ.①I712.65

中国版本图书馆 CIP 数据核字(2015)第 036132 号

听客溪的朝圣
TINGKEXI DE CHAOSHENG

出 品 人:刘广汉	策划编辑:尹晓冬
责任编辑:阴牧云　顾杏娣　尹晓冬	助理编辑:李芃芃
装帧设计:李婷婷	营销编辑:康天娥　金梦茜

广西师范大学出版社出版发行

(广西桂林市五里店路 9 号　　邮政编码:541004)
(网址:http://www.bbtpress.com)

出版人:黄轩庄

全国新华书店经销

销售热线:021-65200318　021-31260822-898

山东临沂新华印刷物流集团有限责任公司印刷

(临沂高新技术产业开发区新华路 1 号　邮政编码:276017)

开本:890 mm×1 240 mm　1/32

印张:11.25　　　　字数:245 千

2015 年 6 月第 1 版　　2024 年 4 月第 4 次印刷

定价:59.00 元

Pilgrim
at
Tinker Creek

Annie Dillard

那些终其一生目光炯炯的猜谜者

周云蓬

一个小孩子困了的时候，你说："来，让我们猜谜语。"他的眼睛就会重新亮起来。小孩子最爱猜谜语，等成人后便只喜欢现成的谜底。宇宙是个大谜语，那些终其一生目光炯炯的猜谜者必定保有一颗赤子之心。

安妮·迪拉德的书《听客溪的朝圣》就是一双孩童的眼睛：观看、惊讶、揣测、赞美、恐惧……她在弗吉尼亚蓝岭的山谷里住了半年，就像梭罗住在瓦尔登湖边，大自然是她的教堂和大雄宝殿，所有神要对人说的话都在闪烁明灭、生生死死的万物里。她的眼睛比梭罗要年轻，所以她看到的万物更华丽、热闹、节奏明快。如果说梭罗的《瓦尔登湖》是肖邦的《夜曲》，那《听客溪的朝圣》就是肖邦的《玛祖卡》或《华尔兹》。安妮·迪拉德的眼睛忽而是显微镜，侦察昆虫的表情，忽而是天文望远镜，遥望星系的聚散生灭。这本书里缺席的是我们视野里最常见的那个东西——人。在我们平庸的日常生活里，我们见到陌生的虫子只会惊叫，但是没兴趣了解它的名字和家族；看到一朵花只会傻傻地赞美，管它是什么科什么目呢。我们精明的眼睛全用来识别人：看人脸色、观其举止，判断是否对己有利，在人的世界里，我们心无旁骛，举头三尺皆是虚空。

其实我们是生活在万物中，宇宙间诸多奥秘，常是曲径通幽，一个秘密可以把我们变回孩子，好奇心会让我们永远年轻。

《听客溪的朝圣》在某种层面上很像中国的《庄子》，"道无终始，物有死生"，"天地一指也，万物一马也"。《庄子》你如果调皮地掀开他那个"道"的大帽子，就会看到那么多有趣的拟人化的山川草木、飞鸟鱼虫。一只脚的夔羡慕很多脚的蚿，蚿又羡慕无脚的蛇，蛇又羡慕无形无影的风，蓬蓬然从北海吹到南海。在庄子那里，万物皆是象征，是通向终极"道"的千门万户。在安妮·迪拉德那里，"道"有另一个名字叫作"God"，你可以通过大自然的和谐优美、赏心悦目接近祂，唱起赞美诗；也可以通过大自然的残酷、弱肉强食、杀戮、毁灭靠近祂，这时唱着的是哀歌，如《老子》说："天地不仁，以万物为刍狗。"

光明黑暗、已知未知、有序混乱、生命死亡是太阳与芦苇共同的宿命，而我们人是"一根能思想的芦苇"，我们用思想彼此照亮。你没去过瓦尔登湖，但梭罗带你心驰神往，只需要花三十块钱买一本他的书。我也没有去过弗吉尼亚的蓝岭，读完《听客溪的朝圣》，借安妮·迪拉德惊鸿照影的慧眼，目睹了那里的一切。

于云南大理

献给理查德

它过去曾经是，现在仍然是，将来继续是一团永恒的活火，燃烧有法，熄灭有度。　——赫拉克利特

目 录

天地游戏 \ 14　观看 \ 28　冬天 \ 50　固定不变 \ 70　解开那结 \ 90　当下 \ 96

祭坛之角 \ 262　北行 \ 286　分隔之水 \ 306

春天 \ 126　　错综复杂 \ 148　　洪水 \ 176　　丰沃 \ 190　　潜行 \ 216　　守夜 \ 244

二十五周年纪念版后记 \ 320　　更多年之后的后记 \ 326　　译后记 \ 328

附录　安妮·迪拉德小传 \ 334

天地游戏

我曾经有只猫，一只年迈好战的公猫；这只猫会在半夜由床边开着的窗户跳进来，落在我胸膛。我半醒过来。它会把脑袋凑到我面前，"喵喵"叫着，浑身尿骚血腥。有时夜里，它用前爪揉摇我裸露的胸膛，强有力地，弓着背，仿佛在磨爪子，又好像在拍打母亲要奶喝。有时候早上在日光里醒来，会发现自己身上满是血印子，看起来好像画满了玫瑰。

天气很热，热到连镜子摸起来都是暖的。我昏头昏脑地对镜清洗，扰乱了的夏日之眠仍像海草般围绕着我。这是什么血？什么玫瑰？可能是交合的玫瑰，杀戮的血，也可能是赤裸之美的玫瑰，以及无以述说之祭祀或诞生的血。我身上的记号可能是象征也可能是污迹，可能是打开一国之门的钥匙，也可能是该隐的印记。我从未知晓。清洗的时候我从未知晓，而血迹流下，褪色，最后消失，我或是净化了自己，或是弄坏了逾越节的血印。我们醒过来——假使我们真醒过来的话——醒向不可能之事，死亡的谣言，美，暴力……有位女子最近对我说："我们好像就这样给摆在这儿，但谁也搞不清是怎么回事。"

这些都是早上的事情，梦到的一些画面，这时最后一波海浪正将你推上沙滩，推向明灿的光亮和将你吹干的空气。你还记得压迫感，还有躺靠着的弧形睡梦，轻柔的，像是干贝躺在贝壳里那般。但是空气让你的皮肤干硬起来，你站起身；你离开照亮了的海岸去探索昏暗的海岬，而很快地，你就隐没在树叶茂密的内陆，专注地，什么也不记得了。

我还会想起那只公猫，早上，醒来的时候。现在一切都温驯些了；我睡觉的时候总把窗户关上。猫和仪式均不再，我的生活也改变了，但是总还记得一种很强大的东西在身上耍弄。我带着期盼醒来，希望见到新的事物。运气好的话，也许会让奇异的鸟叫给唤醒。我忙将衣服穿上，想象着院子里一群海鸦扑翅，或是一群火鹤。今天早上是只林鸭，在溪边，后来飞走了。

我住在一条小溪边，听客溪（Tinker Creek），在弗吉尼亚州蓝岭（Blue Ridge）的山谷里。隐士隐居之处叫作锚屋；有些锚屋不过是些拴扣在教堂一侧的陋室，就像是藤壶附着在岩石上。我把这座房子想成是拴扣在听客溪边的锚屋。这座锚屋让我把锚牢牢地固定在溪里的石床上，让我在溪流中稳住，有如海锚，面对倾泻而下的光流。那是个住家的好地方；有很多事情叮以想。那两条溪——听客溪和卡汶溪（Carvin Creek）——是个活动的谜，每分钟都展现新面貌。此谜即恒常创造之谜，以及所有上天给予的暗示：视觉的幻化，没有变化的可怖，现下的无常，美的繁复，自由奔放的不可捉摸，以及完美具缺憾的特质。那些山——听客山和布拉希山（Brushy）、麦卡菲之丘（McAfee's Knob）和死人山（Dead Man）——则是个被动的谜，是最最古老的一个。此谜单纯，乃无中生有之谜，物质本身之谜，是随便什么东西，是既有的。山是巨大的，宁静的，包容的。你可以把自己的精神抛给一座山，那座山会把它留下，收起来，而且不会像一些溪流那样把它丢回来。溪流是那个充满刺激和美的世界，我住在那儿。而山是家。

那只林鸭飞走了。我只匆匆瞥见一个光亮如水雷般的东西，飞过之处树叶扫落。回到屋里我吃了一碗燕麦粥；天色较晚时出现了斜长的光，可散个好步。

如果天气好，往哪儿走都可以；看起来都很美。水色尤佳，平静的水面映出蓝天，涟漪起处则碎裂成沙砾浅滩，以及白白的沟渠和泡沫。若天色阴沉，或是迷蒙，那么一切都给洗掉，黯淡无光，除了水。水自具光泽。我出发去看火车轨道，去看鸟群飞越的山，去看那匹白色母马居住的林子。可是我前往水边。

今天天气极好，典型的一月里晴时多云天，这种日子里，阳光选出大地景物中你意想不到的一处，饰以金妆，然后阴影又将其抹去。你知道自己活着。你迈开大步，想去感受两足之间地球的圆弧。卡赞扎基斯 [1] 说他年轻的时候有一只金丝雀和一个地球仪。把金丝雀放出来的时候，小鸟会栖息在地球仪上唱歌。终其一生，卡氏浪迹天涯，总觉得有只金丝雀栖息心中，唱着歌。

听客溪流到了屋子的西侧转一个大圈，因此小溪不但在屋子后方，我的南边，而且在马路的另一边，我的北边。我喜欢往北走。在北边，午后的太阳照射小溪的角度正好，既加深了倒映的蓝色，又让岸旁树木侧边的颜色变浅。对岸牧场里的小阉牛过来喝水；我在那儿总会惊动一两只兔子；我坐在树阴里那倒塌的树干上，观看阳光下的松鼠。我这条树干板凳的上游有两排分开的栅栏，悬吊在横过溪流的粗缆上，用来防阻过来喝水的小阉牛逃往上游或下游。松鼠、附近的小孩，还有我，都把下游的那道栅栏当做横跨溪流的一座摇摆桥。可是今天小阉牛来了。

我坐在倒下的树上看牛只在溪底滑倒。这些牛都是饲养牛：牛心、牛皮、牛腿。这些牛都是人造品，就像嫘萦 [2] 一样。它们好像一堆鞋子。生铁般的小腿和犹如泡沫胶的舌头。它们不像其他动物，你没有办法穿透到它们的脑子里；它们的眼睛后面都是牛脂，红烧牛肉。

我越过离水面六英尺的栅栏，手在生了锈的粗缆上移走，脚沿着

---

[1] 卡赞扎基斯（1883—1957），希腊小说家、诗人，著有《基督最后的诱惑》等。——本书除注明外，皆为译者注。

[2] 嫘萦（rayon），又名人造丝，嫘萦的名字是为纪念中国传说中发明养蚕的嫘祖而来。——编注

木板边缘如走绳索。到了对岸着了地，有一队阉牛挤在我和我正要穿越的铁丝网之间。于是我就猛然热情地冲向牛群，挥舞双臂且大声叫喊："闪电！斑蛇！瑞典牛丸！"牛群奔逃，仍挤在一堆，跟跟跄跄地穿过平坦的牧场。我站立着，脸上有风。

钻过铁丝网栅栏，越过一片田野，再攀过横倒水面的一棵桐叶枫，就来到听客溪中央一座泪滴形的小岛。小溪一边是陡峭的树林；小岛向着那一面的水流又急又深。另外一边就是我穿过的那片平坦的田野，紧邻着小阉牛的牧场；岛和田之间的水流又浅又平缓。夏天水位低的时候，河水慢慢流过，让一汪汪浅浅的水塘十分清凉，水塘周围且长了菖蒲和纸草。水黾在水面上巡行，喇蛄在水底淤泥上疾行吃脏东西，青蛙鼓舌瞪眼，而小怠鱼和小鲤鱼藏身树根里，躲开苍鹭的利眼。一年到头我每个月都会来这个岛上，我到处走走，停停看看，要不就跨坐在横过水面的桐叶枫树干上看书，冬天里我把腿缩起来不使碰到水。今天我坐在干干的草地上，在小岛水流较缓的那一端。我对这个地方有股依恋。来这儿就像是来求神卜卦；回到此地就好像一个人在战场上断了胳臂缺了腿，多年后回去寻找那战场。

两年前的夏天，我沿小岛边上走着，看看能在水里瞧见些什么，最主要的是去吓唬青蛙。青蛙总会很不优雅地从你脚边蹦起来，惊惶失措地，还发出一声蛙叫"嘎嘎"，然后"噗通"跳进水里。别人一定不信，我当时觉得很好玩，别人也一定不相信，我到现在还觉得好玩。

我沿着长满草的小岛边上走下去，越来越能瞧见水里和地上的青蛙。我慢下脚步，学会辨认各种不同的反光光泽，岸边烂泥地上的、水里的、草地上的，或是青蛙的。青蛙在四周飞来飞去。在小岛尾端我注意到一只小绿蛙，身体正好一半在水里，一半露在外面，看起来像是一幅两栖类动物的解说图，它没有跳开。

它没有跳开，而我慢慢靠近。最后我跪在小岛冬天枯死的草地上，一片茫然，目瞪口呆，瞪着四英尺外小溪里的青蛙。这是只很小的青蛙，眼睛宽而灵活。就在我这么看着它的时候，它慢慢地缩成一团，而且开始往内陷。眼神涣散好像蜡烛熄灭般。皮囊空去且下垂；头颅好像给踢了一脚的帐篷，崩塌下陷。就在眼前它像个漏了气的足球扁缩掉了。我看着它肩膀那紧绷、发亮的皮肤松弛、起皱褶，然后垮掉。很快地，一部分的皮肤像只戳破了的气球，毫无形状，皱巴巴地浮在水面上像层垢；真是既怪异又恐怖的东西。我张口结舌愕然不已，十分惊恐。给吸干了的青蛙尾部有个椭圆形的影子悬在水里；接着影子便滑走了。青蛙的皮囊开始往下沉。

我读过有关巨型田鳖的文章，可是从没见过这种虫。"巨型田鳖"确为其名，那是种庞然、体形笨重的褐色大虫。专吃昆虫、蝌蚪、鱼和青蛙。可紧握东西的前脚强而有力，向内如倒钩。它用这两只脚抓住猎物，将其紧紧抱住，狠狠咬上一口，同时释出酵素麻痹对方。它只咬那唯一的一口。毒液由破洞射入，将猎物的肌肉、骨头和器官融解——一切都融得掉，除了皮肤——巨型田鳖就如此这般吸干猎物的身体，将之化成汁液。这种事情在温暖的活水里常有。我所见到的那只青蛙，就是给巨型田鳖吸干了。我那时一直跪在小岛的草地上；那一摊已经无从辨认的青蛙皮沉入溪底，漂荡着，这时候，我起身掸拭裤子膝盖，喘不过气来。

当然啦，很多肉食动物都是生吞活剥其猎物的。一般的方法似乎是将对方扳倒或抓紧以屈服之，然后一口吞下去，或是血腥地一口一口吃掉。青蛙吃什么都是一口吞下去，用大拇指把猎物塞进嘴里。有人看过青蛙宽阔的嘴巴里满是活蜻蜓，多到了嘴都合不拢。蚂蚁则根本不必去捕捉猎物：到了春天，它们密密麻麻地爬到鸟窝里刚孵出的雏鸟身上，一口一口地吃。

自然界粗暴而且危险，这并不奇怪。每一个活着的生命都是靠某种延续的紧急野外求生本领而活下来的。但同时我们也是给创造出来的。《古兰经》里，安拉问道："天与地与其间万物，汝以为吾戏作乎？"问得好。这创造出来的宇宙，展向无从想象的空间，含藏无从想象的丰富形体，它到底是什么呢？还有空无，那令人发晕、无始无终的时间又是什么呢？如果说巨型田鳖并非戏作，那难道是认真之作？帕斯卡用了很妙的名词，来描绘造物者一旦造了宇宙，却又置之不理。那名词是："躲起来的神①。"事情是不是这样的呢？是不是有了那样的概念之后，神却潜逃了，并且把它吃掉，就像狼偷了感恩节的火鸡后消失在门外？爱因斯坦说："上帝很微妙，但没

① 躲起来的神（Deus Absconditus），拉丁语，指"隐秘的上帝"。——编注

有恶意。"爱因斯坦又说:"大自然以其本然的壮丽,而非狡猾,隐藏其神秘。"很可能上帝并非潜逃了,而是犹如我们对宇宙的想象和了解一般,伸展开来,伸展成一匹布,这匹布庞大无比而又微妙,以崭新的方式发出无比的力量,而我们只能盲目地摸到布边而已。上帝用一片黑暗作为大海的褓襁,就等于围起了铁栏杆,关起了大门,告诉我们:"到此为止,不得前进。"然而我们是否连这一步都还没走到?船划进了那一片漆黑没有?还是大家都在船舱里玩纸牌呢?

残酷是个谜,是痛苦的荒原。但是假如我们为了了解这些事情而刻画出一个世界,这个世界犹如一场漫长而野蛮的游戏,那么我们又会一头撞上另一个谜:涌入的力量和光,头顶上唱着歌的金丝雀。除非每一个时代,每一个种族,都让同一位群体催眠师(是谁呢?)给骗倒了,否则似乎是有一种东西叫美,一种全然无私的慈悲。大约五年前,我曾经看到一只反舌鸟,由一栋四层楼高的屋檐上,向下垂直俯冲。鸟飞既不经意又随兴,如同茎的卷曲,或是一颗星星亮起。

反舌鸟向空中跨出一步然后下坠。翅膀还收拢在两侧,好像只是站着唱歌,而不是以每秒三十二英尺的速度由空中落下。就在撞向地面前的一瞬间,鸟儿准确地、从容不迫地稳稳地将翅膀张开,露出宽宽的白色横条,又展开优雅的、有白色条纹的尾巴,滑向草地。我刚从墙角转过来,就一眼瞧见那潇洒的姿态;四下没有他人。鸟儿自由落体般的降落，犹如树在林中倒下那充满哲意的谜。我想，谜底必然是，不管我们要不要，或知不知道，美和天道兀自展现。我们只能尽量在场。

我还看到过另一个奇观：佛罗里达州大西洋沿岸的鲨鱼。浪涛以其特有的方式于海面升起，三角形楔子般扬向天际。你若是站在海边，正好看得见大海扑打浅滩，会发现浪中升起的水是透明的，光直射而过。某日，近傍晚低潮时刻，上百条大鲨鱼愈渐狂乱地游过一条潮河河口附近的海滩。每一波绿色的浪由汹涌的海水中升起之时，海水里面照射着六英尺或八英尺长、扭曲的鲨鱼身躯。而那一波波海浪向我卷来时，鲨鱼就消失了；然后一波新的海浪由水面涨起，水里面，像琥珀里的蝎子般，装着翻滚沉浮的鲨鱼。那景象具有让人惊叹的神奇：力与美，天道与暴力相缠，沉浸于狂喜中。

我们不了解这一切是怎么回事。假如这些重大的事件不过是失控的物质随意的结合，不过是成千上万的猴子用成千上万的打字机造出来的，那么我们人类，用同样的打字机造出来的，我们内里是什么样的东西给激发了？我们不了解。我们的生命乃谜面上一条模糊的痕迹，就像叶片里幼虫咬出的那一条曲折而漫不经心的隧道。我们似乎必须采取更宽广的角度，将整片景色尽收眼底，真正地看到它，然后再去描述这一切到底是怎么回事。这样，起码我们可以提出正确的问题，向那片黑暗的襁褓哭喊，或是高唱恰当的赞美，假如发展到那一步的话。

刘易斯和克拉克 [①] 的时代，放火燎原是个人人熟知的讯号，意思是："到水边来。"这种举动当然太过分了，但是我们不得不过分。假如那一片景色让我们确知一事，那就是，创造本身就是一种挥霍。在创造最初那奢华的一举之后，宇宙依然光做奢华的买卖，在亿万年的虚空中，掷入错综繁复以及庞然巨大之物，以永远新鲜的活力，于无度的挥霍之上再堆积奢华。这整出戏从起跑那刻开始就起火了。我来到水边冷却双眼。然所见之处无非是火；不是打火石就是火种，全世界火花闪闪，火焰窜动。

天色较晚时，我来到长满青草的小岛。溪水高涨，冰冷的水在桐叶枫树干的桥下急流而去。青蛙皮自是无影无踪了。我将焦点穿过湍急的溪水，盯着溪底的那一点看了好久好久，站起身时，对岸似乎在眼前一直伸展，青青的草地往上游流去。河岸回复原貌后，我横过桐叶枫树干，又走进小阉牛草原旁的那一大片耕地。

西边吹来的风棒极了；太阳出出没没。我面前田里的阴影均匀地变暗，并且像瘟疫般往外蔓延。一切都如此晦暗，我居然还能辨物。而突然之间阳光像袭岸之浪横越大地，爬上树木，眨个眼却又不见了，我以为自己瞎了或死了。那光，再度出现时，你屏住呼吸，而假如光

---

① 刘易斯和克拉克（Lewis and Clark），指十九世纪美国陆军的梅里韦瑟·刘易斯（Meriwether Lewis）上尉和威廉·克拉克（William Clark）少尉，两人受杰斐逊总统委派于一八〇四至一八〇六年发起远征探险，最早横越大陆西抵太平洋沿岸，获得大量的地理、生物知识，并打开了欧美和印第安的外交关系。——编注

停留不去，你会忘记其存在，直到它再度隐去。

　　一年里面最美的一天。四点钟东边的天空乃乌黑死寂的层云，缀以低空的白云。西边的太阳照亮了地面、山丘，尤其照亮了光秃秃的树枝，也因而每一株银色的树，映在黑色的天空上，正如一张摄影家的风景照底片。空气和地面都干干的；山丘忽明忽暗有如霓虹灯。云层向东滑动，就好像往地平线扯去，仿佛一张桌布给掀掉。棘刺铁丝网篱笆边的毒胡萝卜拼命往东边翻，好像背脊都要断了。紫色的影子向东疾行，风吹得我面向东边，我再度感到河岸旋转时那种晕眩、延伸的感觉。

　　四点三十分，东边的天空清朗；那一大片乌云是怎么给吹散的？十五分钟后另一片乌云由西北边的空中过来，就在头顶了。所有东西都光泽漏尽，好像给吸干了。只有在天边，黑黑的山变成了遥远、点亮了的山——倒不是给直射的光照亮的，而是让悬在前面，一层层发亮的雾给弄白了。现在乌云到了东边；所有东西都一半在阴影里，一半在太阳里，每一块土，每一棵树，每一排树篱，隔着毒胡萝卜，我看不到听客山，直到山像街灯般亮起来，砰的一声，无中生有①，其砂岩峭壁透着粉色，莹然饱胀。突然之间光又不见了；峭壁像给推开般退去。阳光射到我和山之间的一丛桐叶枫上；树的枝干亮起来，我就看不见峭壁了，不见了。灰白的网状桐叶枫树干，一秒钟之前还像银幕般透明，忽然又不透明了，且发出光。现在桐叶枫树枝的光灭了，

---

① 原文为法语。——编注

山亮起来，峭壁又出现了。

我走回家。不到五点半这出戏就结束了，什么也不剩，只留下一种不真实的蓝色和北边低空处几片堆在一起的云。嘉年华会里魔术师之类的人出现过，是那种说话又快又溜，手法神奇的人，一切倒过来表演。他说："我手里有东西吗，袖子里有东西吗，背后有东西吗……"然后，天灵灵地灵灵，一弹指，什么都不见了。只剩下那一派绅士、面无表情的魔术师，穿着笔挺的外衣，手里空无一物，向稀稀落落、一头雾水的鼓掌声致意。再定睛一看，整出戏已经撤下，往街尾去了。表演从不间断。新的表演又从几座山头一路热闹过来，幕帷褶子里，意想不到的地方居然开了个口，魔术师不经介绍再度出场。团团的云雾，历历在目的兔子，全消失在那顶黑色的高帽里。说变就变。而观众，假如真有观众的话，给耍得晕头转向，头昏脑涨。

我学那只翻越山头的熊，也去看看能看到些什么。结果不妨告诫你，像熊一样，看到的不过是山的另一边：没什么两样。天气好的时候，可能瞥见另一条满布树木的山脊，在阳光下像水一样起伏有致，另一个野营。我打算在此处记下梭罗所谓的"心灵气象日志"，说些故事，描述在这个颇为温驯的山谷里，所见到的一些景象，并且，又害怕又颤抖，在这些故事和景象的引领之下，晕眩地前去探索一些冥昧的域外之地，以及邪门儿的山寨。

我不是个科学家。我探索附近一带。一个刚刚学会站立的婴孩，常以一种率真而直截了当的方式困惑地注视四周。他全然不知自己身在何处，他打算要学习。两年后，他学到的却是假装自己都知道了：带着一份理直气壮，如鸠占鹊巢，竟信以为真。一种不自然的、后天学来的傲慢，让我们分心，远离了原先的目的，而原先是要去探索附近一带，欣赏风景，去看看上天到底把我们放在一个什么样的地方，既然我们没法知道为什么给放在这儿。

所以我常想着那个山谷。那不但是我的娱乐也是我的工作，是个游戏。我来玩这个激烈的游戏，因为游戏反正已经开始了；玩这个游戏得兼有技巧和运气，而对手是见不到的——即时间的种种条件——而结局可能在任何一刻突然乘着一道金光来临，因此与其让给别人，不如自己上阵。我庆幸自己拥有时间，也乐于好好运用精力，这些便是我下的注。要冒的险犹如下棋时给四面封杀，动弹不得；这种情况，老天爷晓得的，算是经常发生；还有的风险是，让焦灼、疲惫的恶梦侵扰安眠，迫我整夜趴在烂泥沟里，而沟里有孵着卵的虫和甲壳动物，在那儿骚动不安。

假如晚上撑得过去，白天倒是十分愉快的。我走出门，看见一些东西，那些稍不注意就完全错过、消失的东西；也可能某些东西看见我，一种巨大的力量以其洁净之翼拂弄我，而我回响如钟。

我是个探索者，也是个潜行者，或根本就是狩猎的工具。以前有些印第安人会在木制箭杆上刻道长长的沟。这些沟他们称之为"闪电记号"，因为看起来很像闪电劈打树干的弯曲鳞缝。"闪电记号"的功能是这样的：假如一箭未将猎物射死，深深的伤口冒出来的血会导入闪电记号，流下箭杆，溅到地上，留下一条踪迹，滴在阔叶上，石头上，让赤足且战栗的弓箭手一路跟踪到深山或无人荒野。我就是那箭杆，让这片天空中突如其来的火光和裂痕在身上划过，而这本书就是一路溅洒的血痕。

有东西击打我们，此物锋利几无护鞘。力量会孵化并点火。我们像笛子般任人吹奏；我们的气息不属于自己。詹姆斯·休斯顿曾描述两个年轻的爱斯基摩女子盘腿坐在地上，口对口，轮流吹对方的喉管，发出一种低沉、诡异的音乐。我又再过桥，其实是小阉牛的栅栏，此时风已轻微，变成暮色里柔和的空气，吹皱了水面。我看着溪面上扬起一层层奔动的光。这幅景象有种纯然被动的魅力，就像云层下的光在原野上争逐，又像是正在做着的美梦。微风吹起，力量薄弱，但是你在精神之狂风的力道中屏着气，兀自扬帆前进。

观看

我在匹兹堡长大，六七岁的时候，我经常将自己拥有的一枚一分硬币藏起来，让别人找到。那是一种奇怪的强迫性举动；可惜得很，自此之后，再也没犯过这种毛病。不知何故，我总是将那一分钱"藏"在同一段街边的人行道上。譬如说，嵌在一棵桐叶枫树根部，或是人行道上缺了一角而形成的洞里。然后我会拿支粉笔，从街头和街尾两个相反的方向画上大大的箭头引人寻钱。学会写字后，我还在箭头上做标示：前有惊喜或这里有钱。画箭头的时候，想到那第一个幸运的行人，不管是好人坏人，将以这种方式得到宇宙所送的一份免费赠礼，心中感到十分兴奋。但我从不躲在旁边看，我会马上回家，不再多想，直到几个月后，冲动又起，非藏另一分钱不可。

一月的第一个礼拜还没过，心中起了好主意。我一直在想着观看。有很多东西可看，拆开了的礼物和免费的惊喜。这世界装饰得很美丽，

到处散落着一位出手大方的人撒的一分钱。但是——这是重点——谁
会为一分钱而兴奋？假如你顺着箭头走，假如你一动也不动蹲在岸边
观看水面激起颤动不已的涟漪，结果看到一只小麝香鼠由洞穴里划出
来，你会不会认为那幅景象不过是块铜片，懊恼地走开？如果一个人
营养不良且疲惫不堪，连弯下腰去捡一分钱都不肯，那真是悲惨的贫
困了。但是假如你培养一种健康的贫困和简单，找到一分钱实质上也
让你有个美好的一天，那么，正因这世界实际上到处都藏了一分钱，
你的贫困已为你买下了一生的好日子。就那么简单。你看到什么就获
得什么。

我以前常在空中看到飞虫。我会往前看，看到的不是马路对面那
一排毒胡萝卜，而是萝卜前面的虚空。我会定睛看着那一片虚空，找
寻飞虫。后来我想，我大概失去兴趣了，因为我不再那么做了。现在
我看得到鸟。也许有人可以看着脚下的草堆，就发现所有在爬的东西。
我很希望认识草类和芦苇类，而且会去关心。如此我最寻常的世界探
寻之旅都会是田野调查，是一连串欢欣地认识东西。梭罗以开阔的胸
襟欢呼："花苞可以写成一本多么精彩的书，或许，还包括小芽呢!"
要能这样想就好了。我自己在心里刻画了三个快乐、满足的人。一个
人收集石头。另一个——一个英国人好了——观云。第三个住在海岸
边，收集海水，然后用显微镜仔细检视并裱褙起来。可是我不看专家
看的东西，因此既看不到整幅画面，也与各种形式的快乐无缘。

不幸的是，大自然是一会儿来一会儿去的。一条鱼一闪而过，然

后像盐一样在眼前溶解。鹿儿显然整个肉身升了天；最鲜亮的金莺幻化成树叶。这些踪影之消失摄我心魄，使我静默而全神贯注；他们说大自然高高在上，毫不在乎地将一些东西隐藏起来，他们又说洞察力是上天有意的馈赠，是一位舞者，专为我除去七层纱后所显露的。因为大自然确实有所显有所隐：一会儿看得到，一会儿又看不到了。去年九月有一个礼拜，随季节迁徙的红翼燕八哥，密密麻麻地在屋后的溪边觅食。有一天我去察看那喧哗；我走向一棵树，一棵桑橘，结果上百只鸟飞了开去。就那样突然从树里面冒出来。我看到一棵树，然后一片颜色，然后又是一棵树。我走近一些，又有上百只鸟飞走。所有树枝，所有枝丫都纹丝不动；那些鸟显然既无重量又隐形。要不就是，仿佛桑橘树的树叶给镇在红翼燕八哥形状的魔咒里，如今恢复了原形；鸟从树上飞走，在空中吸引了我的视线，然后消失。我再看那棵树，叶子又都聚拢一起，好像什么也不曾发生。我直接走到树干旁，最后的一百只顽抗的鸟出现，散开，而后消失。怎么会有那许多鸟躲在树上，而我却没发现？那棵桑橘一叶不乱，与我在屋中所见未有不同，而那时其实正有三百只红翼燕八哥在树梢叫着。我望向下游它们飞去的方向，已不见踪影。举目搜寻，一只也找不到。我信步往下游走去，逼它们出手，但它们已飞越小溪，各自散去，只上一出戏给客人看。这些出现眼前的东西哽在喉头；这些就是免费赠礼，树根里亮亮的铜钱。

这一切介看我有没有张大眼睛。大自然就像给小孩玩的线条画

"找找看"游戏：你找不找得到藏在树叶里的鸭子、房子、小男孩、水桶、斑马和一只靴？专家可以找到隐藏得极为巧妙的东西。年轻时读过的一本书，推荐了一种方法，可以很容易地找到毛毛虫来养：你只要找到一粒刚排出的虫粪，抬头一看，你要的毛毛虫就在那儿。前一阵子有位作家劝我不要为了草原上一堆堆割断了的梗子伤脑筋，那都是田鼠弄的；他们把草一截一截地弄断，才拿得到草头上的种子。假如草长得很密，譬如成熟的谷子田里，叶片似乎不会因底部断了一次就倒下；断了的梗子只会垂直下跌，让碎了的谷子给撑着。田鼠一次又一次地割断底部，梗子就一次矮个一寸，最后草头够矮了，老鼠就够得到种子了。与此同时，老鼠也就积极地让一堆堆的断梗把田里弄得乱七八糟，而那本书的作者很可能就经常给绊倒。

如果我看不到这些细节，我还是会尽量张大眼睛。我总会留意沙土里的蚁狮①陷阱、乳草附近的王蛹，刺槐叶上的幼虫。这些东西都再平常不过，但我一样也没看见过。我曾遇到水边的空心树，可是到现在为止还没出现过鼩鼠。在平坦的地方我观看每一个日落，盼着绿光。绿光是一道罕见的光，会在日落的那一刻像喷泉般于太阳中升起；光在空中抖动两秒然后隐去。这是张大眼睛的另一原因。佛罗里达州大学的一位摄影教授，正好看到一只鸟在飞行途中死去；痉挛一下，死去，掉下来，撞在地上。我眯起眼睛看风，因为我读到斯图尔

---

① 蚁狮（antlion），蚁蛉的幼虫。——编注

特·爱德华·怀特①的句子："我一直认为，假如你看得够仔细，就可以看见风——那淡淡的，几乎看不见的、细微的碎片高高在空中奔去。"怀特是个极好的观察者，《山》里面有一整章都在写观鹿的主题："一旦你忘掉那理所当然显而易见的，而创造出人为的显而易见，那么你也会看到鹿的。"

可是那人为的显而易见很难见到。我的双眼只占头颅重量的百分之一不到；我瘦而结实；我看到自己期待见到的。有一天我花了足足三分钟去看一只牛蛙，这只牛蛙意想不到的大，可是虽然有一打热心的野营者喊着方位，我竟然就是看不到。最后我问："到底是什么颜色？"一个人说："绿色。"终于辨认出那只牛蛙时，我了解到画家所面临的那个东西根本不是绿色，而是湿的山胡桃树皮色。

爱好者看得到，知识丰富的人也看得到。我去探望住在怀俄明州蔻迪镇养马场上的叔叔和阿姨。我帮不上什么忙，但是我想自己可以画画。因此，晚餐后大家围坐在厨房桌子边，我便拿出一张纸来画了一匹马。阿姨最先说："那是匹跛马。"家里其他人应和，"唯一可以放马鞍的地方就是它的脖子"；"长那么些可怕的瘤，看来还是把它射死好了"。我乖乖地把铅笔和纸收到桌下。那一家每一个人，包括我那三个小表弟妹都会画马，而且画得很好。画拿回来时，看起来就好像五匹闪亮的、真的马，误与一匹纸浆做的麋鹿关在一个栏里；那几匹

---

① 斯图尔特·爱德华·怀特（Stewart Edward White，1873—1946），美国作家，尤其专注于描写旅行与探险、野外生存等。《山》出版于一九〇四年。——编注

真的马似乎以坚定、迷惑的神色注视着那只怪物。我现在不敢画马了，可是我画得出蛮像样的金鱼。问题在于，我就是不知道爱好者知道些什么；我就是没办法看到有知识的人所创造出那人为的显而易见是什么。爬虫两栖类动物学家问印第安人："峡谷里有蛇吗？""先生，没有。"而动物学家却带回来满满三袋蛇，先生，有的。那座山上有蝴蝶吗？矢车菊开花了没有？那儿有没有慈姑？页岩里有没有化石贝壳？

从我的钥匙孔里望出去，我只看得到百分之三十太阳射出来的光；其他是红外线和一些紫外线，很多动物都完全看得到，我却见不着。像恶梦般的神经中枢网，上了子弹而且在发射，我却不知道，这个网把我所看到的东西加以切割和接驳，替我的脑子整理这一切。唐纳德·E·卡尔①指出，单细胞生物的感官印象，并没有透过这种整理而传到脑中："这一点很悲惨地具有哲学上的理趣，因为这意味着，只有最简单的生物，才能看到宇宙的真面目。"

一片晒不散的雾飘过、流过我的视野。雾气衬着深深的松林移动时，你看不见雾气本身，只见一条条的清明，像深色的碎片在空中飘浮而过。所以我透过漫天漫地的一片模糊，只看见零零碎碎的清明。我分不出哪儿是雾哪儿是布满了云的天空；我不确定光是直射还是反射。到底尽是黑暗和看不见的东西，让人惊骇。我们现在估计各个银河系之间，每一立方米里只有一个原子在舞动。我眨眨眼，又眯起眼

---

① 唐纳德·E·卡尔（Donald E. Carr, 1903—1986），美国记者、作家、化学家，著有《能量与地球机器》等，其作品多有关空气以及水的污染。——编注

睛。是什么样的星球或力量，把哈雷彗星猛拉出了轨道？我们还没见识到那股力道，那关乎距离、密度和反射光发出的青白色。我们摇啊摇，在一片黑暗的襁褓里给摇晃着。就连夜晚那种简单的黑暗，都对我们的心悄悄说了些话。去年夏天，八月里，我在溪边待得太晚了。

　　听客溪流经桐叶枫树干桥到泪滴形小岛的这一段，水浅而流势缓，周围有香蒲稀疏地长在泥沼里。此处生物惊人地繁茂，提供了食物给大量在此繁殖的昆虫、鱼类、爬虫类、鸟类和哺乳类。无风的夏日夜晚里，我或是沿着河岸潜行，或是一动也不动地骑坐在桐叶枫树干上，等待麝香鼠出现。待得太久的那个晚上，我弓着背，出了神地望着水面上熏染成绵延一片的紫丁香倒影。天空里的一片云好像有人按了开关，突然亮了起来；其倒影也同样突兀地在上游水中出现，平平地浮荡着，让我既看不见溪底，也看不见云底水中的生物。下游的地方远离了水面上的云，有只水里的乌龟平滑如豆，顺流而下，毫不费力、毫无重量地一连串划动着，就像人在月球上跳跃。我不知道该选择哪一样，我可以追踪那条我很有把握的乌龟行进路线，但是很可能头会伸进树上结的一面蜘蛛网里，那网因天色渐暗而看不见；我也可以碰碰运气，看看能不能看到鲤鱼，或检视泥沼，希望能看到麝香鼠，还可以追随那扣住我心的最后一群燕子。这群燕子在脚下出现，就在树干下，尾巴叉开向上游飞去，如此之快，将我的心给扣着，一路如彩带飘随在后。

但是阴影蔓延开来，越来越暗，不再离去。千百年过去了，黑暗仍视我们为陌生人，是敌人阵营里可怕的外来者。双臂交叉在胸前，我动了动身体，岸边有只陆龟吓着了，嘶地吐出肺里的空气，缩进龟壳里。这儿令人不安的粉红色，那儿深不可测的蓝色，都很可能是躲在那儿的什么东西。各种事情在进行着。我无法分辨耳中听到的窸窣声，是远处的响尾蛇，眼睛细细长长的，还是附近柳树底下的一只麻雀，在大水冲过时甩过来的干碎片中踢来踢去。目光所及，总有庞然的动作搅浑了溪水，大动作，无法理解的。岸边一个开着口的麝香鼠洞穴旁水波涌动，我屏息以待，但没有麝香鼠出现。涟漪仍稳定、有力地往外推，向上游扩散。夜晚在我脸上织起一张没有眼睛的面具，而我仍木然呆坐。远处一架飞机，恶梦里跑出来的三角翼，在溪底投下滑动的阴影，看起来好像一条海鳐鱼航向上游。就在这时，一片黑色的鳍，将水面上粉红色的云剖开，一分为二。那两半又密合起来，而且似乎在眼前消失了。黑暗注入了小溪那道缝隙并上涨，如同蓄水于井中。梦幻的光，野野的，在空中闪过。我隐约看见水底一些粗重的影子，水面溅起两道白白的水花，一圈圈的涟漪由黑黑的圆心，密密地往外滚动着。

最后我向上游凝望，云层已转成极深的蓝紫色，这云如此之高，其底部还亮着淡淡的颜色，乃前往中国途中的太阳，相继照亮了隐没的天空所反射出来的光。而那片蓝紫色中，有一庞然黑躯弓起于水面。我只看到圆柱形的一片光滑。头和尾，假如有头有尾，皆淹没在云雾中。我只看见漆黑的一抛，又一头潜入黑暗之中；水面合起，光皆没去。

我在战栗的昏惑中走回家，上山又下山。后来我张着嘴躺在床上，手臂摊在两侧，稳住那打着旋儿的黑暗。我在这个纬度，以八百三十六英里的时速绕着地球的轴心旋转；我常幻觉自己猛烈的坠落是个断颈的弧度，有若海豚纵潜，空洞洞奔过的风竖起了颈上和面上的毛发。在绕着太阳的轨道上，我以六万四千八百英里的时速前进。整个太阳系，像是脱了槽的旋转木马台，以四万三千二百英里的时速往武仙座东边的方向旋转，上下跳动，并不停地闪烁。有人吹起笛子，我们在跳泰伦泰拉舞，跳到大汗淋漓。我张开眼睛，看到深色、肌肉发达的形体从水里卷出来，扑动着鳃，眼睛扁平。合上眼睛，则看到星星，远处的星星推向更远处的星星，更远的星星向无穷尽的圆锥顶上那最远的星星鞠躬。

梵高在一封信中写道："尽管如此，还是有大量的光照在所有东西上。"假如黑暗让我们眼盲，光也同样让我们眼盲。过多的光照在所有东西上，就会出现很特殊的恐怖。彼得·弗洛伊钦[1]曾经描述格陵兰的爱斯基摩人容易罹患的著名小皮艇症。"格陵兰的峡湾有种独特的气候，会有一阵子天气平静之极，风微弱到吹不熄火柴，水则有如一面镜子。乘着小皮艇的猎人，在船上必须连根手指头都不能动，以免吓

---

[1] 彼得·弗洛伊钦（Peter Frenchen，1886—1957），丹麦探险家、作家、人类学家，曾编剧并出演电影《爱斯基摩人》。——编注

走害羞的海豹。太阳低低地悬在空中，发出刺眼的光，周遭的山水进入虚幻的世界。明镜般的水面射出的反光将他催眠，他好像无法动弹，而突然之间他有若飘浮在无底的虚空中，一直下沉、下沉、下沉……他心生恐惧，想要动，想要叫喊，可是都没办法，全瘫痪了，只能往下掉了又掉。"有些猎人特别受到这种恐慌的诅咒，让家人也蒙其害，有时还会挨饿。

在弗吉尼亚州，有时候，日落时分，南边和北边天际低空中的云，在亮亮的天上是根本看不见的。我只知道天上有一片云，因为我在平静的水里看见其倒影。第一次发现这个谜的时候，我惊惶地看看云又看看无云，一遍又一遍地比对方位，心想也许代表神人盟约的方舟正从死人山南边驶过。很久以后我才读到其解释：天上的偏极化光，因反射而大为减弱，可是云的光是没有极化的。所以看不见的云在看得见的云当中穿过去，最后全部飘过山去；可知较强的光灭去较弱的光，就好像那光不存在。

八月里大流星雨之时，即英仙座的流星雨，我整天怨叹那些错过的流星。它们在那上头纷纷落下，在那具有致命之魅力的火光中切腹自尽，而最后可能掉入海里，嘶嘶作响。但破晓时分，看起来像是蓝色圆顶的东西向我罩来，有如锅盖盖住锅子。星星和星球会撞碎，而我却从来都不知道。只有一片灰白色的月亮，偶尔在圆顶里面爬上爬下，我们这片天空里的星星，也不断当头爆炸。我们确实只有那唯一的光，所有能量只有一处来源，可是奉宇宙之命，我们却必须背向它。

这个星球上似乎没有人注意到这个奇怪的、强大的禁忌，那就是我们来去之间，小心翼翼地将脸撇开，撇向这边或那边，以免眼睛永远毁去。

黑暗骇人而光眩目；那一小片看得见的光，不伤我眼，然伤我脑。我看到的东西令我晃动不已。大小和距离和突然涌出的含意令我困惑，不知所措。夏天里，我跨骑在听客溪上的桐叶枫树干桥上。我望着亮起的溪底：蜗牛爬痕以颤动的曲线在烂泥里挖坑道。一条喇蛄抖动着，但是当我会过意来，它已经在一堆汹涌的淤泥烟幕中跑掉了。我望向水中：鲦鱼和银鱼。假如我心里想着鲦鱼，我会满脑子都是鲤鱼，直到我大叫一声。我望着水面：鳐鱼、泡沫和叶子滑过来。突然之间，自己那张脸倒映在水中，吓得我魂飞魄散。那些蜗牛一直在我脸上爬行！最后，意志力颤栗地用力一拉，我看见了云，卷积云。我头好晕，掉进水里。观看这码子事还真危险。

有一次我站在邻近炼狱山上一块隆起的石头上，用望远镜观看低处老鹰的秋季大迁徙，直到发现自己就要加入老鹰，来一次垂直的迁徙。望远镜我用得很习惯，可并不习惯一面看望远镜，一面在隆起的石头上保持平衡。我晃动不已。所有东西轮流前进又后退；整个世界都莫明其妙地变小变深了。远处一个巨大的褐色物体，一只像大象那么大的老鹰，竟然是附近泥泞里一棵变成褐色的火炬松树枝。一只老鹰，足胫细瘦，背后衬着一片单调的天空，我追随着它，头跟着鹰飞而旋转，当我放下望远镜，一眼瞥见我悬着的肩头，顿时跟跄起来。

是什么原因，帕洛马山^①上那些人，发不出声又看不见，却可以不从他们那小小的、拱圆的椅子上摔下来？

我在困惑中晕眩起来；我不了解所见之物。我用肉眼可以看到两千万光年以外的仙女座银河系。我常常舀些溪水在瓶子里，回到家便将水倒入一只白瓷碗。等淤泥沉淀了以后，我再去看，看到碗底有很小的蜗牛留下的痕迹，一两只涡虫在水边绕来绕去，一些线虫狂乱地扭动，最终，眼睛适应了这一度空间以后，就看见了阿米巴虫。起先阿米巴虫看起来很像眼前的飞蚊，就是你凝视远处墙壁时，似乎在眼睛里面看到的那些动来动去的黑点。然后我看到阿米巴虫好像凝结的水珠，蓝蓝的、透明的，像碗里面的一片片天空。最后，我选择了其中一个，努力去揣摩它对夜晚的概念。我看见它伸出一滴颗粒般的脚，踏上面前湿湿的、深不可测的路途。它那未经整理的感官印象，可包括我两眼聚精会神的凶猛焦点？我要不要把它拿到外面，给它看仙女座银河系，吹吹它那小小的内质？我用一根手指头去搅动水，免得水中缺氧。也许我该去弄个热带鱼水族箱，有马达打的水泡和灯光，把这只虫养在里面当宠物。对，它会对分裂出来的后代说，宇宙是二英尺乘五英尺大，若仔细听，可以听见球体发出的嗡嗡乐音。

啊，点着灯的神秘夜晚，在这个银河系里，一晚又一晚。今晚是那种夜晚，我会从一扇窗户去到另一扇窗户，找寻讯号。却看不到。恐怖和一种难以诠释的美，是一条蓝色的缎带，织入了物体外裳的镶

---

① 帕洛马山（Palomar），美国加州天文台所在地。

边里，不管那物体是大是小。没有任何文化有解释，无论怎么露宿，也都无法提供真正的避风港或安息。但也可能我们并没有看到什么。伽利略以为彗星是视觉上的错觉。这是一片沃土：我们既然确信那并非错觉，就可以满怀新希望，来观看我们的科学家所说的东西。说不定真有亮亮的、城堞连连的城市倒挂在沙漠上？有哪一队商旅，经过澄澈的湖边和清凉的枣椰树下，未经试探？最后，一个接着一个，盲目之极地一跳，我们跳上通往这些地方的路途，我们必然要在黑暗与饥饿中跌跌撞撞。我离开窗边。眼盲如蝙蝠，只感受到每一个方向都传来自己微弱的叫喊。

我很偶然地看到一本很棒的书，是马里乌斯·冯·森丹（Marius von Senden）所写，叫作《空间与视觉》。西方外科医师发现了如何安全地摘除白内障后，在欧美各地，为成打生来就因白内障而眼盲的各年龄层男女动手术。冯·森丹收集了这些病例的说明，病历十分迷人。很多医生测试了病人在手术前和手术后的感官知觉以及空间概念。冯·森丹认为，大部分病人，无论什么性别和年龄，都毫无空间概念。形状、距离和大小均为许多不具意义的字眼。一位病人"没有深度的概念，把它和图形搅在一起"。动手术之前，医生会给病人一个立方体和一个球体，病人用舌舔或用手摸，然后正确地说出是什么。手术后，医生会把同样的东西拿给病人，但不让他触碰；这时他全然不知见到的是什么。一位病人称柠檬汁为"正方形"，因为舌头上刺刺的感觉，就好像正方形在手中刺刺的感觉。有关另一位手术后的病人，医生这么写道："我发现她没有，譬如说，大小的概念，甚至在触感帮助之下的范围内都没有。因此当我问她她母亲身材的大小，她没有张开双手，只将两根食指分开几寸宽。"其他医生也提出病人自述的相类似说法。"他知道他身处的房间……只是房子里的一部分，但是他想象不出整个房子看起来较大"；"那些生来就失明的人……没有具体的高度和距离概念。一英里外的房子以为就在附近，只是要走好多步……带着他呼啸上下的电梯和水平行驶的火车一般，并没有给他垂直距离的感觉。"

对那些获得光明的人而言，所见均为纯然的感觉，而没有含意上的障碍："那个女孩经历了我们都经历过却已遗忘的过程，也就是我们刚出生的时刻。她看见东西，但是不具任何意义，只是很多不同的光亮。"还有，"我问病人他能看到什么；他答说看到一大片光，里面每一样东西都模糊、混乱，而且在动。他无法分辨物体。"另一位病人只看见一片混乱的形状和颜色。一位刚获视力的女孩看到照片和画，问道："他们为什么弄些深色的斑块在上面？"她母亲解释说："这些不是深色的斑点，是阴影。用这种方法，眼睛才看得出东西有形状。要不是这些阴影，很多东西看起来就是平的。"女孩回答说："东西看起来本来就是那样。所有东西看起来都是平的，带着深色的斑块。"

但最具启示的，是病人的空间概念。有位病人，据他的医生说，"用一种奇怪的方法练习视力；他脱下一只靴，丢到前面某处，然后试着测量靴子的距离；他向靴子走近几步，试着抓起来；够不到靴子，他就移近一两步，摸索靴子，直到最后拿到为止。"冯·森丹又说："即使在这个阶段，已经经过了三周的观看实验，他所想象的空间终究是视觉空间，也就是说，只是一小片一小片颜色，刚好构成眼前的景物。他还不具有那种概念，也就是，一个较大的物体（一张椅子）会遮住较小的东西（一条狗），也不知道，狗还是在那儿，虽然没办法直接看到。"

一般而言，刚获得视力的人，看到的世界是亮花花的一堆颜色。他们很喜欢颜色的感觉，也很快就会认色，但是以其他方式观物就艰苦万分了。一位病人手术后没多久，"常会撞到那一堆颜色里的一部分，才注意到颜色是有实体的，因为它们会像触碰到的东西一样阻挡他。到处走来走去的时候，他也了解到——或他注意的话，其实能够——自己不断地穿梭在看到的颜色当中。自己可以行经一个视觉上的物件，而且颜色会固定地一部分一部分消失在眼前；还有就是，虽然如此，他无论怎么扭动和转身——譬如从门口进房间，或走回门口——总有一片视觉空间在面前。于是他逐渐了解到，背后也有一片空间，是他看不到的。"

对很多病人而言，这些推论所要用到的脑力实在不堪负荷。他们被迫了解（假如真了解了的话），这世界之庞大；而原先他们以为这世界都可以用触觉掌握之。他们也许心中不大受用，被迫了解，原来别人一直都看得到他们，而他们并不知道，或未必愿意。有些人拒绝使用新获得的视力，仍然用舌头去舔东西，而且陷入冷漠绝望中，这些人为数还不少，令人丧气。"那孩子看得到，然而不愿使用视力。唯有逼他，他才很困难地用眼睛看附近的物件；可是一英尺以外的东西，就根本说不动他去花那份力气了。"有关一位二十一岁的女孩，医生叙述说："她那不幸的父亲对这手术抱了无限的希望，写信来说，每当女儿要在屋里走动时，就很小心地闭起眼睛，尤其是走到了楼梯口。还说，没有什么比闭上眼睛，回到先前全盲的状态更叫她高兴或自在的了。"一个十五岁的男孩，爱着盲人疗养院里的女孩，终于忍不住冲口而出："不行，拜托，我再也受不了了；把我再送回疗养院吧。照这个样子下去，我会把眼睛挖出来。"

有些人确是学着去看，尤其是那些年纪小的。可是他们的生活也改变了。有位医生说，病人"快速且彻底地丧失了那种显著且美好的宁静，那是从来没看见过的人所有的"。学着去看的盲人，对老习惯感到难为情。他穿戴讲究，打扮整齐，努力给人好印象。失明的时候，对物件无动于衷，除非是可以吃的；现在，"价值判断开始了，思绪和愿望都大大地骚动起来，有那么几个病人因而走向异化、嫉妒、偷窃和欺诈"。

另一方面，很多获得光明的人认为世界美好，并告诉我们，自己的视野是多么的单调。有位病人认不得人的手，对他而言，那是个"明亮的东西，然后是洞洞"。拿了串葡萄给一个男孩子看，他大叫："颜色很深，蓝色而且亮晶晶的……它不光滑，有一粒粒突起的东西，还有凹洞。"一个小女孩来到一座花园。"她惊讶得不得了，几乎别想叫她开口回话，她站在树前说不出话来，只有用手抓住了树，才叫得出那是什么，而且说是'里面有光的树'。"有些人有了视力很是欢喜，倾心于视觉的世界。有一位刚拆除绷带的病人，她的医生写道："第一样吸引她视线的，是她自己的手；她很仔细地望着它们，不断地前后移动，手指弯曲了又张开，似乎对所见之物感到惊讶得不得了。"有个女孩迫不及待地告诉盲友"人看起来一点也不像树"，而且很惊异地发现，每一个来看她的人，都有一张完全不同的脸。最后要讲的是，一个二十岁的女孩，因为世界的光亮太炫目耀眼，把眼睛闭了两个礼拜。之后再度张开眼睛，认不得任何物件，可是，"现在她越将眼光投向周遭的每一样东西，越看得出脸上布满满意和惊异之情；她不断惊呼：'喔，天哪！好美呀！'"

　　看完这本很棒的书以后，好几个礼拜我都看见一堆堆颜色。时值夏天，山谷果园里的桃子都熟了。早上醒来的时候，一堆堆颜色裹住我的眼睛，绵密繁复的，一点儿空缺也不留。我一整天都走在不停变幻的颜色堆里，这些颜色像红海般在我面前分开 ①，只要我回头看，它们又已静静地合了起来，且变了形。有些变大迫近，有些则完全不见了，而深色的斑块，随时随地掠过那耀眼的一片。可是这种一片平坦的幻觉却撑不下去，睁眼的生活过得太久了。形状已注定永远是一场具有意义的阴森鬼舞：我没办法叫桃子不是桃子。我也记不得曾有看

---

① 《圣经·旧约》中摩西带领以色列人躲避埃及人的追捕，耶和华让红海分开，助他们逃离。——编注

了却不能理解的经验；色块的婴儿时期已不复返。那时候我的脑子一定像气球般平滑。据说我伸手去拿月亮；很多小婴儿都会这样。但是一填入意义，婴儿时期的色块就膨胀了；他们肃穆地向远方一列列排开，列队在我面前像平原般开展延伸。月亮急窜而去。我现在活在一个阴影世界里，这些阴影给予颜色形状和距离，而在这个世界里，空间具有一种可怕的意义。这是什么样的已知论，什么样的物理学？在育婴室的窗户里看到那一片摆动不已的、已不再是——银色和绿色和形状不断改变的蓝色；取代它们的是一排钻天杨，哑口无言，横过远处的草地。那嗡嗡发响、长方形淡如光的东西，晚上爬过我房间的墙上，兴高采烈地伸在墙角，也不见了；不见的还有那个晚上，我吃了几口那又甜又苦的果子。把各种线索加起来，脑子便永远长出了皱褶。马丁·布伯①说了这则故事："拉比孟德尔有一次向他的老师拉比以力麦莱赫吹嘘，说他晚上看到天使赶在黑暗前面，将光明卷起来，早上又看到天使赶在光明前面，将黑暗卷起来。拉比以力麦莱赫说：'是啊，我年轻的时候也看到过。以后你就不再看到这些了。'"

为什么没有人一开始就拿颜料和画笔给那些刚刚获得光明的人，在他们什么都不了解的时候？那么也许我们也都可以看到色块，可以看到没有理性缠绕的世界，亚当尚未为万物命名前的伊甸园。我眼睛上的鳞片②会掉下来；我会看到像人走路般的树木；我会违抗一切法

---

① 马丁·布伯（Martin Buber，1878—1965），奥地利—以色列—犹太人哲学家，以如诗般的写作风格，重述哈西德派传说，为《圣经》做注，讲述形而上学。——编注
② 典出《圣经·新约·使徒行传》第九章第十八节，扫罗眼睛上好像有鳞掉下来，于是受洗。——编注

则，在路上向前奔去，又喊又跳。

观看有一大部分毋宁是言语表达。除非我将注意力放在面前发生的事情上，否则根本看不到那些事。正如罗斯金所说："不只是没注意，根本就'看不到'，就是这三个字的完完整整、清清楚楚的意思。"光用眼睛是没办法做形状的类比测验的，在测验里面，越来越复杂地，先是有一个大方形，然后一个大方形里面有一个小方形，然后一个大三角；而我要做的，就是去找出一个大三角里面有个小三角。我必须把话说出来，描述我看到的东西。假如听客山爆发了，我很可能会注意到。但是假如我要注意到山谷生命里较微细的地壳运动，就得在脑中不停地描述当下的情况。倒不是我观察敏锐；而是我太爱说话。如果不是这样，尤其是在陌生的地方，我根本没法知道发生了什么事。就好像盲人看球赛，我需要有台收音机。

以这种方法观看时，我不断分析和刺探。我举起木头丢到一旁，又把石头滚到一边；河岸上我一次研究一平方英寸，细细察看，头歪向一边。有些日子里，雾气笼罩山丘，麝香鼠不肯露面，显微镜的镜子打破了，我就想爬上那毫无变化的蓝色圆顶，犹如一个人冲进马戏班帐篷里；我在那上头发狂一般地荡来荡去，而且用钢刀在顶上割一条缝往里面偷看，假如非跌不可，就往下跌吧。

但是有另一种观看，是要放下一切。用这种方法观看时，我木然空洞地摆动着。这两种观看之间的差别，就好像走路时有没有带相机。若带了相机，我便走向一景又一景，读着测光器上的光圈。若没有相机在身，我自身的快门便开着，那一刻的光线，便印在我自己银色的体内。用这第二种方式观看时，我尤其是个不顾一切的观察者。

去年夏天，有一晚听客溪很晴朗；上游，太阳低低地挂在天边。我坐在桐叶枫桥上，背后是夕阳，眼睛望着鲦鱼大小般的银鱼，一群群冲来冲去，在混浊的沙里觅食。不断地，一条，又一条，鱼儿倏地转身逆泳，一闪！太阳从它银色的侧边射出光芒。没办法等到的，它总是在别处出现，正要隐去时才吸引我的视线：一闪，像薄如蝉翼的刀片金光一闪，又像小丘上和橄榄园里，四方八面不定时地出现火星。然后我注意到白白的一点一点，类似浅色花瓣，小小的，从我脚下的溪面上漂浮过来，很慢很稳地。所以我就眼光散漫，望向自己的帽缘，看见了一片新天地。我看见一圈圈浅白圆圈滚过来，滚过来；好像世界在转动，无声而完美地；又看见直线条的闪光，耀眼的银色，仿佛星星在滚动的时间卷轴上随意诞生。有东西破裂，有东西打开了。我像只新的酒袋给装满了。我吸进像光一般的空气，我看见像水一般的光。我是一座喷泉的喷口，溪水不断注入；我是灵气，秋风中的一片叶子；我是雪片般的肉、羽毛、骨头。

以这种方式观看，乃真切在看。如梭罗所说，我回到了感官。我是那个在空球场上于静默之中看棒球赛的人。我纯纯净净地观看球赛；

我心不在焉又心神恍惚。待这一切结束，着白色球衣的球员大步跑出绿色的球场，回到阴影里的休息室里，我站起来，欢呼了又欢呼。

但是我不能到外面去尝试用这种方法观看。我会失败，我会疯掉。我只能封住评论员的嘴巴，叫内心那无益的喋喋不休停止，这喋喋不休让我没办法好像报纸在眼前晃动般看个确切。这功夫得用一辈子去全心奋斗才训练得出来；东西方圣人僧侣的文献中有迹可寻，无论是哪一宗哪一派，无论以何种法门或无法门可言，无论是赤脚的还是穿鞋的。这世界性灵上的天才，普遍地都发现心思的混浊河流，这条永不停息、琐碎杂事和垃圾的流水是无法堵住的，若想堵住乃徒费力气，可能导向疯狂。你必得让混浊的河流在意识昏暗的各水道中流动，不去理它；你动用视觉；你随眼望去，微微地，知其存在而不动念，越过它进入真实的境地，在那儿主体和客体动静皆自如，一句话都不说。雅克·埃吕尔① 说："进入深海里，你就知道了。"

因而，观看的秘密就是价值连城的珍珠。假如我以为它可以教我怎么样去找到珠子，且永远拥有，我简直就会跟在任何一个疯子后面，赤着脚跌跌撞撞地穿过一百座沙漠。然而珍珠可遇而不可求。开示文献里透露的首义就是：虽然慢慢等会等到，然而即使对那些功夫最深最熟练的人而言，也都是恩赐，是全然意外的。有一回散步回家，知

---

① 雅克·埃吕尔（Jacques Ellul, 1912—1994），法国学者，当代最有影响的技术哲学家之一，著有《技术社会》《政治的幻觉》等。——编注

道千鸟巢在溪边那片野地里的某个地方，也知道山桂在什么时刻开花。第二天我循着原路回家，却几乎不记得自己叫什么名字。耳中响着祈祷文，舌头在口中轻颤：艾利能，哈利路亚赞美主！我没办法要光得光；我能做的顶多是让自己站在光束射过之处。在外太空里，可以凌太阳风而行。光，不论它是分子还是波浪，都有一种力量：你扬起巨帆就乘光而去。观看的秘密就是乘着太阳风，扬帆而去。应当磨砺并开展你的性灵，直到自己就是一张帆，锐不可当，清晰透明，只需微风，即扬帆而去。

医生拆开她的绷带，带她走进花园，不再眼盲的女孩看到"里面有光的树"。就为了这棵树，我在夏天的桃树园里寻找，在秋天的森林里寻找，直找到冬天和春天，找了好多年。然后有一天，我沿听客溪而行，脑子里什么也没想，竟然就看见了里面有光的树。我看见后院那棵西洋杉，树上有野鸽栖息，浑身充电幻化，每个细胞火焰隆隆。我站在发光的草地上，草全是火，我聚精会神，全在梦里。好像不是在观看，倒像是第一次给看到，让强而有力的一瞥给震得喘不过气来。火焰之大水退去，而我仍在发力。西洋杉的光逐渐暗去，颜色褪尽，细胞熄火消失。我还在当当响着。原来我一直都是只钟而不自知，直到此刻给提起，并敲响。自那时起，我绝少再见到有光的树。那景象时有时无，多半没有，但我为此而活，等待那一刻山岳大开，裂缝中咆哮涌出一大片新的光，而山又猛然合起。

冬天

I

二月一日，人人都在谈论燕八哥。燕八哥当初是一艘客轮由欧洲带来的。有一百只特意放生在中央公园里，今天那成千上万无数的燕八哥就是那一百只的后代。据艾德温·韦·蒂尔说："它们会来到这儿，全是因为某人异想天开。那人叫尤金·西佛林，是个富有的纽约药商。他有项奇特的嗜好，就是要把威廉·莎士比亚作品里所有提到过的鸟，都引入美国。"那些鸟在新的国度里适应得好极了。

约翰·库柏·波伊斯①住在美国的时候，写到山雀偷吃一群燕八哥的面包屑，那是他最爱的一种鸟。这种鸟在这儿倒不是那么受欢迎。燕八哥不像很多其他的鸟，单独地生活在密密的灌木丛里，这儿一只那儿一只，蜷着身子睡觉，它们成群结队地栖息在一起。它们有特别喜欢的栖息之处，年复一年，到了冬季就飞去；显然弗吉尼亚州西南部就是

① 约翰·库珀·波伊斯（John Cowper Powys, 1872—1963），英国小说家，其主题多与自然相关，因其谴责人类对动物的残忍，被视为动物保护主义的先驱。——编注

它们的迈阿密海滩。在威恩斯波罗，燕八哥都栖息在科耶那泉（Coyner Springs）附近的林子里，而当地居民一刻也不能在外面逗留，甚至出去晒衣服也不行，因为太臭了——"臭得你晕倒"，又有鸟粪，还有虱子。

燕八哥是出了名的难以"控制"。话说一名男子受不了屋子附近一棵大桐叶枫上栖息的燕八哥。他说他试遍各种方法驱赶，最后举枪对准其中三只，并射杀之。有人问他此法是否奏效，他想了一下，前倾身子，偷偷地说："对那三只很有效。"

弗吉尼亚州的雷德福市（Radfrod），多年前也有阵小小的骚动。雷德福的燕八哥就好像马身上的苍蝇，会停在难以驱赶的地方。野生动物学家估计，雷德福有十五万只燕八哥。居民抱怨鸟儿吵闹、发出臭味，留下无可避免的粪迹，还可能引起一种由灰尘传染的新滤过性病毒性传染病。最后，一九七二年一月，各种官员和生物学家群集一处，商讨解决之道。考虑了各种可行之法后，决定用泡沫杀死燕八哥。方法是，若某天晚上气象预告说温度将骤降，就用水管向栖息中的燕八哥喷洒一种特殊的泡沫清洁剂。清洁剂会渗入鸟儿不透水的羽毛，弄湿皮肤。气温下跌，鸟儿也会跟着下跌，悄悄地给冻死。

什么事都还没发生，报纸上已经操练起来。每一座山上上下下的每一个疯子都慷慨激昂。当地的野鸟协会喊着要见血——燕八哥的血。燕八哥到底抢了本地鸟的食物和地盘。其他人则声讨雷德福市长、弗吉尼亚理工学院野生动物局、报纸编辑和所有雷德福的读者，以及其他所有的人，试问它们若冻死在一堆泡沫里，会做何感想。

野生动物局仍依计行事。所需器具十分昂贵，也没人确定此法是否有效。果然，喷洒燕八哥那晚，气温降得不够低。准备消灭的十五万只燕八哥里，只死了三千只。有人计算，这整出戏，市民的花费是每只死鸟两块钱。

这就是雷德福市燕八哥的故事了。不过呢，居民并没有马上放弃。他们左思右想，瞎忙一通，给燕八哥来个短期缓刑，然后又想出了新法子。不久，有一天鸟儿在日落时分回到栖息地，野生动物管理员已经在那儿等着了。他们举起装有多重强力火药的猎枪对空发射。砰，枪声大作；鸟儿放心安睡。诸位专家坐回办公桌，烦恼不堪。结果他们搬出了最后的武器：燕八哥求救信号的录音。再度失败。录音带里"哎唷哇呀"救命之声连连；鸟儿鼾声连连。这就是雷德福燕八哥的整个故事了。鸟儿至今猖獗。

我们山谷里的燕八哥也很猖獗。它们在喂鸟屋下面的草地上，阴沉地走来走去。其他人显然千方百计不去喂它们。燕八哥早睡晚起，所以大家天还没亮就偷偷把谷子和板油拿出去，给早起的鸟儿，一听见燕八哥来了就赶紧拿进来；日落后，燕八哥都安全地回到栖息地去了，他们才又将谷子和板油摆出去。我才不在乎是什么东西去吃饲料。

隆冬时节；寒冬，如此寒冬，久久不去。冬天里我在户内绽放，如一朵不该开花的连翘；我闭户乃为开展。晚上我阅读写作，一些一直不懂的事都弄清楚了；一年里其他时间里种下的东西如今收成。

屋外，所有东西都开朗了。冬天轻松地让万物轮廓分明，重新撒种。每一处的小径都清爽了；秋末和冬天，也只有在这个时候，我才能攀爬峭壁，前往卢卡斯果园，绕着长满了树的采石场水塘走一圈，或沿着听客溪的左岸往下游走。林子里是几英亩的枯枝；我可以一直线地走到墨西哥湾。当树叶落尽，脱衣舞也就跳完了；一切都静默无言，历历可见。每一个地方皆天空开阔，景深拉长，墙壁变成窗户，门都打开了。现在我看得见山上橡树下，白家和葛家住过的房子。卡汶溪紧挨着马路的两岸，原来草木茂盛，也早已疏落成一片朦胧瘦枝，我也可以看到马伦和珊蒂，穿着蓝外套带狗出去跑步。山丘皆瘦骨峋嶙，只见肩膀、关节和腿骨。夏天所隐者，冬天显露之。有藏在树篱笆里的鸟巢，在胡桃树和榆树上，好多东一个西一个的松鼠窝。

今天一轮下弦月挂在东边的天空上，好一抹粉笔印。其表面的阴影和天空本身的蓝色色调以及明暗度都相仿，所以最中间的部分看起来是透明的，又好像给轻微地磨损，如同袜子足踵那部分。没多久之前，根据艾德温·韦·蒂尔的说法，欧洲人相信雁鸟和天鹅在那儿过冬，在月亮上白白的海里。太阳正西沉。日渐寒而山色暖，一抹热热的霞彩投在大地上，色泽渐暗渐深。达·芬奇说："去观察，观察暮色里，还有阴天里，街上男男女女脸上荡漾着的可爱和温柔。"我看过那些脸孔，在阴天里；我也看过晴朗的冬日里，日落时分，一些房子，很普遍的房子，外面的砖墙是烧着的煤炭，而窗户是火焰。

每天傍晚，好大一群燕八哥出现在北边的天空，向落日蜿蜒飞去。

那是冬日里的大事。昨天稍晚的时候，我爬过小溪，穿过小阉牛草原，过了多草的小岛——就在那儿，我看到巨型田鳖吸干一只青蛙——然后我爬上一座高高的山丘。很奇怪，山上最佳的赏景处却放了一堆烧过的书。我打开其中几本，有很好的布装本和皮装本小说，有一整套好几十年的历史书，已经焦黑了的百科全书，还有一些旧的、有水彩插图的儿童书。它们在我手中像饼一样散得粉碎。今天我听说，这堆书后面那座房子的主人遭祝融之灾。可是那个时候我并不知道；我还以为它们遭大怒之殃。我蹲在书旁俯望山谷。

右边有座密密麻麻长满爬藤的林子，沿着山坡往下通到听客溪。左边，在山脊上有一丛高大的遮阴树。在我面前山势直落，接到一片平坦的原野，原野临溪之处则有树。小溪再过去，我可以吃力地看到削得直直的石头，很久以前有人在树林下面挖山采石。再过去我看到荷林斯水塘，塘边所有的林子和牧原；然后我在一片蓝色的朦胧中，看到整个世界白白地平铺在山间。

越来越暗的天空中出现了一个黑点，又出现了一个，然后又一个。原来是燕八哥回巢。它们在极远的地方聚集，一群嵌入一群，朝我飘过来，透明的，旋转着，像烟。它们一面飞一面散开，曲线越拉越长，像一团散了的纱。我没移动，它们从我头顶飞过，有半小时之久。群鸟飞展犹如一面猎猎大旗，一面展开了的幡布，展向相反的方向，穷目之所极。每一只鸟飞行时，都显然随意地上下飞动，穿来插去，也不为什么，燕八哥飞起来就是那样，而虽然如此，彼此间仍间隔得非常好。鸟群两端收窄中间圆胖，像只眼睛。我听到头顶上空气扑动的声音，有如百万张抖动的地毯，沉闷的呼呼声。它们穿入林子，未有触动一条枝丫，直穿树顶而入，繁复而匆匆，像风一般。

半小时之后，最后零零落落的几只也消失在树中。我几乎站不住，为这意想不到的美所击倒，肺叶大开，隆隆吼着。双眼刺痛，因为奋力追踪，看那有羽毛的黑点如何穿入缭绕的肢体里。此刻可不可能有细小的鸟正穿入我的身体，鸟儿扑翅钻入我细胞间的空隙，什么也不碰到，但在组织里活泼泼动着，敏捷地。

某种气候即将来临，舌头的两侧，可以感觉到空气中像温柏散发的刺激味儿。今年秋天，每个人都等着看毛茸茸的灯蛾毛虫身上的条纹，然后像往常一样，预测会有个严冬中的严冬。这套例行公事总让人想起安吉尔家有关北方捕兽者的故事。有位印第安人，其祖先亘古以来便住在那些枞树林里，人们前去问他来冬会有多冷。印第安人眼光锐利地望向大地，宣布说："很冷。"其他人问他怎么知道。印第安人毫不犹豫地说："白人堆了一大堆木柴。"在这里，不论诱惑多大，大家都顽固地、疲惫地维持着堆木柴的劳动。有一天我看见一家店里展示了一束堆得很整齐，用纸压制而成的壁炉用木柴。每一根"木柴"的包装纸上印了斗大的诱人标语："浪漫而不会心痛。"

我生了一炉樱桃木的火，舒服地窝着。我渐渐习惯了这个星球，习惯了这奇异的人类文化。报纸不断地让我叹服。一生中我看过上百万张照片，照片里一只鹅收养了一只猫，或一只猫养了一只小鸭，或一只猪和一条狗，一只兔子和一只麝香鼠。看到第一百万次我仍为之着迷。我真希望自己就住在附近，在科珀斯·克里斯蒂（Corpus Christi）或达玛里斯科塔（Damariscotta）；真希望那神奇的一对动物就在眼前，在院子里晃来晃去。一切都开始有家的味道。全国各地电传过来的冬天画面，都越来越像自个儿家里般熟悉。我等着看每年都有的空中照相，照片里一个胆大冒险的家伙，在雪地上为女友印了一个巨大的心形。这里有一幅年年出现的"山雀想从结了冰的水盘里喝水"的照片，标题是"抱歉，春天再来吧"，还有一帧是一个七包八裹的小孩，坐在山顶上的雪橇里，可怜兮兮地哭着，标题是"得推他一把"。一个古老的世界怎么能够如此天真？

最后，我在今晚看到一幅照片，是威斯康星州一位友善的森林服务处成员，为了解救一只冻在冰上的鸭子，用锯子锯掉了鸭脚。这让我想起托马斯·麦戈尼格尔告诉我的一则经济而又残酷的故事，是讲长岛附近的鲱鸥冻在冰上的事。他父亲年轻时常常去大南湾（Great South Bay）散步，水结了冰，把鸥鸟也冻住了，有些鸥鸟已然死去，他父亲会用一块浮木把活鸟击毙；然后用一把钢刀将鸥脚以上的部分割下，塞进一只麻布袋。一家人整个冬天都在吃鲱鸥，围着一张点了灯的桌子，在雾气腾腾的房间里。而外面海湾里，冰上缀着一双双红色的残肢。

冬天的刀。爱斯基摩人过去常用他们那宽阔的雪刀，切下一砖一砖的雪，旋成圆顶的冰屋，作为临时的栖身处。他们在刀刃上涂一层薄薄的冰，来磨砺那些剃刀。有时候，爱斯基摩人会用刀捉住一头狼。他们在刀上涂抹一层厚厚的鲸脂，把刀柄埋在雪里或冰里。饿狼闻到脂香，寻着了刀，用冻僵了的舌头拼命舔，直到舌头割成一条一条，流血而死。

　　我整个冬天都在读这类东西。我读的书就像哈德逊湾西边那荒凉大冻原上的爱斯基摩人造的石头人。据法利·莫厄特 ① 说，他们现在还造。在平坦的荒原上单独旅行的爱斯基摩人，会将圆圆的石头堆得一个人那么高，往前走到看不见这烽台为止，然后再造另一座。我也这般无言地在这些书中旅行，在这些住在空旷的平原上，没有眼睛的男男女女当中。醒来时我会想：我现在在看什么书？下一本要看什么？我好怕会看完，会把所有想看的都看遍，最后逼得只好去学认野花，才能保持清醒。而同时，我沉迷在一长串像祈祷文般的名字里。这些人名有克努德·拉斯穆森 ②、约翰·富兰克林爵士、彼得·弗洛伊钦、司各特、佩里以及伯德；杰迪戴亚·史密斯 ③、彼得·司金·奥格登 ④，

---

① 法利·莫厄特（Farley Mowat，1921—　），加拿大环境学家、作家，著有《别为狼哭泣》《无鸟欢唱》等。——编注
② 克努德·拉斯穆森（Knud Rasmussen，1879—1933），丹麦极地探险家、人类学家，被称为爱斯基摩学之父。——编注
③ 杰迪戴亚·史密斯（Jedediah Smith，1799—1831），美国探险家、皮货商，以探索落基山脉、美国西海岸闻名，美国人称他为杰迪戴亚·强壮（Strong）·史密斯。——编注
④ 彼得·司金·奥格登（Peter Skene Ogden，1790—1654），加拿大探险家、皮货商，探索了俄勒冈、内华达、加利福尼亚等地区。——编注

以及弥尔顿·萨布利特[1]；或是丹尼尔·布恩[2]，干绿河地区，在毯子上唱歌。水的名称有巴芬湾、浅水湾、加冕湾和罗斯海；铜矿河、朱迪斯河、蛇河和贻贝壳河；佩利溪、帝斯溪、塔那那溪和电报溪。海狸皮、零度纬线和金子。我喜欢这些故事里那种干净的迫切，感觉好像带着一把水手刀和一段麻绳，身处荒野。假如我能来一场皮纳切尔纸牌游戏，一小场你死我活的三手牌戏，半个便士算一点，再加一瓶酒，那很好；要不然这些南方的夜晚里，我就让自己陷入法兰士·约瑟夫地群岛外海的鱼群里，或是垂线钓一条北极斑鲑。

Ⅱ

下雪了。昨天下了一整天也没让天清朗起来，虽然云层看起来如此低如此厚，仿佛轻轻一扣就会一起掉下来。光线散漫，没有色泽，就像白蜡碗里一张纸上面的光。雪看起来很亮而天很暗，其实天比雪亮。显然，给照亮之物不可能比光源要亮。证明这一点的典型方法就是放一面镜子在雪上，镜面将反射出天光，再将此与雪的明暗度做一比较。这么做当然很好，让人信服，可还是会有错觉。暗的在头上，

---

[1] 弥尔顿·萨布利特（Milton Sublette，1801—1837），美国探险、皮货商，曾与人合伙买下杰迪戴亚·史密斯等人手中股份，主要探索了落基山脉，被称为"落基山雷霆"。——编注

[2] 丹尼尔·布恩（Daniel Boone，1734—1820），美国探险家、拓荒者，被视为民间英雄，他开拓了荒野之路（Wilderness Road），促使肯塔基州纳入美国联邦，其事迹多次被拍摄为影视剧。——编注

明的在脚下；我上下颠倒走在天上。

昨天我看见了十分奇特之暮色四合。云顶染上较暖的色调，颜色渐深，然后仿佛给链起来牵走了。我再也看不见衬着天色飘落的胖胖的雪片；只有飘落在深色物体前面的才看得见。任何远处的东西——譬如从凸窗里看到的那株胡桃树，树已经死去，但爬满了长春藤——看起来却好像透过白色薄绢纸看到的黑白卷头插画。这样看着世界退入越来越深的蓝色，感觉好像正在死去，而雪正积起；静默膨胀起来，向外扩大，距离消失了。不久，我唯有聚精会神地看着那片最大的暗影，才能看见雪之下落，后来连那也不行了。院子里的雪蓝如墨水，发着淡淡的光；天则是蓝紫色。凸窗不再听话，开始反射出房里的台灯。感觉好像正在死去，越来越暗，越来越深，然后熄灭。

今天我出去转了一圈，到处看看。雪已经停了，地上有两寸厚的积雪。我穿过院子走到溪边；所有东西都透着石板的青色，或是暗灰色和白色，只有毒胡萝卜和西洋杉，假如把雪拨开，会发现它们有种脆脆的、秘密的绿色。

看哪，溪里有只傻里傻气的大䴔鸟。看起来像只黑灰夹杂的鸭子，只是头小些；它那白色铿铿有声的喙，顺着头的弧度往下斜，从底部看起来就像个圆锥。我在某个地方读到说大䴔鸟很害羞。它们很容易为了一个足球而闹别扭，很容易惊恐地掠过水面，也很容易突然飞走。可是我想瞧个仔细。所以大䴔鸟尾巴一翘头潜入水里，我就赶紧穿过雪地向它奔去，然后躲在一棵西洋杉树干后。它再钻出水面时，脖子僵硬两眼呆滞，犹如浴缸里的橡皮鸭。它划向下游，远离了我。我等它再度入水，便逃向一棵桑橘。可是它突然之间浮出水面，就好像澡盆里的小孩，用双手将橡皮鸭举起，又突然放掉。我呆住一动也不动，心想，我毕竟真的是，实际上根本就是一棵树，也许是棵死了的树，甚至是棵摇摇晃晃的树，无论如何是个像树一样的东西。大鹬鸟不会注意到这个地方上一刻并没有树；它怎么会知道呢？它初来乍到，不过是个观光客。身为一棵树，我只能让自己紧紧盯着大鹬鸟的眼睛。没事儿；它什么也没有怀疑——当然啦，除非它是在假装，引诱我伸手搔鼻子，一切就来不及了，我的面具就会给拆穿，再也做不成树了，鼻子不痒了，湖面也空了。就是这样。

大鹬鸟再度下潜时，我跑到了桑橘树边，鸟一面在急流后面的浅水里觅食，我一面由树干后四顾。我又从那儿跑向下游的桐叶枫，途经空地时，再度变成一棵树——如此折腾了四十分钟，直到我那棵树叶茂密的脑袋逐渐想通了，也许大鹬鸟根本不害羞。原来这一切伪装都不必要，原来鸟儿特别地笨，或至少其头脑不是会分析的那种，原来我这会儿在雪地里一直像个大笨瓜。所以我就由目前的藏身处，即一棵黑胡桃木后面很勇敢地走出来。没事儿，大鹬鸟就在我正对面的小溪里载沉载浮，安详之极。难道我一下午都在和一只捕猎用的诱鸟玩儿吗？不可能，诱鸟不会潜水。我走回桐叶枫，就在离鸟不到十码之处走动，鸟却没有任何受惊或逃离之迹象。我停下来；我举臂挥舞。

没事儿。鸟喙上挂了一条长长湿湿的某种陆上植物；它将其吸进喉咙，再度潜入水里。我要杀掉它。我要用雪球打它；我真的会这么做；我要做道焖烤鸡肉丝。

　　可是我连雪球都没做。我漫步走向上游，顺着树下平滑的溪岸。毕竟我将大鹬鸟看了个仔细。这儿雪地上有其足迹，三爪且相隔很近。桥下溪面宽广而水势缓慢之处，已然结冰。就在这个地方，夏天里我从岸上总能看到蝌蚪，身躯胖胖的，在水里浅浅的岩棚上，刮下褐色的海藻。现在我看不到冰下的岩棚。大部分的蝌蚪现在都变成青蛙了，而那些青蛙则活埋在溪底的泥巴里。它们费尽工夫出水呼吸空气，却在结起第一次致命的冰霜之前，跳回了水里。听客溪里的青蛙身上裹满了泥巴，眼中是泥鼻孔里是泥；它们湿湿的皮肤吸收泥浆般的氧气，如此，它们度过梦一般的冬天。

　　在这个地方，夏天里我从岸上还经常看得到乌龟，要蹲得低低的，才能看到它们那伸出水面，呈三角形的头。现在雪掩住了冰；我在想，假如一直冷下去，而附近的小孩勤快地把扫帚拿出来，他们就可以溜冰了。这个时候，溪里冰层下面的乌龟用一种不可思议的方式取得氧气。它们从身体后方将水吸进它那大大的排泄孔，此处敏感的组织就像鱼鳃般，将氧气直接过滤到血液中。然后乌龟将水排掉，再另外吸水。附近的小孩可以就在这些奇特的抽水放水上面溜冰。

　　冰下面，蓝鳃鲈和鲤鱼都还活着；在这么南边的地方，水上的冰很少结那么久，让鱼因新陈代谢用掉所有氧而死去。较北边的地方，鱼有时会因此而死去，浮上冰层，身体周围也结起冰，紧紧地给裹住，张着眼，直到雪融。有些虫子在淤泥里钻动，蜻蜓的幼虫亦在水底活跃，一些水藻在进行微弱的光合作用，差不多就是这些了。其他一切都死去了，冻死了，或是以很多不同的静止形态，无声无息地活着；卵、种子、蛹、孢子。水蛇团成一个密实的球在冬眠，水黾的成虫在沿岸冬眠，丧服红蛱蝶分泌粘液，将自己粘在树皮上；所有这些生物在冬季里雪融时，都会摇摇摆摆地出现在午后的阳光里，于水中沉潜，于空中低飞，或掠过水面，到了傍晚则寻觅藏身之处，冷冻、收拢、遗忘。

麝香鼠出来了：它们可以在冰下面觅食，从它们毛皮里升起来的一长串气泡，在水里凝住，冻成一整列发亮的小球体。还有什么呢？那些鸟当然没事儿。寒冷对暖血动物不构成问题，只要有食物作为燃料。鸟类迁徙乃为食物，而不只是温暖。这也就是为什么全国各地的人开始摆喂鸟器以后，南方的鸟，譬如反舌鸟，轻易地将范围扩大到北方。有一些咱们本地的鸟，像雌性画眉则北移；其他鸟，像大鹬鸟，认为这就是南方。山里面的鸟则垂直迁徙，下到山谷里来；其中一些，像是山雀，不只吃种子，还吃藏在冬天花苞附近的蚜虫卵之类的细小食物，以及枝丫的末梢。今天下午，我看着一只山雀高高地在一株鹅掌楸上横冲直撞，摆荡不已。它看起来异常地兴奋且凝聚，仿佛一双巨大的手捧起了满天的分子，像雪球般用力压紧，做出了这样一团火球，即这个飞舞着，觅着食，暖而结实的一个小东西。

　　只要是可藏身之处，就有其他有趣的事情在发生。所有动物里面，蛞蝓是在一个不透水的囊袋中冬眠。所有的大黄蜂和胡蜂都死了，只有女王蜂睡上一个无知无觉的好觉，除非它给老鼠找着，并生吞下去。蜜蜂有自己的蜂蜜作为燃料，所以，根据艾德温·韦·蒂尔所说，它们可以以成虫的形态，在一个挤得紧紧的活动范围里，一起万头攒动地嗡嗡过冬。其猛烈的振动让蜂窝变暖；它们不时调换位子，好让每一只蜜蜂都有机会在温暖的中央，且又轮流待在较冷的外围。蚂蚁集体冬眠；而灯蛾幼虫团成一个刺刺的球，单独冬眠。瓢虫在隐秘处冬眠，橙色一大团一大团的，有时候大如篮球。在西部，有人会到山里去猎取这些过冬的圆团，拿到山谷里的仓库去可卖得好价钱。然后，据威尔·巴克说，邮购公司将它们运送给买主，这些人要瓢虫来吃掉花园里的蚜虫。它们都是在夜凉时，装在一箱箱的松果里运走。这是个很巧妙的法子：你要如何包装一百只活瓢虫呢？昆虫自然而然地钻入松果内部；那些开了口的松果有坚固的"枝干"，可以在一路的颠簸中保护昆虫。

　　我精神大振，过了桥来到我最喜欢的一处。那是包在听客溪凹字形河道里，一块伸出去的狭长地。几年前我称这几亩地为"杂草地"，长的大半是黄樟、长春藤和洋商陆。现在我称之为"溪边的林子"，长着小郁金香、刺槐和橡树。林子里宽阔的小径一路向前没有间断。我站在一块空地上，就在小溪留下的干渠旁，水位高时，沟渠便将土地一截为二。我在这里吃了一顿很迟的午餐，火腿三明治，后悔没带水，没多留点肥肉在火腿上。

今天林子里有样新的东西——是一些湿透了的手写牌子，绑在树上，沿着蜿蜒的小径一路都有。牌子上写着："慢行""路湿会滑""停""坑洞道""汽油"，以及"路面隆起"。看到第一面牌子时，我心想，当然，我会慢慢走的；我不会在林子里这条没有间断的小径上大吼大叫，旁边是霜雪覆盖的小溪。这里到底怎么一回事？其他的牌子予以澄清。果然，"路面隆起"的牌子下面就有个隆起。我把平滑的雪拨开。这个隆起以红土手制而成，现已结冰，大约六英寸高，十八英寸宽。那坡度，以其情况而言，并不陡；有脚踩的印子将黏土密合起来。走出林子的途中，我发现自己错过了最主要的牌子，那牌子已经掉在地上："欢迎来到马丁斯村赛车道。"原来我这"溪边的林子"是当地少年的摩托车道，是他们的"马丁斯村赛车道"。一整个夏天我都在纳闷，他们为什么不怕麻烦地弄台拖拉除草机到林子里来，让好多条小径都保持清畅；对我而言这倒是一大方便。

现在这赛车道是条宁静道。身旁一棵小树苗上有个鸟窝在新积起的雪堆上摇晃着。一株野苹果树上挂了一只冻坏了的苹果，表皮起泡而发亮，又重又硬像个石头。无论走到哪儿，透过树缝，都可看见小溪岸壁上结起的冰下面流着蓝色的溪水，发出细细的金属声音，好似锡箔互击之声。

出了林子走进了黄色的光中。均匀的一层灰色后面，那太阳光芒四射，非常像是突起的金属装饰经过一再擦拭后发出的光亮。山上有苍白的光，斜斜地照在雪上，将群山的侧边掘出浅浅的凹洞和花纹，以前从不知有这些。我走回家。今天学校放假，那些摩托车少年不见踪影；他们可能乘着小雪橇从很陡的山上滑向道路。邻居的小孩在这里堆雪人。午时的太阳弄湿了雪，一块一块地湿了，在后院里留下不规则的绿色痕迹。我刚发现了一篇极为奇特的文章，是篇教人如何堆雪人的论文。"……一定要用手边现成的材料。譬如说，在使用燃油的地区，就不可能要父亲牺牲时间到市中心去搜寻炭块，给小孩用来当雪人的眼睛。烤肉用的煤球是种笨重的替代品，而燃油当然是不用考虑的。可用小石块、砖块、或深色枝条；可用废胎碎片，甚至将深色的落叶紧紧卷起，像根雪茄，然后深深地插入用手指挖出来的洞洞里。"为什么呢？为什么在这蓝绿色的世界里写这类文章？奇怪的写作文化啊，我猜想，我们传递了许多东西。

世界上有七八种类现象值得谈论，其一为天气。不管什么时候，你若想开车上山入乡，请来我们这个山谷，穿过听客溪，一路开到屋前，行经院子，扣门入内，谈论天气，竭诚欢迎。假如你今晚由北而来，将顺大风而行，在听客山和死人山之间会像只冰船般滑过长满果树的山道。我开门让你进来以后，我们可能会关不上门。风在谷里尖声大叫，"嘘嘘"作响，无止无尽，吹干了水洼，扫落了树上的鸟巢。

屋子里，我唯一的一条金鱼叫埃勒里·钱宁[1]的，在缸边快速地一圈圈游动。它是否感觉得到一种玻璃的振荡，一种北方传来的涟漪，促使它游向较深较暖的水域？圣埃克絮佩里说，一群野雁在迁徙途中，高高飞过一座谷仓时，那些公鸡，甚至连浅色多脂的小鸡，会向空中飞起一尺之高，并向南方扑翅。爱斯基摩雪橇狗一整个夏天都吃鲑鱼，那些鲑鱼挨着饿，由溪里往外跳向狗儿。我常想，那些狗，到了秋天，会不会有一种愁怅欲往下漂流之感，而到了春天则有一种往上游的拉力，一种想要跳上阶梯的欲望。你倾听哪一种召唤呢，埃勒里？——是冷冽的水中阳光灿灿的溪底，还是中国帝王那花瓣浮动的池子？此风吹起，连蜘蛛都不安，每一个角落里，眼神机敏地在其丝絮上游荡。

我让蜘蛛在屋子里自由来去。有些小生物会误打误撞，闯进浴室角落里澡盆着地那四寸见方的小空间，我认为，任何以捕食这种小生物为生的掠食者，我们都应当给予支持。它们利用蜘蛛网捕捉苍蝇，甚至野外的蟋蟀。据闻谷仓里的大蜘蛛曾诱捕、缠住，并吸食蜂鸟，这儿倒没有这种危险。我容忍这些蛛网，偶尔才在蜘蛛逃至安全之处后扫除那些最肮脏的。我总是将一条浴巾搭在浴缸上，好让那些因浴缸平滑而身陷其中的蜘蛛，用毛巾的粗质当作逃生梯。在屋子里，蜘蛛只有一次让我微微地吃了一惊。我洗好一些盘子，放到一个塑胶碗架上去晾干。之后想喝杯咖啡，就从碗架上拿起我的茶杯，杯子因冲

---

[1] 埃勒里·钱宁（Ellery Channing），是《瓦尔登湖》作者梭罗的好友，作者以此为金鱼命名。——编注

过热水还暖暖的，而杯口一丝一丝地，竟结了个蛛网。

夏天里，我在外头观看那些正在织网的蜘蛛。去年夏天，我看着一只蜘蛛结网，特别地有趣，因为光刚好让我完全看不到网。我曾经读到，说蜘蛛用不粘的汁液结那最主要的几条直线，然后再结一圈不粘的螺形线。接着它们沿着这条安全道路反向地结一圈有黏性的螺形线。似乎得相当专注才行。我观看的那只蜘蛛是个谜：它似乎在空中爬上爬下，穿来穿去。圆网中央可以看到一小团白丝，它每次在空中狂乱地袭击了一番之后，便回到这轴心。那儿就类似它的听客溪，它从那儿向每一个方向传送一则看不见的消息。它有很大的本领，在空中最尖锐的角度来个回转，全以高速完成。我知道，假如你想要一只蜘蛛，可以诱骗那正在结网的蜘蛛，方法是用一根草振动或扭动蛛网，就像飞虫一旦粘住便不断挣扎那样。这小计谋对我从不管用；我需要一支音叉来震动蛛网，灌木丛里那蛛网上总是让我扎满了草。

万物各安其所。上个礼拜我捡到一个很像茧的褐色物，又轻又干，就把它放在没有内里的外衣口袋里，不让它变暖而复苏。然后我在地上又看见一个，微微地开了口，我用手指再扳开一点，看见有青青的泡沫。我拿近一点，泡沫看来复杂了些。我把它拿到眼前，看见了一只很小的蜘蛛，黄黄的，但因为如此细微，通体透明，八只脚各自挥舞，做出明显的恐吓状。那是几百只蜘蛛其中之一，都是已具生命的蜘蛛，且全都八脚狂舞，结成一团。可不能在我身上这样来；我赶快把口袋里的拿出来。万物不于其所则不安。今晚我听到外面桑树顶上有东西在活动，我待在屋内搏斗——跟谁搏斗呢？有一次我探看一只挂在树上的木头小鸟屋，屋顶斜如阿尔卑斯山上的木屋，里面一截短短的栖木，圆形的门很可爱。鸟屋里面，一条盘起的蛇正望着我。以前我常用四氯化碳杀昆虫——即液体清洁喷剂——然后把尸体钉在香烟盒里，一排排整整齐齐的，并加上标签。那是多年前的事了：有一天我打开盒盖，看见一只腐臭了的甲虫，两前翅间让钉子给高高地固定住，而虫子努力想爬，在钉上游动，我从此戒除此习。那甲虫与自己的影子共舞，彼此并不接触，已经好多天了。如果我现在下楼，会不会看见一只负鼠正绕过墙角，拖着一条粉红色结了疤的尾巴。我知道总有那么一晚，就像现在，刮着呼呼作响的大风，我走进厨房去拿牛奶喝，却发现炉子后面有一锅绝非我所煮的炖肉，正沸腾着，一只鹿腿伸在外面。

吹起这样的干风，雪和冰都会像气体般，直接变成空气而不先化成水。这种过程叫升华；今晚院子里的雪和溪里的冰就升华了。有一股轻风，袭向我伸在离墙一尺之处的手掌。像这样的风替我呼吸，让我肺中生出某种急速之物，并在其间东撞西突。普林尼①认为葡萄牙的母马常将尾巴竖在风中，"然后全力逆风举着，就这样受孕，怀着生殖之风的胎，而非自然的种；如此这般，不但肚腹变大，而且孕期变短，并产下疾如风的小马，但是活不过三年"。前面路边亚当树林的

---

① 普林尼（Pliny the Elder，23—79），古罗马作家、博物学家、政治家，著有《博物志》。——编注

山谷里，那匹叫易琦的白色母马可会将尾巴迎向这股大风，一面眨着白色的睫毛和眼皮？风的拥抱之下，一只细胞轻轻颤动，胀大而后分裂，冒泡般长成覆盆子状：黑黑的有一小块开始跳动，不久生出了完美之物。此物前所未见驭风而行，此物如此之疾，疾驰而去，我势必要错过。

睡吧，蜘蛛和鱼儿；风不止，然屋坚固。躲起来吧，燕八哥和大鵟鸟；向风低头。

固定不变

I

我刚学会认螳螂卵鞘。突然之间到处都看得到；要不就是有淡褐色椭圆形的光，吸引了我的目光，要不就是我在一片细细的杂草间，注意到一团东西。我现在一面写着，一面就可以看到我绑在书房外面那排山梅花篱笆上的那一只。长一英寸多，形如钟，又好像把蛋从赤道切一刀，那北半球的形状。卵鞘长的那一边，整个都附着在一条树枝上；迎光的这一面则完全是平的。卵鞘上面有条枯死的杆子，颜色像枯死的杂草，质地脆，很特别，且硬如油漆，然而有细小的凹痕，像冰冻了的泡沫。那是我下午从外面带回来的，我小心翼翼地拿着枝条，连同其他好几个——都轻如空气。途中掉了一个却未发觉，回家后一点数目才知道。

这些卵鞘，我在一周之内，就在听客山一片长满玫瑰的草原上，看见三十个左右。在卡汶溪沿岸的杂草丛中，又看到三十个。有一只粘在一栋新屋子旁边，一片泥泞草地上的一株小山茱萸枝条上。我想那些邮购公司以一块钱一只的价钱把它们卖给园丁。它们比喷药有效，因为每一个卵鞘里有一百二十五到三百个卵。假如卵没让蚂蚁、啄木鸟和老鼠吃掉——大半都会给吃掉——你就可以趣味十足地看到新的螳螂孵出来，而且整个夏天都得意洋洋，知道这些螳螂在花园里吃着难以计数的其他昆虫，又方便又天然。螳螂啃完了最后一口猎物，会像猫一样擦干净它那绿色的口器。

夏末时节，我常看到长了翅膀的成虫，准备偷袭那些围在走廊电灯四周的昆虫。其身躯呈清澈温暖的绿色，赤裸、三角形的头可以很离奇地旋转，因而我常会看到那么一只，把头扭过来凝望我，好像在回头。它攻击的时候，出手如此之突然，提起的翅膀又发出如此可怖之撞击声，就连让·亨利·法布尔那样冷酷的昆虫学家，也不得不承认自己每次都给吓得六神无主。

螳螂成虫几乎是只要有生命，只要够小，捕捉得到的东西它都吃。蜜蜂、蝴蝶，包括大桦斑蝶，它都吃。有人还看到它们把黄纹蛇、老鼠，甚至蜂鸟抓来吃掉。刚孵出来的螳螂则吃小东西，像是蚜虫，或彼此互啖。我小学的时候，有位老师用广口瓶带了一个螳螂卵鞘来给我们看，我看着小螳螂孵出来，蜕去外皮；它们很像蜘蛛，而且是透明的，全身都是关节。它们从卵鞘爬到广口瓶底，搭起一座活的桥，看起来就像是阿拉伯文书法，仿佛有那写得一手好字的人，从《古兰经》里抄了一段令人费解的经文，把它刻在空中。几小时之内，老师一直提不起勇气去把螳螂放掉，要不就是没想到，于是小螳螂彼此互啖，最后只剩两只，嘴巴里还有细小的腿在踢着。这两只存活者，在广口瓶里扭打拉锯；最后双双受伤而死。我当时觉得自己好像应该把那些尸体吞下去，闭上眼睛，像吞参差不齐的药丸般，一起用水吞下，不要让任何生命消失。

螳螂若是在野外孵化，则是很漂亮地各处四散，避开蚂蚁，最后全消失在草丛里。就是为了想看那最终的孵化，下午出去散步的时候，口袋里面放了把折叠水手刀。现在我会认卵鞘了，便想到过去竟全都视而不见，真是惭愧极了。我往东走，穿过亚当树林来到玉米田，割下在田边找到的三个卵鞘。天气清朗，景色优美，无云的二月天没有情感波动也无神气，就像一位面无表情的美女。我手指捏着带刺的茎枝，卵鞘就像玫瑰般悬在上面，我两手换着拿花束，空出来的手就放在口袋里取暖。再度经过家门时，决定不去拿手套，便朝北往山上走，来到小阉牛在听客溪边喝水的地方。在山上的杂草堆里，我又发现八个卵鞘。简直乐昏了——我现在一个礼拜穿越这座小丘好几次，每次要找卵鞘就来这里找，因为我就是在这里看到过一只螳螂产卵。

目睹这段神奇的过程已是多年前的事了，然而我记得，也承认，当时觉得自己所看到的既不真实，也没有临场感，倒像是在看一出很恐怖的大自然电影，一部"大自然奥秘"短片，摄影很美，色泽丰富。也还记得当时感觉自己被迫从头坐到尾，眼睛无处可望，只能看着墙上那些光线微弱的写着"安全出口"的牌子。另外还觉得，那些景象背后有位业余导演，正庆幸自己撞见了这小小的奥妙，甚至庆幸自己努力营造了这么自然的背景，整个景象，就好像在某人温室的透明箱里所仔细拍摄的。

那天，我正徐徐越过这小丘，一眼注意到一个纯净的小白点。这座山受到侵蚀；山坡上凹凸不平，一片零乱的红土地，间或有些起伏的草地和矮矮的野玫瑰，根部扎在薄薄的一层表土上。我弯下腰去检视那白白的东西，看到一团像涎沫一样的泡沫。然后又看到一个黑黑的东西，有如一只吸饱了血的蚂蟥，正在翻弄那团涎沫，然后就看到了螳螂。

它四脚朝天，正用那朝着天的脚，攀住一枝往横里长的野玫瑰茎。头部则伸在干枯了的草堆里。肚腹肿胀有如撞伤了的手指，尾端收窄成一个小肉头，头上冒着湿湿的、像搅打过了的泡沫。我简直不敢相信眼前所见。我躺在小丘上，换各种躺法，膝头抵着荆棘，脸贴着红土，想尽办法看个清楚。我用一根草伸近雌虫的头部；它显然不受干扰，所以我就把身子凑近，离那跳动着的肚腹只有寸许。肚腹像只六角手风琴在抽动，像只风箱在鼓动；且在卵鞘那闪闪发亮、凝结了的表面上滚来滚去，不断收放，东试西试又拍拍弄弄，戳来戳去又揉揉平整。肚腹看起来是那么独立自主，我都忘了另外一头还有那气喘吁吁的褐色枝子。那泡沫生物似乎有两只眼睛，一个狂乱的小脑袋，和两只忙而软的手。它看起来就像一个面目可憎、心力交瘁的母亲，帮胖女儿打扮光鲜了好去参加选美，一面修饰，一面感伤地絮叨着，这儿整平那儿收拢，又梳又弄的。

雄螳螂不见踪影。雌虫可能把它吃掉了。法布尔说，不管雌虫有没有产下卵鞘，它会和多达七只雄虫交配，然后一一吃掉，至少给捕捉起来的虫是如此。螳螂的交配仪式乃大家所熟知的：雄虫脑中产生了化学物质，等于在告诉它说："不行，别靠近它，你这个傻瓜，它会把你活活吃掉。"但同时它腹内的化学物质又说："去，无论如何都要去，现在要，永远都要。"雄虫正在作决定，雌虫却干脆把它的头吃了，让情势倒向它这边。它跨到她身上。法布尔描绘了那有时长达六小时的交配过程："雄虫紧紧抱着雌虫，专一地发挥其重要功能。可是这可怜虫没有头，没有脖子，几乎连身体都没有。另外那只嘴巴扭到脖子后面，继续平静地啃食这翩翩少年身体的其余部分。而整个过程当中，雄虫剩下的那一截紧抱不放，还继续干活儿！……我曾亲眼目睹此事发生，到现在都还震惊不已。"

我看产卵看了一个多小时。第二天再去，螳螂已经不见了。白色的泡沫已经硬起来变成褐色，像肥皂泡沫一样的东西；不但在当时，而且后来连着几天，我都很难辨认那离地面不过寸许的卵鞘。整个冬天我每个礼拜都去检查。到了春天，给蚂蚁发现了；每个礼拜我都看到成打的蚂蚁在两侧来来去去，却一口也咬不进去。到了晚春，我每天都爬上小丘，盼望能够碰上孵卵。树上的叶子早已舒展，蝴蝶出来了，画眉的第一窝雏鸟也长出了羽毛；卵鞘却仍然毫无动静，完好地悬在花茎上。我在书上读到，说应该等到六月，但我还是天天去看卵鞘。六月初，有一天早上什么都不见了。三根长在一起的荆棘里，最下面的那根我找不到了，本来卵鞘是附在那上面的。三根一起的刺也找不到了。红土上有一道道痕迹，然后我看到折断了的花茎：我的邻居竟然开了辆拖拉除草机碾过那座陡峭的红土小丘，小丘上根本没植物可除，只有几株顽固的荆棘。

原来如此。于是今天我就在同一座小丘上剪下另外三个未遭破坏的卵鞘，跟另外那些一起连着茎枝拿回家。我还采集了一个轻得可疑的小柏天蛾茧。我的手指冻得又僵又红，还流了鼻涕。野外法则我给忘了，那就是："携带面纸。"回到家里，我把茎枝连同卵鞘一起绑在院子里向阳的灌木和树上。我用白绳子绑，所以很容易找到；无论如何我总不可能铲平自家的树。希望来鸟屋觅食的啄木鸟不会发现它们，可是就算发现了，我也想不出鸟要如何停在上面。

谷里暮色四合；小溪早在一小时之前就全暗了，现在只有光秃秃的树梢，对着空中燃起了火烛，犹如一朵朵火花的余光。一下午脑海中挥之不去的景象十分模糊，却在那一潭黑夜中升起。其实和螳螂并没有关系。可是今天下午我小心翼翼地用冻僵了的手，绑上细绳打上结，分分秒秒皆提心吊胆，唯恐触碰到卵鞘，因为我想起了大眼纹天蚕蛾。

我无意向任何人唠叨自己的童年往事。更无意斥责从前的老师，那些老师也以他们那种莽莽撞撞、令人难忘的方式，将我带入了自然界，这片天地为几丁质①所覆盖，为残酷的现实所掌控。大眼纹天蚕蛾未能进入过去；它匍匐在大瀑布顶上那拥挤、清澈的池水中。它完全属于当下，就如同这张蓝色书桌和黄铜台灯，如同面前这扇掉了的窗户，望去已经连那根将卵鞘系在篱笆上的白绳都看不见了，只见自己那张苍白、惊惶的面孔。

十岁或是十一岁那年，有一次我的朋友朱迪带来一只大眼纹天蚕蛾茧。正是一月里，教室玻璃窗上贴了雪花剪纸。老师整个早上都把蛾茧收在抽屉里，直到下课前我们都开始不安分起来，她才把茧拿出来。在一本书里面，我们找到蛾变成成虫以后的样子；会很美的。大眼纹天蚕蛾是少数几种大型的美洲蚕蛾里面的一种，比巨型或虎凤蝶都大得多，翅膀张开来有六英寸长。此蛾那庞大的翅膀呈鲜亮、温暖的褐色绒面，边缘是一圈圈蓝色和粉红色，像水彩上色般细致。一枚让人为之一惊的"眼睛斑点"极其巨大，深蓝的色泽融入了几近透明的黄色，大咧咧地长在后翅的中央。其效果是一种不属于蝴蝶的雄性光芒，是脆弱开展而成力量。图片中的大眼纹天蚕蛾看起来像个能力高强的鬼魂，阔叶树林里羽翼扑动的神灵，褐色且皮相异类，眼盲且相距颇远。这就是挤在蜕去了的茧里面那巨大的蛾。我们合上书本转向那只茧。椭圆形圆滚滚的一包，缝在一片橡树叶里；朱迪在一堆冰冻了的树叶里发现的。

我们传看那只茧；挺重的。我们捧在手中，里面的生命暖了起

①　几丁质（chitin），昆虫表皮的主要成分。——编注

来，在那儿蠕动。我们好高兴，加紧握着。蛹开始剧烈扭动，敲打之猛，摄人魂魄。谁在敲门？我到现在都还能感受到掌心里的跳动，透过裹着的丝和叶，透过那许多岁月的襁褓，迫切之极。我们不断传观。再度传到我手中时热得像个面包；它一跳，半个茧都跳到了手掌外。这时候老师干涉了。她将那还在伸缩、敲打的茧放在随手可得的广口瓶里。

就要发生了。要它停下也来不及了，不管现在是一月还是几月。茧的一端湿润起来，在激烈的战斗之下渐渐磨散。整个茧在广口瓶底扭转跳动。老师消失了，同学消失了，我也消失了：我什么也不记得了，只记得那个东西奋力要变成一只蛾，要不就力不支而死。最后它出现了，湿淋淋皱巴巴一团，是只公蛾；它那长长的触须长了厚厚的羽绒，与其胖胖的肚腹等宽。身子很粗大，不止一英寸长，长满了密密的毛。头上覆盖了一层灰色的绒毛，宽阔的喉头上有浅棕色的长毛，披覆在那一节节长着褐毛的肚腹上。那多重关节的腿色淡而有力，毛发粗硬像熊腿。蛾站立不动，但是有呼吸。

它张不开翅膀。没有空间，翅膀像上漆般涂了一层化学物质，让翅膀永久坚硬；这层化学物干了，翅膀也随之变硬。真是只广口瓶里的怪物。巨大的翅膀卡在背上，乱七八糟地折叠着，皱皱的像张脏兮兮的面纸，僵硬如皮革。它们发出一记噩梦般的粗重响声，仍带着无用且狂乱的痉挛。

下一件记得的事乃是，下课了。学校位于谢迪畔，在匹兹堡繁忙的住宅区。每个人都在围了铁丝的运动场上玩躲避球，要不就在秋千旁铺了水泥的操场上奔跑。运动场旁边有条运货车道，往坡下斜斜地通到人行道和街上。有人——一定是老师——把蛾放了出来。我正站在车道上，自己一个人，动也不动，却发着抖。有人给了大眼纹天蚕蛾自由，它正一步步离开。

它极为缓慢地将自己拖下柏油车道，十分之坚定。皱而丑陋的翅膀，松垮垮地贴在背上，已静了下来，像顶塌陷了的帐篷。上课铃响了两次，我得走了。蛾在车道上渐行渐远，拖着步伐。我离开，跑进教室。大眼纹天蚕蛾还在车道上爬行，驼着背在车道上爬行，用六只毛毛的腿在车道上爬行，永永远远。

我用一只手遮在玻璃窗上，看见山谷里暗影成潭。暗影冲洗着听客山上的砂岩峭壁，然后以大水淹没之；阴影之洪流流向天际。我筋疲力尽。在普林尼的书里，我读到有关陶土模子的故事。一位西西昂的陶匠来到了柯林斯。他女儿在那儿爱上了一位青年，这位青年经常得离城远行。他和她坐在家里的时候，她总爱描下他经由烛光而投射在墙上的阴影轮廓。等到他不在身边了，她就制出那侧影，加深轮廓，如此得以欣赏他的面庞，记在心中。一天她父亲将一些陶土涂在凿好的石膏上；陶土变硬以后取下烧之，然后"向众人展示"。故事到此结束。那男孩有没有回来？父亲拽着她爱人的头发满城跑，做女儿的做何感想？我真正想知道的是：那侧影还在吗？如果我回去，找到壁炉旁墙上那张面孔的侧影，我一定徒手把屋子拆了，取得那块墙。

重点在于影子。我读到说，外面的影子是蓝色的，因为那些影子是由蓝色的天空，而非黄色的太阳所照亮的。其蓝色正显示了无以计数的粒子，经过无以计量的距离而散落。回教徒的宗教虽禁止偶像崇拜的具象艺术，大家并不严格遵行；但雕像倒真是禁止的，因为会有影子投射。因而影子界定了那真实的。假如我不再像捕获光明的盲人般，将影子看做是"深色的斑块"，那么我把它们看做是种光的表现。它们给了光距离；它们让光得其所。它们告诉眼睛，我身于此处，此处，啊以色列，此处乃世间这有着瑕疵的雕像，此处乃我与光之间，一片虚无当中，那闪动的暗影。

现在阴影溶去了天上蓝色的苍穹，仙女座又看得到了；我抵窗而立，在银河的冷眼凝视下，感到欣喜若狂而又渺小。"对无限的缅想"，此乃迪·基里科①之言：投影流过阳光灿灿的庭院，凿出了峡谷。就某种意义而言，影子确实是投射出去的，用力掷出，像以实玛利一般给往外掷，用一种甩动的力量。这就是那条穿过创造的蓝带，是路旁结了冰的小溪，螳螂在其岸边交配，而巨型田鳖在其无重量的水中吸榨青蛙。影子溪是那条蓝色的地下溪流，冰凉了卡汶溪和听客溪；它在山的肋骨底下，即听客山和死人山，像冰一般切过去。影子溪在森林底下，穿过石灰石的地底奔腾而去，也可能湿湿地浮现在一片叶面下任何一处。我从石头里面拧出它来，它渗入我的杯子。眼睛一瞥瞥

---

① 迪·基里科（di Chirico，1888—1978），出生于希腊的意大利画家、雕塑家、舞台设计师，画风抽象而超现实。——编注

出了深坑，地面裂开犹如一片被风撕开的云，云开星出。影子溪：在我最短的散步路程，即前往信箱途中，我可能会发现自己身处那吸吮而又僵硬的溪水中，水深及膝。我要不就得穿上橡胶靴，要不就得不停地跳动以保暖。

II

鸟须空中飞，鱼须水中游；而昆虫似乎必须做一件又一件可怕的事。我从不问为什么有老鹰或鲨鱼，但是几乎我看到的每一种昆虫我都会这样问。会有一只以上的昆虫——大量繁殖的可能性——这种现象即是一种暴行，施加在人类所有价值之上，以及人对理性上帝的向往之上。即使那位虔诚的法国人让·亨利·法布尔一生致力研究昆虫，他也掩不住一种邪里邪气的嫌恶之感。他描写一只食蜜蜂的黄蜂，这只黄蜂刚杀死一只蜜蜂。假如蜜蜂采得许多蜜，黄蜂会挤压其收获，"迫使蜜蜂吐出鲜美的浆液，这时蜜蜂在临死的痛苦中将舌头整个吐出，而黄蜂就舔食那舌头，饮吸蜜汁……"就在这样一场恐怖的宴饮当中，我曾看到那黄蜂，连同其猎物一起被螳螂抓住：真所谓"螳螂捕蝉，黄雀在后"。这儿有幅可怕的细节："螳螂用双锯尖端抓紧了黄蜂，使其动弹不得，而且开始啃食其肚腹，这时候黄蜂还继续舔食蜜蜂的蜜，即便面临死亡的恐惧也舍不得美食。让我们赶紧拿块布将这些恐怖的景象蒙起来。"

然而，昆虫世界的奇特之处就在于这些恐怖景象没有布遮蒙。这些都是光天化日之下，在我们眼前搬演的谜样事物；我们看得到每一个细节却仍是些谜。赫拉克利特说，神犹如神谕，既不"宣告也不隐瞒，而以征兆表意"；果真如此，那么显然我应当如看水晶球般去了解征兆。地球有好大一部分的能量，投注在草丛里的鸣叫和跳动，以及这些脆裂的啃咬和四处爬行。它们分到最大那块饼：为什么呢？我应当在五斗柜上摆个水族箱，里面养只巨型田鳖，以便思考这个问题。现在我们家里有黄铜烛台，我们应当在教堂里展示螳螂。为什么我们厌恶昆虫，避之不及？我们的劲敌不但冷血、绿血、黄血，而且关在一只喊卡作响的角落里。它们没有我们行动时的那份优雅，以柔软的那一面抵挡风和刺。其眼睛僵硬，脑袋直串入背脊。可是我们生命中的同伴，一大部分是这些昆虫，所以我期望在它们身上找到一丝同伴之情谊。

去年夏天，一只蚱蜢跳到我书房的窗子上，我看了它许久。它那坚硬的外翅很短，身体是种了无生气的蜡黄色，夹杂着黑绿色，无形无状的斑块。这只蚱蜢有丑陋的平面多节口器，机械化的脚，一大堆突起的钉刺。我看着它那往后收窄的肚腹上面有一层壳，且一节节像坦克车碾过的痕迹。我正想转身而去，却看到虫在呼吸，一吸一吐一吸一吐，我心就软了。喔，我说，一吸一吐一吸一吐是吧？它突然跑掉，发出像锉子锉锯的声音，隔着玻璃都听得到，而且到了草丛里还在响。我个人是偏爱蜜蜂的。

大自然其他不说，就是挥霍无度。如果人们告诉你，大自然是多么经济而节俭，叶子又变回泥土，你可别相信。干脆让叶片留在树上岂不更俭省？光是落叶这档子事就是一套激进的计策，是个身怀无穷资金、精神错乱的忧郁病患者想出来的点子。无所节制！大自然什么都要试一次。这就是昆虫的征兆所要说的。没有哪一种形式太过恶心，没有哪一种行为太过古怪。假如你在搞有机化合物，就让它们混合吧。假如成功了，假如它活起来，就把它放在草丛里去喊喊卡卡吧；总有空间多容纳一个；你自己也好看不到哪里去。这就是一种节俭的经济；虽然什么损失也没有，所有的却也都花光了。

昆虫为适应环境而改变是十分明显的。可是适应不良的现象也相当惊人。实在很难去相信，大自然会对这种愚笨有所偏爱。霍华德·恩塞因·埃文斯[1]说到，有些蜻蜓想在发亮的车盖上产卵。其他蜻蜓则似乎为测试某层东西是否为水面，而将腹部尖端伸进去看看。在洛杉矶拉布里焦油坑，蜻蜓将腹部伸入发臭的焦油里，就给粘住了。埃文斯报道说，假如有蜻蜓费尽九牛二虎之力逃脱出来，却很可能重复这种操练。有时候焦油坑里因干了的蜻蜓尸体而闪闪发光。

让·亨利·法布尔的松树队伍虫要说的是相同的情况。虽然这些新的研究显示，某些昆虫有时会为了扩展新领域，而置本能于不顾，

[1] 霍华德·恩塞因·埃文斯（Howard Ensign Evans，1919—2002），美国昆虫学家，主要研究黄蜂。——编注

然而其行事规则，正如松树队伍虫所显示，仍然像马给蒙上了眼罩般，盲从于本能。松树队伍虫是一种头黑而光亮的飞蛾毛毛虫，夜晚会在松树上沿着自己弄出来的、像条丝一样的路线爬来爬去。它们连成紧密的一列，头尾相接，而每一条毛虫会把自己的丝线加在刚好带领队伍的那条虫最初留下的痕迹上。法布尔出来干扰：他在自己温室里一大盆棕榈的盆沿上，逮到它们进行一项白昼的探险活动，路线的痕迹差不多绕了一圈了。昆虫队的领头爬完一整圈时，法布尔将还在盆上爬的毛虫拿开，并将其他不相干的丝痕扫掉，这时毛虫成了一个封闭的圆圈，群虫无首，在盆沿上顺着一条永无止境的爬痕绕行。法布尔想看看它们要过多久才会醒悟。却骇然发现，它们如此勇往直前还不是一小时左右，而是一整天。晚上法布尔离开温室时，它们还在追踪那令人困乏的圈子，虽然晚上通常是它们觅食的时间。

寒冷的第二天早晨，它们一片死寂；然而一旦苏醒，又开始法布尔所谓的"痴呆"。它们一整天都头尾相连，孜孜不倦地爬着。第二天晚上严寒；到了早上，法布尔发现它们在盆沿上分成两堆挤在一块儿。又排起队来的时候，出现了两个领队，而领队通常习惯于探索那已经有爬痕的方位。可是两队相遇了，因此那中了邪似的圆圈又开始绕了。法布尔简直不敢相信自己所看到的。这些小东西不曾饮水进食或休息；整天整夜也都毫无蔽身之处。第二天晚上又结了一层厚霜，冻僵了的毛虫一堆堆挤在一起。第一条醒来的虫刚好不在那条爬痕上，便开辟了新的方向，爬到了盆里的泥土上。有另外六条跟随其踪迹。而盆上的虫也有了领队，因为盆沿上有个缺口。然而它们顽固地绕着那地狱之圈。不久，那七条叛徒因为没法儿吃盆里的棕榈，又随原路回到盆沿，加入了那注定失败的行进。常有饿昏了或疲惫不堪的毛虫蹒跚停步，中断了圈圈；但后来它们不再跟上原先的队伍，而新的领队也没有出现。

第三天暖流来袭。毛虫爬到盆子的外沿到处探索。最后有一条脱离了轨迹。它领了另外四条虫探索盆子较长的那一边；法布尔早先就在花盆旁边放了一些松针给它们吃。它们在离松针九英寸的地方爬行，结果令人难以置信地竟又爬上阶沿，加入了那悲惨的行列。队伍又继续蹒跚了两天，最后它们尝试先前那一组毛虫爬下花盆的路径。它们冒险前往新天地，最终零零落落地回到了窝里。如此历经七天。而法布尔自己，"早已熟悉昆虫类动物遇上一丁点意外时所表现的极度愚蠢"，如今此事重又证实了毛毛虫"昏昧的脑子里没有一丝智慧"，为此他显然仍旧感到郁结。他下结论说："陷入困顿的毛虫挨着饿，没有庇护，晚上受冻，却顽固地坚守那条爬过千百次的丝带，因为它们缺少那最基本的一点点判断力，来告诉自己应当放弃此路。"

我要摆脱这沉寂的空气。是哪一个街角的小贩，上紧了锡制士兵背后的发条，却把它弃置在人行道上？士兵摔落在边石外。以利亚嘲笑巴力的先知，这些先知放了一头牛在一堆木头上，恳求巴力吃掉它。"大声求告吧！因为他是神，他或默想，或走到一边，或行路，或睡觉，你们当叫醒他。"[1]大声求告吧。就是那固定不变，让我们惊恐，那固定不变的，其愚行力量巨大，使我们受到攻击。固定不变是一只广口瓶，我们没办法哄它打开。巴力的先知用刀和刺针划自己身体，而木头还是木头。固定不变是没有火的世界——打不着火的打火石、点不燃的火种，不见任何火花。那是没有方向的行动、没有力道的力，绕着花盆毫无目标前进的毛毛虫，而我痛恨之，因为我自己随时随地也都可能踏上那条迷人且发着光的丝线。去年春天的洪水时，我在卡汶溪浑浊高涨的溪水里，看到一茎褐色的香蒲不停摆动，上上下下，左右来回，一秒一震动。第二天我去看，还是一模一样，就那样毫无意义地摆动下去，像永无止境、让人恶心的刺青。要以什么样的观象法则去解读风吹起的沙在沙漠石头上的书写？它告诉我，万物依一股宽厚的力量而生存，随着一支伟大的曲调而起舞；也可能是告诉我，万物给任意抛掷，四处飘零；又说，我们要的每一项特技和跳跃，都不过就是那一回下落时所变换的各种恐慌姿态。

两个礼拜前，黑夜里，我裹得厚厚的，离开屋子前往听客溪。远在我看得见小溪之前，就已听得溪水拍打激流里的砂岩，寒水奔腾，其声拨剌。不管我希不希望，知不知道，或在不在乎，小溪总是整夜奔流，分秒皆呈新面貌，就像书架上的书，虽已合上，仍不停向自己耳语那说不完的故事；每念及此，心里就高兴。溪流的两岸，让我看

---

① 出自《圣经·列王记上》第十八章第二十七节。

到过那么多东西，溪水冲过来的这个地方，有那么多光，透过反射替我照亮，实在让人难以相信，这份恩宠永不衰竭；来自那永远日新月异之源头的水流，永无止境，公正无私且自由自在。可是那天晚上听客溪消失了，给篡夺了，而影子溪挡住了溪岸。夜里的寒气在骨头里涌动。我站在桑橘树下冻结了的草地上。无月的夜晚；星空里山影庞然。稍微移动视线，依稀可见激流里浪花的灰色线条；嘴角的皮肤绷得很紧，我带着寒意眨了眨眼。那个夜里，想到听客溪在黑暗中兀自奔流——从很远的地方，高高地从听客山看不见的那一头流过来——竟感到几分邪气。从前那种高昂的兴致哪儿去了？这样无声且死寂地从岩石上滚落，温暖而任性，真是既麻木又恐怖：我转身离去。这该死的小溪，是给推了一把才流动的。

那是两个礼拜以前了，今晚就不知道了。今晚月圆，而我在想。我很满意今天一天的"工作"，有茧和卵鞘挂在树篱笆上。梵高壮起胆称这个世界为"一幅不成功的习作"，我倒不敢这么说。我从哪儿得来一些标准，认定昆虫那固定不变的世界是不及格的？我厌倦了阅读；我拿起一本书，读到说"一块块的水蛭躯体也能游泳"。以利亚深深吸口气：点燃那堆木头。梵高尸骨已寒；这世界也许固定不变，却从来不曾破碎。而影子本身很可能转变成美。

有一回，听客溪靠近桥而溪面宽广之处，结起了几寸厚的冰，一只红顶啄木鸟飞过时，巨大的蓝影在底下白色的冰上扑动，因而让我给发现了。它在邻居小孩的冰刀鞋下飞着；他们切割其羽翼，而鸟仍整体且整个儿狂野地翱翔。那影子我想要一块，随处拖一片淡水结的冰，在腋下摇摇摆摆，像爱斯基摩人那样，用来当一扇望向世界之窗。影子就是光射不到的那一片蓝。那就是谜，而谜是古人心目中的世界尽头，是现代探险家的相对无法到达之点，也就是北方那一点，离所有人类知道的地方都最远。美丽而恐怖的双生海洋在那儿相会。伟大的冰河分崩离析。在基督的时代就变成雪花而飘落地球的冰块，随着一声巨响剥离了浮冰群，坍塌成水。可能我们的仪器还检视得不够深入。螳螂下颚深处的核糖核酸是条美丽的丝带。那只爬行的大眼纹天蚕蛾湿湿的心脏里面是否有一个细胞，细胞内有一个特别的分子，分子里面有一个氢原子，而围绕着原子核的是一个狂乱、距离很远的电子，这个电子若分裂成两半，里面是一座森林，正摇摆着。

就寝前，我想出去走几步，代替玩纸牌。这回不必犹豫要不要戴手套；我把自己由头到脚裹在羊毛和羽绒里，走进夜里。

空气像胡椒般刺鼻。我沿马路走，跃过一条沟，爬上我今天剪下卵鞘的那座小丘，也就是多年前我看着母螳螂吐出泡沫的地方。今天晚上那凹凸不平的红土，一小块一小块地冻结在一起；侵蚀而成的险坡在斜射的光线里，盘踞如黎明时刻冰霜里面因压力而形成的线条。月亮发出森严的光，又亮又白。那光不是正午的光芒，而是仙灵发出的光芒，极之轻柔，极之梦幻。我跌在一堆很脆的玻璃草上——我停下不动。小丘旁边巨大的鹅掌楸上冻结了的树枝，像金属剪子般在寒气中咔嚓作响。

我望向天空。我对外太空的红巨星和白矮星了解多少？我想到我们自己这个太阳系，想到天王星那五个无声的月亮——艾瑞欧、阿布瑞欧、泰妲尼亚、奥伯让、米兰达[1]——在其奴役的固定睡梦中旋转。我们这些演员，我预先告诉过你们，都是精灵。最后我望向月亮，又圆又稳地挂在东边，极之清亮简洁。属于咱们家乡的终极月亮。橄榄色的陆块裂开分散之时，白色的冰像百叶窗，往下又往上席卷之时，从月亮上望过来，一定曾是一番景致。双眼眨动时感到寒意，今晚散步散够了。我没有工具去感受那极少数人曾感受到的热力——可是那热力确是有的。根据阿瑟·库斯勒[2]所说，开普勒[3]用凸透镜做一项完全不同的实验时，曾感受到聚焦集中的热力。开普勒写道："我在用镜子做其他的实验，根本没有想到那热力；我不由自主地转身，去看是否有人对着我的手呼气。"那是由月亮传来的热力。

---

[1] 指天卫一至天卫五五颗天王星的卫星。——编注
[2] 阿瑟·库斯勒（Arthur Koestler, 1905—1983），匈牙利裔英国作家、记者，著有《中午的黑暗》。——编注
[3] 开普勒（Johannes Kepler, 1571—1630），德国天文学家、数学家，其最著名的成就是行星三大定律"开普勒"定律。——编注

解开那结

昨天我出发去捕捉新的季节，却找到了蛇皮。那时我正在采石场旁边，充满阳光的林子里，蛇皮就躺在有人丢弃的水族箱旁边的一堆树叶里。我不知道为什么那个人要把水族箱扛到树林深处来丢弃，里面只有一片破玻璃。我猜想蛇觉得很方便；蛇喜欢摩擦硬物以助其蜕皮，破水族箱看来是身边最可借用之物。蛇皮和水族箱一起，在林地上构成了一幅有趣的画面。看起来好像审判中所展示的一幅狂野景象——情况证据，仿佛蛇从水族箱玻璃破掉的那一边挣脱出去，又挣脱了老旧丑陋的皮层，然后在一阵自由与美当中消失，也许就直上了青天。蛇皮上有无棱脊的鳞，可知是条不具毒性的蛇。差不多是直码尺五之长，不过我不能确定，因为每次我试着把皮拉直都会拉破。结果我弄了七八片皮，堆放在厨房桌子上，上面还覆了薄薄一层树林里的灰尘。

关于这蛇皮，我想要说的是，我找到它的时候，它还很完整而且打了一个结。有人说，甚至著名的科学家也这么说，蛇会故意将自己打个结，不让大蛇把它们吞下去——可是我想象不出，将自己打个结对一条努力蜕皮的蛇会有何好处。然则，我向来谨慎，所以又猜想，某邻家小孩很可能在秋天时孩子气地突发奇想，把皮打了个结，然后就丢在那儿，任其干掉积灰尘。因而我就未做多想，将皮带着走，用一条低处的树枝牢牢套住，且首次让它断成两截，后来又弄断好多次。我看到采石场的池子上还结着一层厚冰，地涌金莲也已经出现在空地上，然后我就回家来，看看蛇皮和打的结。

结没有头。我闲闲地用手翻弄，想找到解开的地方，后来我突然醒悟，想到自己一定曾把皮整个翻转了十来次。于是很专注地用一根手指头循着那团结走：头尾是相连的。我不可能打开这个结，就像我不可能打开甜甜圈；这个圈圈既无头又无尾。有那么一秒钟我心想，这些蛇还真是神奇，当然接着马上就理解了可能发生的情况。这皮就像脱下来的袜子般里外翻转了好几寸，然后这翻转部分寸许长——恰好与皮的直径等长——不知怎地又给翻正了，就弄成厚厚一团，而边缘在一团皱里也找不到了，因而看起来就像个结。

就是这样。我一直在想季节之转变。我今年不想错过春天。我想要辨别冬天的最后一层霜和不属于冬天的霜，即春天的霜。草变绿的那一刻我要在旁边。我总是错过这场彻底的革命；总是第二天才从窗户外看到，院子里如此青葱茂盛，我几乎要羡慕尼布甲尼撒 ① 趴在地

---

① 尼布甲尼撒（Nebuchadnezzar），出自《圣经·旧约·但以理书》，其中预言尼布甲尼撒王难逃厄运，将吃草如牛。——编注

上吃草。今年我想要伸一面网进时间里，说声："现在。"就像有人在冰上霜上插上旗子，说："这里。"可是我忽然想到我根本没法用辫发的底端捕捉春天，正如我无法解开蛇皮上明明白白的一个结；没有边可以着力。两者皆为头尾相连的圈圈。

我在想，假如你是地球上第一个人，要过多久你才会注意到季节规律地周而复始。只有日夜，而无其他的时间感是什么感觉呢？你可以说："又变冷了；以前也冷过。"可是你没办法进行那基本的联系，说"去年这时候很冷"，因为"年"的概念正是你所缺乏的。假设你还没注意到任何规则的天体运行，你在地球上要过多久才会很肯定地感知到，任何一段长长的寒冷日子是会结束的？"地还存留的时候，稼穑、寒暑、冬夏、昼夜，就永不停息了。"[1]上帝在《创世记》很前面的部分就这样向人类保证，然而就这一点而言，人的恐惧可能未曾完全消除。

人类文化真正开始之初，保存并传递这项重要的季节资料，必定是不可思议的重要，如此人类才能够预测旱季或寒季，而不至于缩在一块十一月份里的大石头上，可怜兮兮地盼望春天马上来临。我们现在仍然向小学生大力强调一年有四季这么单纯的事；就算新潮老师里面最新潮的那些，他们似乎并不在乎门下学子能否识字或书写，或说出两项秘鲁的出产，然而却也还是会打起精神来，聊些季节方面的事，

---

[1] 出自《圣经·创世记》第八章第二十二节。

并让孩子动手做些纸南瓜或郁金香，贴在墙上。梵高在一封信里面说："人对季节变化非常敏感。"我们"对季节变化非常敏感"恰是躲避旅行的几项好理由之一。假如我待在家里，就可以保有幻觉，认为听客溪上发生之事最为新鲜，认为我自处每一个新季节的前锋和尖端。我不希望同一种季节连着来两次；我不想再有上礼拜的天气，那用过的天气，南到北沿岸的气象报告，陈腐的天气。

是总有反常的天气。我们认为一个季节该有什么样的天气，地球上的生物该有什么样的行为，其实都是统计数字的或然率；每一时刻，任何事都可能发生。每一个季节里都掺杂了一些其他的季节。整个冬天，绿色植物——落叶木的绿叶——到处生长，每一个季节里，也都有小嫩枝色淡而崭新地冒出来。五月里树叶枯死在树上，转成褐色，落在溪里。月历、天气和野生动物的行为，彼此之间牵连甚微。每个季节里，所有事情不过融洽地相互交叠几个礼拜而已，之后又纠缠在一起了。气温自然会远远落在历法的季节之后，因为地球吸热散热缓慢，有如庞然海兽之呼吸。迁徙类的禽鸟，似乎是在可怖的恐慌当中南移，飞离温和的天气和爬满昆虫、长满种子的田野；到了一月，它们又似乎极为热切地再度出现，沉郁地在雪中到处拨弄。几年前，我们十月份的森林简直可以作为有虐待狂的人，月历上一幅令人不悦的彩色照片：叶子都还来不及转褐之前，竟结起了致命的霜；叶子像薄饼般由每一棵树上落下，发黑且疲软。一切充其量是杂乱且无以掌握的事件，而星空下的事仿佛就是如此。

时间就是那相续不断的连环，是那无头无尾、鳞片不断重叠的蛇皮，或者还可以把时间看成是往上盘旋的、像小孩玩的弹簧圈。当然我们不知道连环里面的哪一个环是我们所在的时间，更别提，比方说，连环本身到底在何处，或者那弹簧圈诡异地走在谁人的宏伟阶梯上。我们所寻找的力量，似乎也是个相续不断的连环。我向来认同古时候的观念，认为有位天神存在于某个特别的地方，或是像人类会到处漫游一般，在地表上四处行走——他在"那儿"之时，就必然不在这儿。你可以与林子里面碰见的一个人握手，可是那精神似乎一直滚动下去，就像神话的连环咬尾蛇。没有手可握，也没有边可用来解结。它像只火球般沿着山脊滚动，随意射出一阵火花，且不愿给困住、减速、握住、抓到、剥皮或瞄准。这就是射向溪里激流的火花；这就是阳光灿烂的林子里那纵火者：有本事就将它逮住吧。

当下

I

有本事就将它逮住。

早春三月。我在州际公路上开了一整天的车回家，晕头转向地；我把车开进弗吉尼亚州乌有镇（Nowhere）的一个加油站，是在列克星敦北边。负责的少年（"要检查机油吗？"）赠送咖啡，加一次油送一杯。我一面等咖啡凉，一面在玻璃墙的办公室里和他聊天。他告诉我，当然也还说了些别的，前面和他们抢生意的那家加油站，其免费咖啡的招牌在州际公路上都看得到，但你得付一毛五才可以要他们用保丽龙杯装咖啡，要不，我猜想就得用手吧。

我们聊着的时候，那少年的小猎犬一直在办公室里遛来遛去，一视同仁地嗅闻我的鞋子和金属网架上面的折叠地图。这番与人的愉悦谈话让我清醒，让我回到，倒不是平常的意识，而是一种精神抖擞的欣悦之情。我走出门外，后面跟着那只小狗。

完全就我一个人而已，没有其他顾客。马路上空荡荡的，州际公路看不到也听不到。我闯进了世界的一个新角落，不知名的地方。面前一座小丘延伸出去，在黄色的雀麦草中摇曳，而小丘后面，直上青天，矗立一列巍然的山脊，林木蔚然，带着灿然的褐色光线，生机盎然而又令人敬畏。我从未见过如许颤动且活生生的东西。头顶上，粗粗一条条和一块块的云，在一片金光中匆匆往西北方奔去。身后太阳正西沉——我原先怎么可能没有注意到太阳正西沉？我的脑在过去的几小时里面是厚厚一块木然的黑色沥青，可也挡不住太阳狂野的巨轮。我把咖啡放在身旁的边栏上；风中闻到沃土的味道；我拍拍狗，看看山。

我的手不由自主地去摸狗毛，随着耳下那一溜毛，往下到脖子、前腿内侧，又滑向暖暖的肚皮。

阴影沿着高山嶙峋的两侧跳动；它们像根的尖端，像泼翻的水滩一般拉长，越来越急。暖暖的紫色素聚集在石头的每一道皱褶里，颜色加深并散开，凿出罅缝、深沟。那紫颜色一面跳跃并滑动，一面就将光秃秃的树林和满是皱褶的石头用金色，用不断变幻形状的光彩装扮起来。这些金色光芒忽东忽西，忽而撤回，连续挥洒出耀眼的光，一下迸裂一下滑动，不断收缩、外泄、爆炸。山脊上有一块块突出和隆起，从两侧鼓出来；整座山逼近好几英里；光线变暖变红；光秃秃的树林在眼前像活生生的原生质，一下皱起来一下叠过去，仿若一幅动态图表，或是一幅龙飞凤舞，显示现下这一刻的示波器。空气凉了下来，小狗的皮肤发烫。我比全世界都生机盎然。

这就是了，我心想，这就是了，这一刻、当下、空空的加油站、此处、西风、舌头上的咖啡味道，我在拍小狗，我在看着山。而我脑中一说出这些念头，霎时间不再看得到山，不再感觉到狗。我不再透明，好多的黑色沥青。可是，与此同时，就在意识到失落的那一瞬间，我又知道小狗仍在掌下，四脚朝天地蠕动着。对它而言什么也没变。它把脚放下，让皮肤绷紧，好去感受每一指尖的抚摸，顺着有毛且拱起的内里，顺着腰，顺着后仰的喉咙。

我轻啜咖啡。那山还在变把戏，我望着山，就好像你望着多年前在另一个国度里的旧情人那张依旧美丽的面庞：带着亲切的眷恋，还有种熟识，然而没有真正的感情，只暗自诧异现在两人竟成陌路。多谢，那些记忆。所有宗教都晓得，阻隔在我们和我们的创造者之间的，即我执——同时也让我们和其他人类互相分离。这是进化所赠予的一份苦涩的生日礼物，把我们两端都截断。我开车回家。

有本事就将它逮住。当下是粒隐形的电子；在一张抹黑了的银幕上，其闪电般的模糊踪迹速疾过去，逃之夭夭，无影无踪了。

我让自己提早中断了这次经验——我在自己和山之间让双眼蒙尘，在自己和小狗之间戴上了手套——那倒不是唯一的重点。毕竟是会结束的。我见落日我感受凉风莫不如此。腾空而起的圣人最后还是降回地面，其双脚负载沉重。重点是，不但光阴飞逝我们会死，而且在这种种莽撞的情境中，我们居然是活着的，而且，在某一段无以解释的时刻里，保证会知道这一点。

斯蒂芬·格雷厄姆写过一本古旧而高雅的书《温良的步行艺术》（*The Gentle Art of Tramping*），书里描写到同样的一种天分，真让我吓了一跳。他写道："你坐在山边，或趴在树林里一棵树下，或两腿湿漉漉地仰躺在山涧旁的沙砾浅滩上，一扇大门，看起来又不像门，打开了。"那扇大门开向当下，仿佛用许许多多火光闪耀的火炬照亮之。

由于看到过里面有光的树，我一直以为那扇大门绝对是开向永恒的。现在我"拍过了小狗"——我纯粹透过感官体验了当下——我发现，虽然通往发光之树的门可以说是从永恒那一头打开的，并且以永恒之光照亮了那棵树，然而大门无论如何是开向那棵真实且当下的西洋杉。它开向时间：除了时间还会是哪儿呢？基督在某年某月，几乎不可能地、荒谬地，在某某地点复活了，大家，甚至连信徒也真心地称之为"特殊事件的丑闻"。嗯"特殊事件的丑闻"是我所知道的唯一世界，尤其是我。永恒对光有何用处？我们全都紧紧卷入这桩丑闻里。我们干脆问，为什么不是棵法国梧桐，而是棵菩提？我从未见过一棵不是某种树的树；我从未见过一个人充塞了无限的空间，就连最伟大的神学家也不行。我也没见过哪个人的手是连成一片，没有手指的，像一格格松饼，而非经由时间的入侵而开裂分叉。

我不想过分强调此事。看见发光的树和拍小狗，就性质和意识上而言，都是大不相同的经验。无论多么短暂，那棵西洋杉曾发出永恒的内在火光，常见的落日霞光曾奔过加油站旁的山头。可是在两次事件当中，我都心想，这就是了，这就是了，心中并升起一股越来越强烈的狂喜，赞美主，赞美大地。纯净地体验当下就是空无，你接住天恩，就好像一个人在瀑布底下用帽子接水。

意识本身并不妨碍我们安住当下。其实，那扇通往当下的大门只开给敏锐的意识。甚至自己在心里说些话，也可以帮助我们用力记得正在发生的任何事情。说不定，加油站的小猎狗比我更纯净地体验了那些时刻，可是它没有那么多工具来理解相同的东西，没有资料可供对照，它的收获得自最粗糙的方式，那就是让各种痒都给搔着了。

自我意识倒是会妨碍我们体验当下。单单这一样就让其他所有东西都漏尽。只要我让自己沉浸在，譬如说，一棵树里，我就可以闻到树叶的芬芳或估算其木材的体积，可以吸取其果实的汁液或用其枝干烹茶，而树还是树。然而在做其中任何一件事的时候，自我意识一旦出现——回头张望，可以这么说——树就消失了，就地连根拔起，抛出视线之外，仿佛从未长出。而时间曾如飘零的树叶，时时刻刻载着新的启示流向树中，这时间也停止了。它让我堵住、静止、停滞。

自我意识是都市的诅咒，是世故所代表之一切意义。是我们在橱窗里瞥见自己的身影，是无意中意识到他人脸上的反应——小说家的世界，而非诗人的世界。我曾居住在那儿。我记得都市所提供的：人类友谊、棒球联盟赛、唏里哗啦让人兴奋的刺激，就像吃了强烈迷幻药的一阵高昂，待过去之后是身心俱疲。我记得你如何在都市里等待光阴，想着，假如你停下来想的话："明年……我会开始好好生活；明年……我会真正开始生活。"纯真的世界比较好。纯真知道，这就是了，而且其世界宽广，时间充裕。天真并非婴孩和小狗的特权，更非山峦和恒星的特权，山和星根本无特权可言。我们没有丧失纯真，这世界还没那么糟。就像精神上的其他美好赠予一般，你要就有，免费索取，别人也用更强烈的字眼强调过。是可以像猎狗追兔般追求纯真的：一心一意地，受爱之驱动，倾心于小溪、热爱田野和森林并迷失其中，张大了眼睛在树篱和小丘上盘旋、纵跃，毫不自觉地将那最深沉的、最难以理解的渴望大声喊出，根植于心中的火焰，还有群山间传过来的鸣啼合唱，在山谷之上由一个山头抛向另一个山头，一忽儿模糊，一忽儿清晰，响彻空际，而于此空际亦有猎犬狂奔而过，张大了嘴，哭嚎的回声在肺里低低撞击。

我所谓的纯真，是我们纯然沉浸在某一样东西的时候，精神上的忘我状态。此时心灵既开放而又全然专注。我们不用，也不应该沦为一只小狗。假如你想告诉我，都市里有画廊，我会倒杯酒给你，好好珍惜你的情谊直到你离去；可是我会让泰特画廊（是泰特画廊吗？）里那些纯净的片刻伴我入墓；在那些片刻里，我站在那一幅油画前面，定定地站着，张大了嘴，出现生命，那条河，直上颈部，喘着气，迷失了，退入水彩深处，而深处退入消失点，浮动着，充满敬畏，真的得用力拖走才行。这些是我们少数有生命的季节。让我们尽可能纯净地度过这些季节，活在当下。

当我在空间时间里移动时，那些视觉上的一块块色彩分离、移动，又整合。当下就是视觉的目标，任何刹那间我在眼前所看到的，都是一整幅色块恰好分布成那样。那种形状永不重复。生存就是变动，时间是一条活生生的小溪，载着不断变化的光。我移动时，或者世界在我周围移动时，我看到的那种饱满就破碎了。破碎的刹那是德文所谓的 augenblick，一种特殊的形状，一束光线斜斜射入张开的眼中。歌德的浮士德，一旦对眼前的那一刻大喊"停住这一刻 ①"！便将失去一切。谁没有祈祷过这样的事？可是刹那是留不住的。能享有那一刻就已经很幸运了。当下是一幅随意赐予的油画。它时时刻刻都给撕裂并冲往下游，这点自不待言；然则那无论如何还是一幅油画。

我喜欢那些斜光，我收集之。我说，那个很不错，那一小块溪岸，那蛇皮和水族箱，那片溪水反照在树皮上的光。有时候我将五指张开，做成视景器的样子；我更常做的是透过一小方块或长方块——框起来的一小片阴影——往外窥探，是将食指尖和拇指尖环在眼前弄成的。毕加索讲到黏纸艺术在立体派晚期 ② 的发展，他说："我们试着去除视觉上的拟真假象 ③，以寻找精神上的假象 ④。"精神上的假象！不知道为何这个世界没有了解到这个名词的意思。我们的一生，就好比是在一个悬挂在精神假象里的画廊中漫步——或被迫大步行进。

有一回我去参观一所很棒的大学，我这个外来者东晃西晃，进了

---

① 原文为德语。——编注
②③④ 原文为法语。——编注

其著名生物系的地下室。有扇门上挂了个牌子：鱼类学系。门开了一条缝，经过的时候，我就往里面瞧，不过匆匆一瞥。有两个穿着白外套的人，面对面坐在硬面桌子旁的实验室高凳上。他们都低头看着一模一样的搪瓷浅盘。桌子的这一边，有个人正用一把刺脉针，切割一大条刚从瓶子里取出，经过防腐的鱼。另外一边，另外一个人，正用一把银匙吃着葡萄柚。我一路笑回弗吉尼亚。

迈克尔·戈德曼在一首诗中写道："缪斯来临时不叫你去写诗；她说站起来一下，我有样东西给你看，站这儿。"是什么让我抬头望向路边的树？

通往弗吉尼亚州格兰迪的那条路，如你所料，正是一条像草书般的窄路，笔划划在峰形山脊离奇到无法相信的山上。住在沿路的人看起来也都形销脊弯。炎热晴朗的夏日，路面正向右急弯。已经好几英里内未见人家，放眼望去也杳无人烟。路弯上有棵巨大的橡树，一棵庞然的大果枥①，树龄两百，一百五十英尺高，这棵橡树最矮的枝干也比最长的梯子长。我抬眼望去，树上布满了衣服。红衬衫、蓝裤子、黑长裤、婴儿围兜——都不是挂在树枝上的。衣服都在面上，摊开了像在晾晒，仔细地铺在大橡树树顶的外围叶片上。可有枕头套、毯子？不记得了。倒是有各色艳丽的棉质内裤、黄色连身裙、小孩的绿毛衣、百褶裙……你知道路是怎么一回事的。前面有弯你就转，不假思索地，一路前进。我再回头瞬间一瞥，大吃一惊；大树两侧的浓密

① 枥树，别称橡树。——编注

枝叶，直到树顶，全是衣服。幻觉！

然而当下除了一连串快照之外，还有别的。我们不只是感光的底片而已；我们还有情感，可保存资料的记忆和历历重现过往影像的记忆。

我们各个层次的意识是一圈圈阶梯式的轨道，存放各式各样不相配合的一堆同心卷轴影片和声带。每一卷影片一辈子放映那虚虚实实，透明影片中的金光闪耀和模糊不清；每一卷声带时时刻刻都以其特有之音调，哼着属于自己的秘密曲子。我们有时收听收看，有时关掉。所有时刻都保存下来了。不在脑海中的时间仍是时间，累积起来，提供给当下。即使在最沉的睡梦中，你都会猛地醒来——老了些，更接近死亡，智慧增长了，气息尚在，甚感欣慰。在黑黑的戏院里，你离开座位，穿过空荡荡的大厅，走出双层玻璃门，像俄耳甫斯①般走到街上。而你所遗忘的时刻，其累积起来的力量令你头晕目眩，脚步蹒跚，就好像船侧让一块木板给击中。全都排山倒海回到脑中，你说，是呀，仿佛沉睡了一百年，就是这样，天气确是这样，淡紫色的光渐渐隐去，重重的水汽在肺里，人行道上的热气在双唇和手掌间——不是马蹄扬起的橘色灰尘，咸咸的海，酸酸的可乐——而是这实实在在的空气，血液再度在大腿间鼓动，手指头活着。回家的途中，你在香气四溢，轮廓显现的树下一路开车，欢欣莫名，浑身充电。

① 俄耳甫斯（Orpheus），希腊神话中的诗人与歌手，善于弹奏竖琴，其声使"猛兽俯首，顽石点头"。妻子欧律狄克被毒蛇咬死，他追至阴间带出妻子，但在临近地面时，因忍不住回首而使妻子再坠地狱。——编注

II

我现在坐在听客溪边的一棵桐叶枫下。早春，拍过小狗的第二天。我在正午时分来到溪边——后院里的那段小溪——来感受空气里的热气轻柔地聚合起来，真正是太阳的热气；也来观看新的水流过溪中。别期望更多，但可神游一番。我来采购一些现在式；我十分警觉，东寻西找，一年比一年厉害。这是个卖主的市场——你以为我不会卖掉所有家当来买这些东西吗？托马斯·默顿①的一部《客西马尼园②日记》里有段轻松的文字，其中一段他写道："提议修改主祷文如下：删除'你的国度降临'，代之以'给我们时间'！"然而时间这样东西已经交给了我们，却也把我们交给了时间。时间让我们身陷漩涡。连续多年，我们不断地由记不起的梦中醒来，惊讶地环顾四周，然后又睡过去。我想要的就是保持清醒，让头抬着，把眼睛撑开，用牙签撑着，用树。

面前的溪流十七英尺宽，拍打着不经意露出溪面的砂岩矿和四处散布的岩石。我运气很好；这段溪水，因为那些石头的关系声音很大，而且奔放。夏天和秋天水位低的时候，我可以踩在石头上跳到对岸。

---

① 托马斯·默顿（Thomas Merton，1915—1968），美国诗人、天主教作家。——编注
② 客西马尼园（Gethsemane），原指耶路撒冷的一个果园，传说耶稣和门徒在最后的晚餐之后在此地祷告。这里指美国肯塔基州客西马尼园修道院，托马斯·默顿在这里度过了他人生的最后二十七年。——编注

上游是一大幅光，让溪中光滑的岩棚割成一条一条；那些岩棚像阶梯般整齐地横过溪流。下游处，我面前的活水静止下来，仿佛给消灭般突然死去，并消失在弯处；那弯处在夏天和冬天里有鹅掌楸、刺槐和桑橘，形成了拱门般的树荫。眼光所及之处尽是溪边树木，树干抵着溪水和草丛往上升高，突显了这块地方垂直上冲的地势。小溪让眼睛休息，是避风港，是怀抱；陡峭的两岸像羽翼般由溪里拔起。就连从桐叶枫树顶也无法从任何方向窥见平地。

我的朋友罗莎娜·科格索尔，那位诗人，说"茜卡摩儿"①是英文里面本质上最美的字眼。这棵桐叶枫很老了，下半部的树皮总是布满灰尘，因为树干长年累月地受到大水的拍打。这棵树像其他桐叶枫一样古怪，喜欢奔逃和远足。其树干以一种令人晕眩的角度倾向溪面，树干上则伸出一枝又长又瘦的细枝，高高地冲向对岸，而且没有分枝。溪面映出这条细枝斑斑点点的表面，枝干即使衬着最高的云层也显得苍白，而溪里的影像则显得更白，横过溪面越来越细，遇到急流便碎裂开来并混成一团，颤动不已且斑斑驳驳，就像水底里一条巨大的原始爬虫。

我想要想想树的事情。树和现下讨论的主题有种奇特的关系。宇宙间有许多创造出来的东西活得比我们久，甚至于比太阳还要久，可是我没办法去想它们。我跟树生活在一起。有些生物在我们脚下，有些活在我们头顶上，然而树颇具说服力地和我们住在同样的一丝空气

---

① 茜卡摩儿（Sycamore），即"桐叶枫"的音译。

中，除此之外，它们很厉害地双向伸展，既往上又往下，剪破石头轻扇空气，就在我们无以触及的地方进行它们真正的活动。盲人对于巨大的观念就是一棵树。它们有坚固的身体和特殊的技能；它们贮藏鲜美的水分；它们固守本位。这棵桐叶枫在我之上，在我之下，在听客溪边，它就是一个很好的例子；看见它，脑中就塞满各式各样让人分心的思绪，每一缕思绪，都如同这一茎茎的草触压手肘皮肤的感觉一般真实。我想要说明，意识在脑子那迷宫般的轨道中横冲直撞，总是一再回到感官上头，不管停驻的时间多么短暂；我想借着这番说明，引向当下的主题："假如树林里只竖着一棵笔直而坚固的树，所有生物都会跑过去摩擦树干，站稳脚步。"但是只要我逗留在思绪中，我的脚就在树下溜滑；我跌倒，或是舞蹈。

桐叶枫是最晚发叶的树木之一；秋天里，它们又是最先落叶的。它们会好一阵子展着绿色的阔叶，制造甜美的食物——其叶阔如盘——然后变得狂乱，挥舞又长又白的手臂。古罗马人为了表示尊崇，用酒浇洒在桐叶枫的根部——它们其实是桐叶枫的表亲，即东方梧桐。我在书上读到，说薛西斯 ① "停下他那庞杂大军达数日之久，以便尽情默思"某棵桐叶枫之美。

你是波斯的薛西斯。你的军队散布在广袤干旱的准平原上……你

---

① 薛西斯（Xerxes，约公元前519—前465），又译作泽克西斯，波斯帝国的国王，发动希波战争。——编注

集合所有忧愁的军官下令停驻。你看到了里面有光的树，对不对？你一定看到了。薛西斯在平原上挣扎，野心随着呼出的气息枯竭。那些齐发的子弹可以立即挡下任何一支军队。你的士兵惊愕不已；他们靠在长矛上吸吮瓜皮。周围一片平坦，无一物吸引视线，什么都没有，只有一片空洞迫人的天空，一片荒芜的芦苇长在饱受风吹的岩石背风处，一棵枝条瘦弱的杨柳追踪着睡着了的水流……还有那棵桐叶枫。你看见它了；你仍站着，充满狂喜，哑口无言，好几天里，或记得或忘记用袍子遮盖头额。

"他将其形状刻在一面金牌上，好让自己一辈子记住。"你唇齿打颤，天即将破晓，你刚回过神来没一会儿。"金匠！"金匠还没睡醒，老大不高兴。他点燃熔炉，他打开满是灰尘包裹着半遗忘了的铁笔及火钳的棉布，他等待太阳。我们都应该随身带个金匠。但是薛西斯啊，不用说，没有一片挂在你颈上的金牌能召回那美好的时刻，能让那些光随着你活多久就亮多久，永远在眼前，是吗？帕斯卡看到过。他拿起纸和笔，努力写下了那一个字：火。他将纸缝在衬衣上，穿戴一辈子。我不知道帕斯卡看到了什么。我看到一棵西洋杉。薛西斯看到一棵桐叶枫。

这些树让我心动神移。过往伸出一根手指头，伸进现下皮肤上的一条裂缝里，并用力拉扯。我犹记在都市里，在匹兹堡，甚至在最繁忙的街道上，桐叶枫曾经如何茂盛——现在可能仍然如此。我曾经在后院待上好几小时，天晓得心里想些什么，一面无所事事地剥下斑驳的桐叶枫树皮，草地上扔满了一粒粒一条条的树皮，而树干上与眼睛齐高处一片潮湿，皮薄而青黄——如此直到有人从厨房窗口将我逮个正着，我才猛醒，惊异地看着自己干的好事，心想，糟糕，这回我铁定整死这棵桐叶枫了。

在弗吉尼亚州，桐叶枫都长得极为高大，尤其是河岸两旁的低地。很难想象同一种树如何能够同时身处在匹兹堡难以呼吸的佩恩大道（Penn Avenue）上，又艰难地立足在水深及膝的听客溪中，却依旧活得很好。当然啦，回头想想，自己也曾如此。因为桐叶枫的原生树皮没有弹性，十分易裂，因此在生长的时候不断脱皮；远远观之，桐叶枫似乎一面拔高，一面却长得苍白而又脆弱；最顶端的秃枝，背衬天空，泛着白色。

天空深邃而遥远，镶着桐叶枫枝干的花边，犹如用细线勾勒出来交叉排放的长剑。我几乎看不到了；我没在看。我来到小溪并不是为了一片毫无阻隔的天空，而是为了寻找庇护。背靠在桐叶枫下的陡峭河岸上，眼前的小溪闪闪发光——小溪乃我唯一能忍受的光——再过去是河对岸，同样陡峭，种满了树。

我从未了解，为何各宗各派的修行者都在山顶上体验到上帝的存在。他们难道不怕被吹走吗？上帝在西奈山上对摩西说，即使那些能够到主面前的祭司，都得让自己成圣，因恐上主突然与他们对立。这就是那份恐惧。它常让人觉得最好躺下、不起眼为妙，而不要在高处像雷电电光般，到处舞弄自己的灵气。因为，假设上帝一方面是那点火者，是团火球，在每一片大陆上翻滚而过，另一方面却又是毁灭者，是闪电，是盲目的力量，如同大气般公正无私。上帝也可能就是一个"G"字①。你会觉得自己身在一弯曲、中空之处，只受制于一柱较为窄小的、气流一般的上帝，心中感到十分安慰。

空旷之处，什么事都可能发生。多萝茜·邓尼特②，一位了不起的中古史学家，下此断言说："在开阔的地势中，伪装了的弓箭手是得不到回答的。"不管在哪儿，任何一条铜斑蛇都是伪装了的弓箭手；上帝远比这厉害得多！无影无形是前所未见的一大伪装，而这唯一的无限力量，以如此挥霍且莫测高深的方式经营着死亡——早晨、中午、夜晚，各式各样的死亡——这力量因而是位弓箭手，想躲也躲不掉的。而我们人类是如此地脆弱。我们的身体充满了死亡。我们的腿是恐惧，胳膊是时间。这些寒冷的体液渗入我们的毛细血管，每一个细胞，在无生命的冰冷的轻触下，立显沉重，而那轻触苗长并膨胀并将细胞吸干。那就是为何身体方面的勇气如此重要——它似乎填补了那些洞——又为何这勇气如此令人振奋。稍微勇敢的举动、冒的险和通过的阻碍，皆让你感到像孩童般理直气壮。

但是越到后来越难。孩童和野兽的勇气是纯真的功能。我们让自己的身体屈服于恐惧。少年时期的男孩为世界之王，往往花上好几个

① 上帝的英文是 God。
② 多萝茜·邓尼特（Dorothy Dunnett，1923—2001），苏格兰历史小说家。——编注

礼拜在镜前练习困难的技巧，也许是打火机、某处肌肉、网球或钱币，直练到完美。为什么我们会失去驾驭身体的兴趣？如果我喜欢侧翻筋斗——我真的喜欢——我为什么不去学侧翻筋斗，却惋惜自己小时候没有学会？如果那样，我们都能成为松鼠般的空中飞人，海豹般的潜水者；假如生活或身材需要，我们可以纯然耐着性子，绝对地快速，甚至用手走路。可我们连坐都坐不直，连疲惫的头颅都撑不住。

失去了纯真——开始感受大气的沉重，了解到罐中乃死亡 [①]——就离开了感官。只有孩童才听得见屋中公鼠的吟唱。只有孩童张大了双眼。他们唯一具有的东西就是感官；他们具有发育得十分完整的"输入系统"，所有资料不加区分一律接收。麦特·斯比壬收集了成千上万的箭头和矛头；他说如果你真的想要找到箭头，就得和小孩子同行——小孩什么都捡。长大成人以后，我一直希望看到黏合起来的飞蝼幼虫卵鞘。结果是朋友的小女儿莎莉·摩尔在一条浅溪的卵石溪底上找到一个，那时我们正并排坐在小溪岸边。她问："这是什么？"我认出她拿着的意外收获，很想告诉她，那个东西对书读得太多的人而言，乃代表死亡。

我学会如何聚精会神，且学得很好以后，莎莉和我，我们两个那

---

① 罐中乃死亡（death in the pot），又可译为"暗藏的危险"，出自《圣经·列王记下》第四章第四十节。——编注

天又找到了其他的飞蝼卵鞘，我还救活了一个。卵鞘是个四分之三寸长的中空圆柱体，一件小小的泥水杰作，全由一粒粒粗沙黏合起来，只有一层厚度。有些沙粒是红色的，而我就是借着搜寻这种红色，才学会如何看到卵鞘。飞蝼幼虫会利用所有能找到的丁丁点点，来塑造其房子。昆虫学家还曾经将裸露的幼虫放在一只装了譬如说红沙的水族箱里，发现非常有趣。幼虫在身上铺了几排红沙后，昆虫学家便将其换到另一个水族箱里，里面只有白沙。幼虫忙将白沙加到红墙上，而这时候昆虫学家又来了，这第三个水族箱，也就是最后一个，里面装满了蓝沙。无论如何，我想说明的是，这小小的，未发育成熟的生物具有一种本能，要在其肉身和这个粗糙不平的世界之间放些东西。假如你只给"泥水马赛克"类的飞蝼幼虫大片腐烂了的叶子，那幼虫面对全然新奇的东西，仍会将叶子咬成碎片，然后将碎片拼成一个卵鞘。

　　大自然里面的普遍规则就是，活着的东西内里柔软，外在坚硬。我们脊椎类动物很危险地活着，而且我们脊椎类确实很可怜，就像许多剥了皮的树一样。常有人做如是想，然而无一人能像普林尼说得那么妙。他写到大自然时说："所有其他的东西，它都各依其类，一一披以足够的外衣，也就是：甲壳、外壳、厚而硬的皮、刺、粗毛、鬃、毛发、羽绒、翎管、鳞甲以及松卷的长毛。植物的枝干和茎部则用树皮和外壳为其抵挡寒热，不仅如此，有时候同样的皮还是双层的：唯有人，可怜虫，他赤裸裸地摆在光秃秃的大地上，甚至生下来的那天就已是如此，让他自诞生世上的那一刻起就立刻大哭大喊。"

我坐在一棵桐叶枫下：我属软壳，微风轻吹，沙砾稍触，皮即剥落。在树下，生命中的当下看起来有所不同。树有领土。我从未杀死后院的那棵桐叶枫，就算它最脆弱的内层树皮也是一层保护。树木并不积聚生命，而是积聚枯木，像一层越变越厚的盔甲。它们其实活得越老胜算越大。有些树，像巨型红杉，实际上可说是不朽的，只有另一次的冰河期能打败它们。它们连火都不怕。红杉木很少燃烧，其树皮"几乎像石棉般防火。某株红杉的树顶，在几年前七月里的一场暴风雨中让闪电劈中，静静地闷烧，而树木显然并没有受到损伤，直到十月里一场暴风雪将火给熄灭"。有些树将主根扎入石头里，另有一些则伸展出宽广的一片根，牢牢抓紧几亩地。这些树不会给吹倒。我们在这些方尖塔般的生物周围跑来跑去，柔软的小脚摇摆而行。我们正在远足，举行野餐，像小狗般给养得肥肥胖胖，为的是那一死。我要不要在这树干上刻下名字呢？要是我摔倒在树林里呢？有没有树会听见？

我正坐在岸边一棵桐叶枫下，脑子是一片斜坡。阿瑟·库斯勒写道："伍德罗（Woodrod）做了一番文献回顾，有关人心理上对当下的感觉，发现，一般估计，这当下感最多在二点三秒到十二秒之间。"那一段下滑是如何计算出来的呢？你一旦意识到，它就不见了。我重复一个词：山的薄顶。山的薄顶不久就爆发了。由我脑子的核心爆发，犹如火山一般。我可以看到那些山顶；它们教人惊讶、呈锯齿状——像切菜刀刀刃般——而且色褐如树叶。锯齿状的边缘如此之薄，都变成透明的了；透过褐色山脊顶上的其中一边，我可以看见一只正在盘旋、两爪锋锐的老鹰，但只是其剪影；透过另一边，则看见金属矿物深而细的脉络。这不是听客溪。我究竟住在哪儿？我失去自我，我飘浮空中……我在波斯，正在努力用德文订一只西瓜。真是疯狂。工程师已经弃控制室于不顾了，有个笨蛋正在捻接卷轴。我能对关于"当下心理文献"有些什么贡献呢？假如我能够记得按下码表上的按钮，就不会在波斯了。人还没发明秒的单位以前，大家习惯以脉搏来计算为时甚短的事件。啊，可是当我看到里面有光的树之时，手腕上的起伏是如何的呢？那时我的心跳停止了，可是我却仍然在那儿。

　　一幅幅景象无中生有地飘过银幕。我永远也没办法发现任何一幅景象，和我较有意识在想着的事情，彼此之间的关联，也永远没办法将那幅景象如先前那么生动地召唤回来。就好比一个鬼魂，全身盛装打扮，飘过舞台上的布景，那些主角却都没注意到。它很完整地出现，色彩鲜明，一语不发，却已经在消退当中：匹兹堡第五大道上的网球场、华盛顿公园里一座骑马者的雕像、纽约市里一家位于地下室的服装店——我以为这些景象对自己毫无意义。没有一幅是静态的，镜头总是在移动。而且那些景象总是正要从眼前消失，就好像我总是身不由己地正在走下山坡、正转过一个角落、正开门走到街上，身边的友人在一旁催促，而我回过头去看到景象退去、消失。我意识中的当下，本身就是个谜团，这谜团总是正在转弯，像是在大水中载沉载浮的一截树枝。我身在何处？可是我又不在。"我会让它翻覆、翻覆、翻覆：它将不再存在……"

那么好吧。打起精神来。难道这就是我度此一生之处？在这个"爬虫脑袋"里，这盏脊椎顶上的灯，像灯塔般闪着疯狂的一线光，不分青红皂白地照向黑暗，照向飞蛾毛茸茸的胸腔，照在跳跃的鱼背上，帆船的残骸上？到上一层来；面上。

我正坐在听客溪边一棵桐叶枫下。我确实在这里，活生生地在众树下错综复杂的土地上。可是在我之下，就在草地上，压在我身体的重量之下有其他生物，同样实在，对它们而言，这一刻，这棵树，同样是那"真实的存在"。只须取土壤最上面的那一层，也就是在我手掌下蠕动的那个世界。在森林土壤最上面的那一英寸土中，生物学家发现："每一平方英尺平均有一千三百五十六种生物，包括八百六十五只小虱、二百六十五只弹尾虫、二十二条马陆、十九只甲虫成虫，以及其他十二种数目不一的生命形式……假使估算显微镜下所能看到的族群，很可能数目增至二十亿个细菌和上百万的霉菌、单细胞动物和藻类——全都在不过一茶匙的土壤中。"蝶蛹也在此逗留，包覆着、僵硬，而且无梦。我就不妨，尽我所能，将这些生物纳入这一刻。我忽视它们并不会剥夺它们的现实，而让它们一个接着一个进入我的意识，可能会让自己意识更清明，可能可以将它们幽暗的意识加在我的人类意识上，如此这般的人类意识，并让这特别的时刻，这棵树，触发一声铃响，一阵悸动，就像沉在水中的麝香鼠在水面上引起的涟漪荡漾。哈西德教派有一项传统，认为人生的目的之一，乃视创造之物为神圣，以协助上帝的救赎工作。虔诚之士，极之奋力地将自己心神一提，释放了困在时间中那些无声无息之物的神圣火花；他将创造的形式和时刻提起，载着它们，高高进入稀有的空气和神圣的火中，所有陶土在此必然打碎破裂。让树底土壤下的世界留在脑海中，留在智识中，乃我所能尽的最微薄之力。

蚯蚓东倒西歪地成一纵列在脚下的沙砾中蹒跚而行，大口吞下树叶，并吐出一吨吨转化了的东西。田鼠挖掘错综复杂的网状地道，小溪边的这些田鼠地道往往多到了我走路的时候每走一步都会松陷。田鼠的皮里面几乎是完全松软的，而且孔武有力。假使你捉得到一只田鼠，它除了咬下令你铭记于心的一口之外，还会痉挛一缩之后，由你手中跳走，消失之速度说有多快，就有多快。你永远无法真正看清楚它，只感觉到掌中的起伏和戳刺，就好像拿了一颗包在纸中正在跳动的心。如果我有田鼠的力量和意志，还有什么事是办不到的！然而田鼠只翻土。

去年夏天，一些麝香鼠在岸上这棵树的树根下做了一个窝；我想它们现在还在那儿。麝香鼠湿湿的毛皮，将窝里圆顶状的黏土墙壁弄圆，又将之弄得光滑如爱斯基摩人的冰屋。它们在地上洒下植物皮壳和种子，一阵又一阵地发情，睡觉时把背拱起，浑身湿漉漉地，团成一个球。这些都同样属于布伯所谓"眼前这一刻的无限道德"。

我人还不在此处；我无法忘却州际公路上的那一天。我的心像一棵树的树干枝芽东分西叉。

在我脊椎底下，羊桐槭树根吸取湿湿的盐分。根的前端在土壤间穿刺扭动，微细地探索；其游走、萌芽的组织里长出极为细小的根毛，透明且中空，附着在一小点一小点沙砾上并吸啜着。这些小水流又静又深地流动着，整个大地颤栗着，裂开，生出缝隙，抛开且给吸干。不知道树死了以后根部系统会如何。那些散布开来的网状小根是不是会挨饿，在一片富饶当中挨饿，并且脱水，紧紧扣住一点一点的沙土。

在这个世界的针叶树下——在我所坐之处后面的岸边的西洋杉下——一整片菌类如织锦般包覆住土壤，伸出颜色浅得要溶掉了的白色细弱小丝，小丝之上又伸出盲目的细丝。由根尖到根尖，根毛到根毛，这些细丝一圈一圈绕着，四处蜿蜒；想到它们就会联想到兰波所写的："我将绳索拉起，从尖塔到尖塔，花环从窗牖到窗牖，金链子由星星到星星，并且跳舞。"大卫王在荒凉的沙漠里赤身裸体地在上主的方舟前跳跃舞蹈。此处那一圈圈绕住了的土壤，是一堆繁复的赞美，四处联结；让它裂开；有地方跳舞就跳舞。

昆虫和蚯蚓、田鼠、麝香鼠、根和菌丝，这些都还不是全部。在我身体下深处，更微弱、更暗淡的动作，一种孔雀舞，正在进行。蝉的幼虫都活着。你看到它们裂开的皮肤，一寸长，褐色，而且透明，弯曲且一节节像虾子，背拱起黏在树干上。偶尔你也看到成虫，大而强健，黑色和绿色的身体闪闪发亮，布满血脉的透明翅膀折叠在背上，还有看来像是人工假造，红而亮的眼睛。它们都在地底下，紧紧抓住树根，吸取树木甜美的汁液。

在南方，周期性的蝉繁殖周期是十三年，不像北方是十七年。一只活的生物，花上连续十三年的时间在树的根部系统，那又黑暗又潮湿的地方乱爬乱翻——十三年耶！——实在是让我困惑不已。多四年——或少四年——不会让这幅画面起丝毫变化。在四月里一个黑黑的夜晚，仙子现身了，全部一起，每一平方英尺有八十四只多，掘开了泥土飞向空中。它们一点一点地慢慢爬向树木和灌木丛，蜕了壳，然后开始那持续一整个夏天的空洞尖拔刺耳的叫声。我猜想它们身为幼虫的时候，从来见不到太阳。成虫沿着树木细枝的树皮裂缝产卵；孵化了的幼虫掉到地上后钻进土里，消失在地表上，慢慢消磨光阴，等上十三年，现在有多少只在我底下，期盼着什么呢？我会想什么想上十三年？它们在树根蜷曲起来，爬来爬去，紧抓着树根，并且吸取，瞎着眼地吸取，下雨也好晴天也好，溽热也好结霜也好，一年接着暗中摸索的一年。

而在蝉之下，比最长的主根还要深，在圆圆的黑岩石和斜斜的砂石石板之间，以及底下的泥土里，地下水慢慢爬着。地下水以一年一英里的速度渗透滑动，往横流又往下流，从这里到那里，细微地滴漏着。一场惊人的水拔河正在进行！每一刻每一个方向都有甩动和拉扯。

草地底下的世界是一场疯乱的摔跤：大地将因之而动。

　　就在此际，地下水在我脚下爬过之时，还有什么在进行呢？银河系正在缓慢地、声音低沉地扩大。假如每一小时有一百万个太阳系生成，那么就在我将身体重心移到另一个手肘之际，必定有上百个太阳系突然形成。太阳的表面现在正在爆炸，其他的星星自爆而消失，又重又黑，再也看不见了。一整天都有陨星正在弧形地飞向地球，而我们看不见。星球上风在吹：极地的东风、西风、东北和东南贸易风。某处，在马纬度无风带，在热带无风带，张起满帆的人因无风而停航；在北方的国度，捕猎者闻到了奇努克风 ①，亦即噬雪风，因其怪异的味道而癫狂、发疯，此风可以在一日之内融掉两英尺厚的雪。帕姆佩罗风 ② 在吹，还有屈拉蒙塔那风 ③，还有博罗风（Boro）、西罗科风 ④、勒凡特风 ⑤、密斯脱拉风 ⑥。舔舔手指：感觉现在。

　　春天正以一天十六英里的速度向着我同时远离我，向北方渗透。美洲驯鹿零零落落地由南边的云杉和枞树森林横过苔原，先是有身孕的母鹿，匆匆地，接着是年迈和未交配的母鹿，然后突然聚集了一群牡鹿，最后是生病的和受了伤的，一只接着一只。某处，飞机上的人

---

① 奇努克风（chinook），指从海上吹向美国西北部海岸一带的暖湿风或落基山脉东坡吹下的干暖风。
② 帕姆佩罗风（pampero），指南美安第斯山吹的西南寒风。
③ 屈拉蒙塔那风（tramonane），从阿尔卑斯山和其他地中海向南或西南狂吹的干冷北风。
④ 西罗科风（sirocco），从非洲吹向南欧一带的热风。
⑤ 勒凡特风（levanter），地中海西岸的强烈东风。
⑥ 密斯脱拉风（mistral），隆河流域和法国南部吹向地中海的寒冷北风。

正在观看落日，并往下凝视万家灯火，简直看呆了。在秘鲁的山区，安第斯山坡上的雨林里，一位女子跪在林中开垦地的泥土中，面前是交叠的阔叶搭成的阴暗遮篷；两乳间挂了成十字形的平滑树枝，她用牙齿剥其树皮，又用藤条鞭打之。全世界潮河河口的沿岸，一群群黑色像黑醋栗的蜗牛，正在芦苇茎部滑上滑下，每一刻都随着潮汐的起落而迁徙。在我背后的听客山，在我左边的死人山，每一年皆侵蚀千分之一寸。

从前常将我弄醒的公猫已经死去，它早已成为蚯蚓犁土时的原料，现在则是匹兹堡一棵桐叶枫的透明树汁，或是蚜虫在那棵桐叶枫高处的细枝上吸取到的蜜汁，尔后又黏黏地一滴滴喷在陌生人的汽车上。马路对面的一只小阉牛，步履蹒跚地走到听客溪里去喝水，它眨眨眼，舔舔嘴；水流中一片漂过来的叶子让牛后腿足踝给堵住，然后又挣开了。我看到的巨型田鳖已经死去，早已死去，如同其吸干、溶化、摊开来的青蛙空皮囊，那皮囊现在恐怕还摊在那儿，田鳖湿润的内脏和坚硬的外壳，都在小阉牛的毛细管里，在头顶吹过的一小片一小片云里，在藻海里。从屋顶上展开双翅往下落的反舌鸟……但这不是将死去的东西——数来的时刻。那是晚上的工作。死者瞪大了眼睛，在地底下，睡着了的足踝伸在空中。

我看到的鲨鱼，沿着海岸来来回回地游荡。假如鲨鱼不再游荡，假如它们安静下来不再翻动，并休息一下，就会死去。它们需要让新鲜的水推入鳃中，它们需要跳舞。在我东边处，另一片大陆上，日正西沉，而燕八哥正令人屏息地一群群高高飞过天空，回到夜晚的栖息处。溪水里，就在下游转弯处，大鹬鸟将爪子伸进水里东探西探，红眼睛骨碌碌转动着。屋子里一只蜘蛛在纺车上沉睡，仿佛一位纺纱女一整天窝在墙角。螳螂卵鞘绑在山梅花篱笆上；每一个泡里，每一只卵里，细胞变长，变窄，然后分裂；细胞躁动起来并往内弯曲，对准排直，变硬或变成中空或往外伸展。那只大眼纹天蚕蛾双翼挤在背上，在车道上往下爬。那条蛇，蛇皮让我丢掉了，其自制的、个人的皮，现在在本县的垃圾场里纠成一团——采石场旁边树林里的蛇现在动了起来，现在动作加快了，在腐叶土堆下受到了阳光，受到了五月苹果树探索的根，受到了血根草花苞的刺激。那你现在在哪里呢？

我站立着，体内所有的血液冲向双足又立即冲向头部，我因而眼盲而面赤，如同一棵树，向树叶猛送由根部卷起而喷涌出来的水。我是怎么了呢？我站在桐叶枫前目瞪口呆，我凝视着巨大的树干。

大树唤起回忆。你站在树下幽暗处，此处的光是蓝的，你心不在焉地凝视树干最粗的部分，仿佛那是一条又长又暗的隧道——松鼠丘隧道。你不见了。暗下来了的隧道尽头膨胀并迫近；车胎碾过砖头的尖锐声响越来越高拔，到了令人耳聋的地步；阳光突然打在引擎盖上，啪地一下，然后直直照在你脸上。你完成了过去。

爱斯基摩巫师被海豹皮做成的皮条绑在冰屋内的地上，他会离开身体、皮肤，像一条剥了皮的海豹，"肌肉赤裸"地穿游过陆地的岩石，为的是要安抚住在海底的一位老妇，此妇或放行或扣留猎物。完成了这项饱受煎熬的任务，爱斯基摩巫师会醒过来，回到皮囊里，历经了穿岩凿壁时给剥皮的黑暗、热烈而筋疲力尽，这时发现自己身在照亮了的冰屋里，似乎有个宴会，周围都是亲切的面孔。

就像这样，我穿透了一桐叶枫树干，又通过了宾夕法尼亚州一座山地底下的隧道，我眨眨眼，为黄色的光所震慑，并发现自己身处小镇多荫的一区，在一间空空如也的饭厅里跳着舞，在许多年以前。有嘈杂的喇叭乐曲，节拍柔和，模糊不清，就好像电影爱情戏的配乐，却在都市剧院里演奏着；有一道无比遥远的光，淡淡地发自依稀记得的面孔……我动了一下。双肩的起伏让我回到现在，回到那棵树，那棵桐叶枫，我将自己用力拽走，推开并走动，去寻找活水。

Ⅲ

活水能疗记忆之伤。我望向小溪，未来，来临了，给高高举起，像是装在一列蜿蜒曲折的托盘上。也许你会醒来望向窗外，呼吸着真正的空气，心满意足或是满心渴望，说："就是这样。"但是你若望向小溪，若在任何天候里望向小溪，精神便饱满，并兴致高昂地提起一口气，说："它来了。"

它来了。我可以看到远方的混凝土桥，乃马路横跨小溪之处。桥底下以及桥的另一边，水面平坦而宁静，因距离而呈蓝色，因水深而无声。那是一大片天，掉下来的一片，刚好掉在两岸之间的裂缝里。可是这片天会流动。这一段河道直得像支箭，天恩自己就是射箭手。在岸边垂挂的杨柳枝之间，在拱形的鹅掌楸、胡桃树和桑橘树树枝底下，我看到溪水流过来。它向我泼来，流过一连串层层次次的砂岩，往下，往下，再往下。感觉自己好像站在一座无限高的楼梯底部，上面有个挥霍的神灵，一个又一个地将网球向下抛掷，永不停止，而这世界上我最想要的东西就是网球。

一个站在溪边的人，其他各方面都和别人一样，唯独选择面向下游而立，此人一定有点毛病。这就好像糟蹋自己的窝。他们为了这个和一张皮沙发，竟然一小时要付五十块钱？听客溪并不从罗阿诺克河（Roanoke River）往回流，流回自己的胃里；它从北边，听客山看不到的那一边流下来，水势渐缓。"对哥白尼来说，地心引力乃万物思旧，想要变成球体。"用这种说法来说明万物之间的相互关系实在很奇特，很难想象。放松乃完美之道，即让一切往下掉。但是，正如这相互关系的古典说法，听客溪是由听客山深不可测的心脏渗出的纯净细流，渐流渐宽，成形并凿出渠道，承载了时间之活生生而且繁复的杂质，一面往下向我流来，流到我所在之处，这中间的一点，刚好是在这儿和那儿的中途。往上游看去。一转身就行了；你难道不想吗？未来是朝向我而来的一个神灵，或是那一个神灵所蒸馏出来的。是北方。未来是水面上的光，它只在这条真实且就在眼前的河流皮肤上，间接地，就这样来临。我的眼睛受不了比这更亮的光，没有这光我的眼睛也看不见，就算是叶片的下面也看不见。

树木很强悍。主根和树皮都活得长久，而我们在树脚下便柔顺起来。"因为我们在你面前是客旅，是寄居的，与我们列祖一样：我们在世上的日子如影儿，不能长存。"[1] 我们无法得到闪电、高处的祸患和稀薄的空气。但是我们可以得到光，溪面上让山谷亮起来的那片反光。树木勾起记忆；活水疗记忆之伤。小溪是调停人，慈爱、公正，包容我最龌龊的恶行并化解之，将它们转变成田鼠、银鱼和桐叶枫叶子。就连我的不贞也不曾得罪这个地方，它仍然在现在以及明日，为我闪现那张繁复、天真的面孔。它供水给一个不值得供水的世界，给予光源让细胞饱和。我站在群树下石头上的小溪边。

我这一段小溪到处岩石四散，这完全是巧合。面向上游时我闻到山丘的处女气息，我感到双颊双唇上喷来一阵雾气，我听见永不止息的哗哗水声和窸窸窣窣，这不只是溪水平顺地在空气中流过而汇集成一潭固定的水，而且是溪水活泼泼地翻滚过星棋罗列的大石头，于其周围、于其上、于其下、于其旁、于其间、于其中，我实在不值得受此恩宠。在我上游，河床凸起一片片水平的砂岩，这完全是巧合。面向上游时我看见溪面上的光向我冲来，无可避免的，奔放的，由一级级的梯形高台上冲下来，犹如水源汩汩，永不止息的圣水台上，一块块均衡的平台。"嘿，你要是口渴，到水边来；嘿，你要是饿了，到这

---

[1] 出自《圣经·历代志上》第二十九章第十五节。

儿坐下来吃东西。"此乃当下，终于。我随时想摸就可以摸小狗的头。这就是现在，这闪烁的，不完整的光，这是未来之风灌入我喉头的空气，将我灌满赞美，让我飘浮而晕眩。

天哪，我望向小溪。默顿祷告说："给我们时间！"此乃其回应。它从不停歇。假如我寻求孩童的感官和技巧，一千本书里的资讯，小狗的天真，甚至想回到故乡的过往以求洞见，凡此举动只不过，莫不是，完全是，希望能够好好地看着小溪。你不能追捕当下，不能用网子和装了饵的钩子去追赶它。你静待之，空着手，就会满载而归。还会有多的鱼剩下。小溪是条极其伟大的河。它根本就是圣诞，圣灵的化身。这个古老的岩石星球每天都过生日，并得到当下这份礼物。

以下是一位次原子物理学家的话："已经发生了的一切都是分子，未来的一切都是波浪。"让我把他的意思扭曲一下。听着。分子皆是破碎的；波浪则是透明的，洗濯的，像鲨鱼般十分美丽地搅动着的。当下是波浪，在我头顶上方爆开来，屏着气开展到极致时，空气中满是分子在波荡；它是活的水和光，从来源不详的地方捎来最新的消息，更新了这个世界，并将永不歇止地更新下去。

春天

I

我很年轻的时候，傻里傻气地猜想所有外国语都是英文的代码。譬如说，我以为"hat"这个字就是帽子这样东西真正的、实际的名字，然而其他国家的人很顽固地坚持使用其祖先的代码，因此，譬如说，不单只用"ibu"这个字来表示帽子的概念，而且以此代表"hat"这个英文字。我只认得一个外国字，那就是"oui"①，而这个字和它所代表的字②都是三个字母，因此，实在令人感动，它似乎证实了我的理论。我猜想，每一种外国语言都是一套套不同的代码，我在学校里终将学到窍门，开解一些最重要的代码系统。当然我也知道自己可能要花上好几年的工夫，才能流利地使用另一种语言，流利到可以在脑子里轻而易举地换用代码并解码，而原本毫无道理的声音也会产生灵巧的意义。然而，第一回学法文时，事情很快地就出现了完全不同的

---

① 法文，表示"是"的意思。
② 此处指英文里的"yes"。

形态。我发现自己必须从头开始学说话，一个字一个字地学，一次学一个字——我简直不安到了极点。

　　群鸟已经在山谷里唱了起来。它们在二月里的嘎嘎和啾啾此时已羽翼丰满，长长的曲调在空中飞翔。婉转鸟声在山丘的外缘和山谷的水塘如火如荼地展开，穿过林子，滑下小溪。家里发生了一件奇妙的事。每年都在前院云杉上做窝的反舌鸟在高处唱起歌来，其中一处就是我家烟囱。它在那儿唱歌时，烟囱就成了音箱，正如大提琴或小提琴琴身谨慎的空心，因而歌曲的音调集中而饱满，在屋内四处回荡。鸟儿唱上一句，而后丝毫不差地重复一遍，接着唱另一句再重复一遍，接着又是另一句。反舌鸟的创新无穷无尽，像天神一般随意挥洒新意。它也永不疲累；快到六月的时候，它会在清晨两点钟就开始每日的马拉松，直到夜里十一点，中间绝少停下来喘口气。我不知道它什么时候睡觉。

　　对某只鸟不再感兴趣的时候，我会用两种方法的其中一种来观看那只鸟，重新燃起兴趣。我想象微中子穿过其羽毛进入其心脏和肺部，或者调转其进化方向，把它想象成一只蜥蜴。我看到它长了鳞甲的腿，以及亮亮的眼睛周围赤裸的那一圈；我让鸟的羽毛收缩、脱落，变出蜥蜴鳞甲，让没有嘴唇的鸟喙扁下去，又让它偷偷潜近蜻蜓，两眼炯炯有神，在一棵矮棕榈下。接着我再次，很快地调转这个过程；它收起前腿，鳞甲孵出羽毛而且变得柔软。它飞上空中找寻阴凉的森林，它唱歌。我烟囱上就是这样一个东西；与其愤怒，不如让自己因赞叹而保持清醒。

有一种观念，认为鸟儿的鸣叫完完全全只是为了占地盘。即使在今日，一些著名的科学家并不全然满意这种说法。这是很重要的一点。我们在地球上这么多年了，却仍然不确切知晓鸟儿为何而鸣。我们需要有人来打开这种外国语言的密码锁，并将钥匙给我们；我们需要一块新的罗塞塔碑石①。要不我们是不是应该一个个地去学习每一个新字，像我以前那样？鸟儿很可能在唱我是麻雀，麻雀，麻雀，就像杰拉尔德·曼利·霍普金斯②所说："我自己乃其所说所拼写，喊着我所作所为皆是我，为此我乃前来。"有时候鸟鸣就好像婴儿口齿不清说的话。小孩子在某个年龄会一脸认真地看着你，说出一段又长又得意的话，音调完全符合英文口语，但是一个字也听不懂。你实在无法告诉小孩说，假如语言是曲调，那么他已经学会而且学得很好，然而因为语言是表意的，所以他说得简直一团糟。

今天我观看一只鸫鹩、一只麻雀，还有那只反舌鸟，并且听到它们唱歌。我脑子开始鸣啭为什么为什么为什么，是什么意思意思意思？这并不是因为它们知道一些我们不知道的事情；我们知道得比它们多得多，而且它们一定连自己为何鸣啭都不知道。这是因为我们一

---

① 罗塞塔碑石（Rosetta Stone），在埃及罗塞塔附近发现的一块碑石，刻有公元前二世纪的三种语言，是研究古埃及语言和历史的重要文物。
② 杰拉尔德·曼利·霍普金斯（Gerard Manley Hopkinsa，1844—1889），英国最负盛名的维多利亚诗人。

如往常，问错了问题。反舌鸟在烟囱上到底唱些什么根本毫不相干。假如反舌鸟叽叽喳喳要告诉我们大家找了好久的统一场论，那么那个问题也不过稍稍重要一丁点儿而已。真正的，该问的问题是：为什么那么美？我一直犹豫，不想如此露骨地用这个字，但是问题已然存在。因为我说过，我认为美理所当然是种客观表现出来的东西——森林里倒下的树——是以外在的形式存在的，或者遇上或者错过，和月亮的正面反面一般地真实，存在眼前。由火炉里涌出来的这首变体蜥蜴之歌，曲调狂野，全然异类；听得越熟也就益发觉其优美。假若歌词不过是"我的我的我的"，那么为何需要曲调的铺排呢？这曲调具有全国每一条小溪，流经各种形状的石头溪底时所发出那液态的、繁复的声音。有谁发电报短束时，会费事地去发报一出五幕长的戏，或是柯勒律治的《忽必烈汗》一诗，又有哪个人接到电报时会看得懂？美本身就是一种语言，我们无钥匙可开其锁；那是一种无声的暗语，是暗号的记载，是未曾解开，未曾识破的密码。而很可能就美而言，一如后来我发现就法文而言，根本就没有钥匙，"oui"在我们的语言里永远都不可能有意义，只有在法文里才有，因而我们必须再重来一次，在一片新的土地上，一个一个地学习那些奇特的音节。

时值春天。今年我准备好好控制自己，以平静且井然有序的方式来观看季节的进展。一到春天我就出现不知节制的悲惨倾向。我纵容自己的奔狂和冲动，我转向各式各态身体上的凌乱。有一年我玩纸牌玩上一整个春天，另一年春天我当二垒手。我错过了某一年的春天，因为肺叶发炎；又有一年因为滑囊炎而错过了垒球季；此外，每一年春天，差不多就是杨柳树树叶刚开始朦胧的时候，我就不吃东西，变得苍白，犹如一条准备迁徙的银鳗。思绪到处飘荡。二垒是个百老汇，是个好莱坞和维恩①；可是啊，假如我在右外野，他们就可以把我封杀了。日落时刻，卡汶溪旁的草原上方就会出现幻日，也就是假的太阳——太阳两边各出现一节彩虹，可是经常离太阳很远。韦斯·希尔曼在空中开着他的双翼飞机；那架小韦科②在一片静谧中显威风，剪影十分好看。假如那些冰块有事可干，明天可能会下雨。我不知道有几个给三振出局了；我望着彩虹，靠那些左撇子走运。我看到的球场一定和韦斯·希尔曼在双翼机上看到的一样：每个人都在跑，而我什么也听不见。球员在绿草地上看起来如此之瘦，影子如此之长，而球是个神秘的东西，颜色淡得几乎看不见……我还是待在内野比较好。

四月份的时候我走去亚当的林子。有一天早上，我才眨了眨眼，草地就变绿了。我又错过了。离开屋子的时候，我察看了螳螂的卵鞘。我已经把所有卵鞘都送给朋友放在花园里，只留下一个，这时我发现小黑蚁已经寻着了剩下的这一个，就是绑在我书房窗口山梅花上面的

① 维恩（Vine），指好莱坞维恩街，这条街道与好莱坞大道的交道口曾经是好莱坞本身的象征。——编注
② 韦科（Waco），始于一九一九年的韦科飞机公司，一九二〇年生产出开放驾驶舱的双翼飞机。——编注

那个。卵鞘的一侧已经被蚂蚁或其他东西给咬掉了，露出硬硬的泡泡，让窄窄的细胞弄了一道罅缝。在这保护层上面爬满了狂乱的蚂蚁，就是吃不动；真正的螳螂卵稳当地躺在那儿，看不见，等待着，在更深的一层。

早晨的林子新意盎然。林木之间聚集了一束强烈的黄光；我的影子出现在小径上又消失掉，因为头顶上的树木有三分之一仍是秃枝，三分之一，是只要有树之处，皆成一片光亮的薄霭，而另外三分之一则以又新又完整的树叶挡住了阳光。蛇都出来了——我在小径上看到一条鲜艳压扁了的——蝴蝶四处飞跳、收拢翅膀；草夹竹桃正开得如火如荼，甚至那些常绿树也都看来比平常更绿，像是新造出来并且洗过了的。

白色花朵的总状花序垂在刺槐上。去年夏天我听到一则有关刺槐和月亮的切罗基印第安人（Cherokee）的传说。说的是，开始的时候月亮女神有个大球，就是满月，她将这个大球抛过天空，再花一整天的时间去把球拿回来；然后她将球削掉一片再抛出去，又拿回来；削一片，抛出去，如此这般。她一个月用掉一个月亮，全年皆然。然后，公园管理局的地质学家比尔·韦尔曼是这么说的："春天上下的时候，她当然正削月亮削得不可开交。"所以就找了她最喜爱的树，就是刺槐，然后把削下来的细长条挂在枝头，那些就成了刺槐花，颜色浅淡的一丛丛弦月。

水蜥回来了。在小小的森林池塘里，它们明亮地抖动着，游来游去，或是机警地悬在接近水面的地方。我发现，假如把手指伸进水里，并且缓慢地摆动，就会有水蜥过来探看；然后，假如我手指不动，它就会来啮我的皮肤，轻轻的，像我养的金鱼咬我那样——而且，还跟我的金鱼一样，它也会游走，犹如嫌恶一件讨人厌的工作。这儿是蝾螈的大都会。假如你想找到科学上的全新物种，让别人把你的名字用拉丁文刻在一份通俗版的永恒名册上，那么你最大的胜算就是前来阿巴拉契亚山脉南端，攀爬一座默默无闻而蛇多出没的山。这种山，一如谚语所说："从来没有人的手踏足过。"爬上去之后你就开始翻动石头。那些山具有岛的功能；其他的就交给进化，到处都有几十种不同的蝾螈。蓝色山脊道的水獭峰就出产自己独特的种类，黑色上面有深金色的斑点；山区管理员会把蝾螈丢进塑胶袋，像块乳酪一样存放在冰箱，好让手边经常备有一条活的蝾螈。

山蜥是最常见的一种蝾螈。皮肤是亮亮的绿色，像是太阳光照射下的池水，背上还有一排排非常鲜亮的红色斑点。其幼虫是有鳃的，慢慢长大就变成发光的红色，鳃也没有了，从水里走出来，到林地上潮湿的地方待上几年，缓慢地走来走去。它们的脚看起来像是婴儿指掌，而走路的模样和所有四足动物一般——像狗、骡子，光就这一点而言，还像小熊猫。完全成长之后，它们又变回绿色，并且一群群地陆续回到水中。水蜥可以在八英里之外凭着嗅觉寻回家中。它们整体上来说是种绝佳的动物，就是有点湿湿的，然而大家却完全不注意它们，除了小孩。

有一次我"独自"在附近阿勒格尼山脉的道特爱特州立公园内露营，花了大半个下午观看孩童和水蜥。湖边的红斑水蜥比孩童多上好几倍，供应量远超过那非常大的需求量。有个小孩用保温杯收集水蜥，好带回宾夕法尼亚州兰卡斯特的家中，喂食一条生了病的鳄鱼。其他小孩抓了满手扭动着的水蜥，跑去给妈妈看。有个小孩正用令人叹为观止的方式虐待水蜥：他用力捏它们的尾巴，然后一只一只地丢到岸边一块石头上。我想办法跟他讲道理，怎么讲都没用。最后他问我："这是不是只公的？"我灵机一动，说："不是，是小婴儿。"他叫道："喔，它好可爱呀！"然后小心翼翼地把水蜥捧回水中。

在亚当的林子里，除了我之外，没有别人来骚扰水蜥。它们悬在水中，就好像给吊在细绳上。其特殊的重心让它们恰恰待在比水面低一点点的地方，而且显然它们无论头朝上或尾巴朝上都一样轻松自在，小小的四肢软软地垂在水中。有一只水蜥在一根枯枝上晒太阳，摆出如此豪华的姿态，我还以为它死了。它身体一半露在外面，前脚紧抓着枯枝，鼻子朝天，还要后仰些。其脊椎后凹的弧度使它的颈伸展到不可置信的地步，而腹部的皮肤呈现拉紧了的鲜黄色。我不该去轻触它的——它因而和缓了休憩的角度——可是我必须弄清楚它死了没有。中古时期的欧洲人认为蝾螈体温极低，甚至可以以身熄火而不受灼伤；古罗马人认为蝾螈的毒性极寒，任何人只要吃了蝾螈稍微触碰过的树所结的果子，将受可怕的大寒而死。可是我对蝾螈轻啮，又用手触其颈项——经过这些温和的接触我仍活着，并站起身来。

林子里开满了花，美洲紫荆已经开花了，还有黄樟树，但开得不盛；另外鹅掌楸、卡托巴葡萄，以及怪异的巴婆树也都开花了。小树林的林地上，地钱和犬齿紫罗兰开了又谢了；现在我看到这儿那儿都出现了春天的粉红色之美，还有黄精悬垂的花朵，血根草、紫罗兰、延龄草以及五月的苹果，皆一株株生长茂盛。山上将是一片明媚，满是山桂、杜鹃和火焰杜鹃，而阿巴拉契亚山径上恐怕挤满了野餐的人。小阉牛牧场上我曾看到雏菊、野草和开着黄花的酢浆草，带刺铁丝网篱笆旁边冒出了苦苣菜和喷嚏草。有没有什么东西吃花的？我不记得看到过任何东西真的吃花朵——它们是享有特权的大自然的宠物吗？

可是我对树木抽新叶有兴趣得多了。我在小径旁发现一棵美妙的鹅掌楸树苗，三英尺高。树顶上长了两片薄薄的绿色组织，形如泪滴；它们包住了一片小小的鹅掌楸叶子，就像松状棕榈叶护着火焰；那叶片往内卷起，优雅地端坐中央。叶片如此之薄且泛白，几成透明，然而同时又微微发亮，细弱的，带着一种淡淡的、恰恰足够的光亮。它并不湿，连微潮都说不上，但内里显然是湿润的；其对折处的皱纹看来不像是折缝，反倒像是个酒窝，像是溜冰者的腿在静止的水面上点出来的液态凹陷。一种几乎要露出来且力量甚强的汁液，让叶片的细胞胀大，叶子便展了开来，由那两片绿色组织之间升起。我四处张望，找寻更多这样的叶子——亚当林子里的这一区几乎全是鹅掌楸——然而所有其他的叶子都已经刚刚开展，并像一只只小手，在淡淡的梗子上面摇曳着。

鹅掌楸的叶子让我想起那天看到的一只哺乳动物，才刚出生，是邻居小孩养的一只沙鼠。不到一寸长，有个小猪鼻，双眼紧闭着，还有突起的小白瘤，往后将长成耳朵。皮肤无毛，只有一撮细小之极的须；皮肤薄得像洋葱上的膜，绷得很紧，犹如香肠的外皮，而湿漉漉、血淋淋的肉圆圆地鼓胀着。好像随时都可能胀破，犹如即将长出的新牙上面那层拉紧了的牙肉。这个三英尺高的小苗也在成长，它可是很认真卖力的。

这儿有一种真正的力量。树能将沙砾和苦涩的盐分转化成这些柔软如唇的叶片，实在惊人，就好像我咬一口大理石板，然后开始膨胀、发苞、开花。树木好像毫不费力就完成这项壮举。每一年一棵特定的树完全从零开始，创造自身百分之九十九的活体。吸上树干的水每一小时可爬升一百五十英尺；盛夏里，一棵树一天能够拉起一吨的水，也确实都在这么做。一棵大榆树，光是一个季节里就可能制造出六百万片树叶，全都十分繁复，却也不费吹灰之力；我连一片也制造不出来。一棵树立在那儿，累积枯木，又哑又僵硬，犹如一座方尖碑，可是它其实偷偷地在沸腾；它分裂、吸食、伸展，它拉起好几吨的东西，然后将它们往外掷成一片带缝的翠绿。没有一个人能够汲取这种不费分文的力量；鹅掌楸里面的发电机输送出更多的鹅掌楸，而且靠雨水和空气就可发电。

约翰·库柏·波伊斯说过："我们没有道理否认植物界有种缓慢、暗淡、模糊、庞大、悠闲的半意识。"他说的未必正确，但是我很喜欢他用的形容词。草地上那一片矢车菊未必有大脑，但是很可能是醒着的，至少是以一种很细微的方式醒着。树木尤其代表了一种宽大为怀的精神。我怀疑，那些真正的道德思想家，无论思想始于何处，其终点总是植物学。我们什么都不确定，可是似乎看到这个世界的一切端赖生长，趋向成长，且长得越来越绿，越干净。我别过头不去看树苗顶上的鹅掌楸叶，然后又把头转回去。我想确定自己是否真的可以看到那卷起的叶子竖起来，推开包覆的薄片。我无法分辨自己是看到了那过程，还是想象出来的，可是我知道那叶子会在一小时之内完全挺起。我等不及了。

我离开林子，让静谧像波浪一般在面前散开，仿佛我并非穿过林子，而是走在其上。我让林子一片静谧，自己却骚动激荡起来。心想，我要去西北地区，芬兰。

"汝何以跳动，汝高山？"地球是只蛋，生气蓬勃，正在分裂；新的脉动跳了一下，我即回响。你们应当还记得，普林尼提出了葡萄牙风生小马的说法，起风的日子里他一定不让女儿出门，因为他还认为植物在西风法沃尼厄斯 [①] 的春季怀胎。二月里植物发情，与风结合而受孕，芽和苞遂胀大，时候到了便爆开，长出花朵叶子和果实。我可以闻到风中沃土的力量。我将前往阿拉斯加，格陵兰。无论望向何方，皆见到地上数以百计的洞，各式各样的生物由黯淡的大地里钻

---

① 法沃尼厄斯，原文为 Flavonius，疑为 Favonius 之误。指罗马传说中的风神，掌管植物与花朵，相当于希腊神话中的西风之神译费罗斯（Zephyrus）。——编注

出来，有些还是第一次，出来让太阳直接照亮并温暖之。在整个北半球，有些男男女女，想出各种计划，制造一座永不停息的运行机器，他们确实都是在春天想出最好的主意。假如我吞下一粒种子和一些土壤，能不能在嘴巴里种葡萄？有一次我挖了一个洞要种松树，结果在石头上发现一枚金币。小美洲，育空河……"汝何以跳动，汝高山？"

回家途中，每一只看见的鸟，嘴里都衔着东西。一只英国麻雀嘴里塞满了东西，在秃树上的老巢跳进跳出，又在树木底部拨拨弄弄。草丛里一只极度警戒的知更鸟，嘴里叼着半截虫子，跳了三下然后直起身来，不知不觉地表演了知更鸟共通的伎俩。一只反舌鸟衔着一粒果子飞了过去，果子在阳光下光芒闪烁，发出的光犹如来自众神的炼炉或大锅的煤炭。

最后我看到一些很小的小孩，在和一只有条纹的橙色猫玩耍，并且偷听到他们的神秘对话，自此之后，这段对话一直在我脑际响着，犹如敲钟。小猫跑进花园，小女孩叫道："美梦！美梦！你在哪里？"而小男孩很生气地对她说："不可以叫美梦'你'！"

Ⅱ

现在五月了。海象在迁徙；迪奥米德岛（Diomede Island）的爱斯基摩人乘船跟随它们，穿过白令海峡。涅锡利克（Netsilik）爱斯基摩人猎海象。根据埃森·巴列克西①的说法，海象晒一整天太阳，半夜溜进水里，到了天亮再回来，且由同一个洞里出现。春天里，同样地，太阳在一段很短的时间也溜到地平线下，而天空仍然发光。涅锡利克猎人春天时只需在半夜出去，看着一只海象消失在某个洞里，然后坐在铺开的熊皮上，在短暂的曙光中等待。海象很快就会上来，随着太阳上来。冰河正在破裂，脆脆的冰和油亮的冰塞满了海湾。由陆地上你可以借此观看"水天"而看到远方那一大块冰上，越来越宽的沟渠；"水天"乃指刺眼云盖上的深色斑块和条纹，这些都是冰块反射光的裂口。

你可能认为爱斯基摩人很欢迎春天以及夏天的来临；他们确是欢迎，但是更盼望冬天的来临。我照例是在说现代化之前各个不同的爱斯基摩文化。有些爱斯基摩人会目瞪口呆，在一片静默中，迎接太阳出现在地平线上的那一刹那，并高举双臂。可是他们很清楚，到了夏天就得吃没有肥油的鱼和鸟。冬天的雪会化成水，让永冻层上面那薄薄一层解了冻的地面浸在水里；水排不掉，因此土壤会变成湿湿软软的一洼一洼。然后蚊子会来，这种蚊子可以轻而易举地让迁徙中的美洲驯鹿燥乱发狂到踩死自己的新生小鹿。这种蚊子就是有名的北极蚊子，尝云："假如还有这种蚊子，它们一定得长得小一点。"

冬天里爱斯基摩人可以驾着狗拉的雪橇外出走动，温暖的日子一

---

① 埃森·巴列克西（Asen Balikci, 1929— ），保加利亚人类学家，拍摄有影片《涅锡利克爱斯基摩人》。——编注

且来临，其道路如同我在弗吉尼亚州的路，就会关闭。在阿拉斯加内陆和加拿大北部，融冰是件大事。老一辈的人和年轻人都同样会下注，一赌此事将在哪一天的几点钟发生。因为那儿河里结的冰不单只是融化而已，它裂开后就是一场全面的灾难。上游处，薄薄的冰由岸边迸开，冲向下游。碰到了坚硬的冰块，就将冰块撞松，射向下游，冰块碎裂并切割着：冰上加冰，最后一座庞然神像爆裂并开始移动。震耳的隆隆声响在空中炸开，冰块机器将桥梁和篱笆和树木夷为平地，一整年的冰像火车般在一小时之内全冲了出来。融冰：我愿意付出任何东西观此景象。这时候对住在灌木丛里的人而言，水道打开了，可以航行，但是雪上摩托车和雪鞋则无路可通，因此对他们来说，行动也同样地较为困难。

在此地这个五月的山谷里，圆熟饱满已到达巅峰。所有植物的叶子都已长成，但是严重的虫害尚未开始。叶片皆新绿、齐全，且完美。天上的光清亮，未有雾霭要穿透，太阳也尚未把草地晒枯掉。

现在植物茂密，让我无路可行。附近的小孩都慢慢长大，他们不再保持所有小径的畅通。我真想替他们每人买一辆摩托车。林子是一片绿色，我必须依循北国的方式，或是以往的方式，靠水道通行。但是我想事情可能要比想象中困难，因为有一次我穿着球鞋在听客溪中沉缓地涉溪往上游走去，走了四分之一英里，有个男孩在一片纠结的岸上喊我。他一直跟在我后面来打发时间，但脚上没穿鞋子。

走入高及膝盖的忍冬丛中时，我打了退堂鼓，转去鸭池塘。这个鸭池塘是个富营养化的水塘，在卡汶溪旁边开垦出来的土地上。塘内水草丛生，群蛙噪动，我一看到就会想起琴·怀特的马。

几年前，琴·怀特的老母马南希死了，马死在放牧的私人土地上，琴想要把马安葬于此却不获批准。那倒也罢了，因为正值七月里闹旱灾，黏土地给烧的硬得像石头。然而问题尚待解决，要怎么处置一匹死马呢？另一位朋友曾经尝试将马烧掉，后来他再也没有重复这个实验了。琴·怀特打了很多电话，也拜托朋友打电话询问。所有专家都给予相同的建议：去狐狸农场试试看。狐狸农场在南边，饲养各种动物来制成皮衣。结果得知狐狸农场欣然接受四方各地的死马，以取其肉喂食狐狸。妙的是，却又得知狐狸农场上的死马已然爆满，一匹也容纳不下了。

如我所说，时值七月，死母马的问题越来越紧急，最后有人建议琴去试试看正在造州际公路那个地方的垃圾掩埋场。该打的关键电话都打了，结果出乎大家意料之外，政府官员接受了这匹死马，他们甚至很欢迎这匹死马，很需要这匹死马，因为它体积很大；顺便要提的是，这匹马的体积正与日俱增，当地一位农场农人捐出自己的时间，一架起重机将马吊上农人的货车，然后他驾车南下。仪式也没怎么举行，他就把母马丢在掩埋场里，而新的公路就要造在上面——那就是琴·怀特母马的结局了。假如你有机会开车经过弗吉尼亚州基督堡（Christiansbury）和榭冷（Salem）之间的那一段新州际公路，并且感觉车轮底下铺的路微微下陷，那么请除去汝足上之履，盖汝驶过之处乃琴·怀特之马的葬身之处。

　　这些都是在鸭池塘边脑中浮现的，因为鸭池塘正在快速地变成自己的掩埋场，铺埋的是青蛙。那儿有上百万只的青蛙、牛蛙，在一片密密麻麻纠缠不清的水藻上面彼此挤成一堆，跳来跳去。池子已经满了。小池塘维持不了很久，尤其是在南方，腐败物质沉积在池底，耗尽了氧气，岸上的植物则向池中央前进。再过两个世纪，假如没有人去干涉，鸭池塘将变成一座山胡桃森林。

　　五月底的某个晚上，一股潮湿的风由卡汶湾急急吹向听客山和布拉希山之间的缺口，卷过卡汶溪谷，扑打我的脸，那时我正站在鸭池塘边。鸭池塘的水面水平如镜，那一片水藻是一层僵硬的镀壳；如果风吹得够猛，我想象中似乎可以听到它叽嘎作响。二月天气温暖的日子里，这些原始的植物开始满爬池塘，湿湿软软细丝般的绿藻和蓝绿藻。它们由晒着太阳的岸边浅水处绿开来，往外延伸，像明亮的胶质般越变越稠，向整片水域蔓延开来。一旦盖满了池塘便挡掉了阳光，扼杀了呼吸，并且堵塞了其他生物，无望地纠成一团。就拿蜻蜓幼虫来说，它们身处困境时可以轻易地断脱一两条腿以脱险，可是就连蜻蜓幼虫都会给缠在水藻团中而饿死。

　　我已经好几次看到青蛙给困在水藻底下。我往往正凝视着池塘，脚边的绿色脏东西会突然跳到空中然后沉下，看来就像是给扫帚柄从底下戳了一把，然后在另一个地方又跳起来。跳跃的火焰，绝对的安静——以这种方式度过夜晚真是令人不安。青蛙最后总会找到一个出口顺利地突围，来到水藻堆上面，背上拖了一长条绿色烂泥，并发出一种空洞的声音，就像把一支笛子丢到洞穴里去。今天晚上我沿着水塘岸边去，一路吓青蛙。有两只跳开来，还发出唧唧的叫声，其他大半都低鸣，而池塘一片沉寂。可是有一只大青蛙，颜色鲜绿像广告漆，却不跳，所以我舞动双臂用力踏地来吓它，它忽地跳了起来，我也跳了起来，然后池塘里所有东西都跳了起来，我一直笑一直笑。

阳光里有一种像肌肉的能量，与风中那种精神能量相呼应。大晴天里，一平方英亩的土地或池塘，吸收的太阳能量相当于四千五马力。这些"马匹"推向四方八面，犹如奴隶建造金字塔，由上而下，塑造一个又新又坚固的世界。

池塘里充满了活泼泼的生命。蚊蚋小虫挤在中央，周边则粘了一堆堆蜗牛的胶状卵块。有一年春天，我看到一只大鳖笨重地爬上岸去产卵。现在有一只绿色的苍鹭在眼子菜和狸藻当中捡食，两只麝香鼠在水浅的那一端储存香蒲。硅藻是一种在显微镜下看起来像结晶体的藻类，繁殖速度快到了可以就这么看着一块浸在水里的绿叶，转变成一团褐色毛茸茸的东西。在浮游生物里面，有好多单细胞藻类、螺旋菌、细菌以及水霉。昆虫的幼虫在池塘内随处觅食。淡水里的石蛾、赤杨蝇幼虫和豆娘和蜻蜓幼虫在底部的细小物质上缓慢地移动，蚊子幼虫在靠近水面的地方扭动着，而岸边腐烂了的叶子当中，红尾蛆伸出了呼吸管。另外，在池塘泥泞的边上，很容易看到小小的红色颤蚓和红虫；几百只几百只挤在一起的痉挛扭动吸引了我的目光。

有一次，池塘较年轻，藻类又尚未霸占的时候，我看到一种惊人的生物。起先我只看到纤细的移动，然后我看出来那是一条像虫一样的东西在水里游泳，强而有力，挥鞭般推进，两英尺长。它犹如线一般地纤细，后来我才知道那是铁线虫。铁线虫的幼虫寄生在陆地昆虫体内，而水中的成虫可以长达一码①。就这件事而言，我不知道它如何由昆虫体内进入池塘，又如何由池塘到昆虫体内，也不知道它要这么极端的体形究竟是为了什么。假如我看到的那条再长个一寸或细个一缕，我都不确定自己还会不会再回来。

浮游生物开花才是我有兴趣的。浮游生物是所有漂浮的细微动物，其数目远远超过我们，多到了惊人的地步。到了春天，有人称它们为"开花"，就像许许多多的罂粟花。这些密密麻麻的生物春天可能比夏天多上五倍，其中有单细胞动物——阿米巴虫和其他近类，以及几百万种不同的鞭虫和纤毛虫类、胶质苔藓微生物或双细胞生物、轮虫——这种虫或单独或集体地转动，此外还有各种各类的甲壳小动物——桡足类、介形亚纲动物和水蚤，看起来像是数目众多的蚤类。所有这些漂浮的动物以各式各样怪异的方式繁殖，噬吃细小的植物或彼此互啖，死去，然后沉入池底。其中很多种用很细致的方式移

---

① 码（yard），一码等于三英尺。——编注

动——它们旋转、划水、游泳、抽动、鞭打，以及曲线前进——可是因为它们如此之小，即使最轻微的波浪它们也无以对抗。就连罗伯特·E·科克尔[1]那么沉着的淡水生物学家，都将浮游生物的动作形容为"团团转"。

一杯池塘里的水看起来像是沸腾的汤。假如我把这杯水带回家，让污泥沉淀，微生物会自己分开来，然后我将它们分装在两只透明的碗里，以便进一步地把它们集中起来，其中一个碗我全部涂黑，只留一个小圆圈来透光，另一个碗则保持透明，只画一个黑圆圈来挡光。过了几小时，那些喜爱光线的生物便细细弱弱地趋近透明的圆圈，而喜好阴暗的生物则趋近黑圆圈。然后，假如我想要，可以用一支吸量管把它们收集起来，放到显微镜底下去研究。

我调弄着焦距，它们就在显微镜底下一忽儿变大一忽儿不见。我转动接目镜，直到那一滴水放大三百倍，然后我眯起眼睛看着那只叫作单针的轮虫。它十分兴奋地团团转着，一下撞到一团水绵，一下又在一堆碎块参差不齐的边边上冲来冲去。这个生物是个扁扁的椭圆形，头部边缘长了一圈不停旋转的纤毛，尾部则长了一条长长的钉状物，因而其形状类似一只鲨。可是就多细胞动物而言，它长得那么小，以至于它看起来半透明，几乎是透明的，我实在看不出来它到底位在一株同样透明的海藻上面或是下面。两条单针轮虫由相反的方向游到面

---

[1] 罗伯特·E·科克尔（Robert E. Coker，1876—1967），淡水生物学家，曾担任美国动物学家协会主席。——编注

前来，它们相遇、碰撞、掉头分开。我一直觉得假如我仔细聆听，会听见音调很高的引擎咻咻声。它们那一滴水，为镜子上的灯所照射而变得越来越热，轮虫也就越来越狂乱地窜来窜去；水滴慢慢干掉，它们颜色变淡，开始摇晃，最后只能提起力气来扭了一下，便静止不动了。之后我要不就将它们整个冲下马桶，要不就是出于一阵情绪激荡，在星光下走到马路上，将它们倒在一摊水里。我住处的那一段听客溪，对它们大半而言，水流都太快太急了。

我并不那么期待这些显微镜出征：有好几回我差点从厨房椅子上给击倒在地，那几次我正眯起了眼睛追随一只单针轮虫细微的行进路线，一只巨大的红色线虫突然扫到眼前，挡住所有东西，幅度很大，又痉挛又摆荡地蠕动着，似乎要扫到我的脸并占据整个厨房。我做这件事情是把它当成一种道德练习，我额前的显微镜是一种藏经匣，经常提醒我创造之事实，这些事实我也经常很快就忘了。你可以为小孩买具显微镜，并以一副了不起的口吻说："孩子，你看哪，一小滴水里的丛林。"小男孩去看，把池塘水、面包上的霉和洋葱发的芽拿来玩上一两个月，然后开始投篮或玩赛车，把显微镜丢在地下室的桌子上，永远盯着自己的镜子看——你就说他慢慢长大了。可是在水洼里或池塘里，在市立的水库里、水沟里或大西洋里，轮虫仍然旋转并咀嚼，蚤类仍然过滤并且给过滤掉，桡足类动物仍然挤在一起，悬着一堆堆的卵。这些都是真实的生物，具有真实的器官，在过着真实的生活，一一皆如是。我不能视若无睹。假如我有生命、知觉、能量、意志，轮虫也都有。单针轮虫趋向碗上画的黑圆圈，我正朝向哪一个圆圈呢？我可以在平静当中很利落地到处移动，可是在真正的风里，在变天的时刻里，在激潮里，我是真正在移动呢，还是在"团团转"？

我由一团血块所创造出来，并赋予我傲人的、自由的行动能力，它们也是一样。这条轮虫也是这样创造出来的，这条身体像灯泡的单针轮虫，体内浅色的器官一圈圈地悬在那儿。这条草履虫也是这样创造出来的，身上千百条用来推动前进的纤毛，整齐一致地抖动着，让身体从水滴的这一端急速地游到那一端又游回来。越显上主荣耀吗？①

我在某个地方读到一位爱斯基摩人的故事，是在哪里读到的已经查不到了；这位猎人问当地的传教士说："假如我根本不知道有上帝和罪恶这回事，会不会下地狱？"传教士说："不会，不知道就不会。"爱斯基摩人很认真地问他说："那么，你为什么要告诉我呢？"假如我不知道有轮虫和草履虫，以及一池子绽放的浮游生物充塞在那逐渐死去的池塘里，那一切都没问题，可是我已经看到了，我无论如何得处置它们，得考虑到它们。爱因斯坦说："绝对不要失去神圣的好奇心。"因之我将显微镜由橱子上搬下来，在抹片上滴一滴鸭池塘里的水，试着将春天瞧个清楚。

---

① 原文为拉丁文。——编注

错综复杂

I

这些白昼越来越长的六月天傍晚，会有一道玫瑰红的、复杂的光遍洒我的厨房。八分钟前从邻近一颗星球爆发出来的光线，疾速穿过空间，即粒子波，撞击地球，斜斜地着陆，并透过各式陆地上的尘埃过滤出来：碎黏土、碎草泥、随风飘扬的细小昆虫、细菌、腿和翅膀碎片、沙土、碳粒，以及草、树皮、叶片的干枯细胞。这光线变红，越过苍绿的西边山丘偏斜地射向这山谷，在北坡的松针叶间筛滤而过，并穿越满山的西橡树与山楂木。这些树木的叶片正一一开展，因而形成一片错综复杂、呈锯齿状、半透明的雾霭。光线越过山谷，穿透厨房开着的窗户的纱窗，将粉刷了的墙壁镀上一层金。我正坐在桌边，一片亮光从墙上弯折下来，延伸到桌上的金鱼缸。金鱼的两侧接住了光，将光向我击来；我满眼是鱼鳞和星星。

这条埃勒里花了我两毛五。它身体是深深的红橙色，比大部分金鱼都深。它主要是用细长的红色侧鳍短距离来去，这些侧鳍似乎提供了动力，让它后退、往上或往下。我花了几天时间才发现它的腹鳍，这些腹鳍完全透明，几乎看不见——是对"梦幻鳍"。它还有个短尾鳍，以及一条尾巴，尾巴上有很深的凹痕，渐渐收窄的两尾端完全透明。它可将嘴巴伸长，因此看起来就像一截烟斗；头上的双眼可改变角度，故此它可以视前望后，而不仅是往两旁看。它的腹部，那所谓的腹部呈白色，且有部分延伸到两侧——是条富于变化的埃勒里鱼。它张开鳃缝时，原先鳃盖罩住的地方便出现一道细细的半月形银——倒仿佛它全身的光亮都是给晒伤的。

我说过，我花了两毛五买下这小动物。我以前从来没买过动物。事情很简单，我找到一家位于罗阿诺克的店铺，叫作"湿宠物"，给了店家两毛五，他便给我一个打了结的塑胶袋，里面水波晃动，一株绿色植物漂浮着，而金鱼在游动。这条不起眼的鱼，有缠绕起来的内脏，有一条脊椎，辐射出细小的骨头，还有一个脑袋。我把鱼饲料洒入金鱼缸前，会轻敲鱼缸边缘三下；现在它已经训练有素，我一敲就会游到面上来。它还有个心。

多年前，有一次我在一条金鱼透明的尾巴里，看到红血球在毛细管里快速移动。那条金鱼给麻醉了，头躺在一团湿棉花上，尾巴躺在解剖显微镜下的玻璃片上。那台显微镜是很棒的聚光显微镜，有两个接目镜，就像立体镜头一般，可以让全世界的吉光片羽，甚至我手指头上的皮肤看起来极其美妙，会有一大堆各种色泽的光，并且像阿尔卑斯山上的景观那么深峻。金鱼尾巴里的红血球在细窄的通道里流动奔走，那通道是看不见的，只看到通体的半透明里面，有闪闪发光的粗线条。红血球从不犹豫或减速或停止流动，就像小溪一样；它们红红地流动，绕着圈，往上，向前，一个接着一个，越来越多，未有间歇。（这脉动的能量让我想起人的身体：如果你极其平稳地坐在尾椎上，两腿或是交叠，或是一起收拢来，而两手往前放在腿上，那么即使你屏住气息，只要你维持平衡，心跳的能量就能毫不费力地让你的身躯前后摆动。）那些红血球现在也就正以这种方式流过埃勒里鱼的尾巴，流过其嘴巴和眼睛，还流过我的。我从不曾忘记自己所看到的那些红血球，只要看到鱼缸里的金鱼，就会想到；夜里躺在床上也会想到，并想象如果我够专注，也可以感受到自己手指的毛细血管里面，那些圆球小小的敲撞和流动，仿佛将一串珠子在手中拉过。

金鱼缸内发生了别的状况。厨房的桌上，浮游生物受到那片复杂的光的滋养，正蓬勃生长。缸内的水变黄变浊，一层透明的粘稠物覆在水草上，一层蓝绿色的单细胞藻类依附在玻璃缸上。我得去清洗那个该死的鱼缸，细节我就不说了，我感兴趣的是那植物。埃勒里鱼在塞起来的水槽里游动时，我将那些藻类倒在另一个水槽里，清洗了碎石子，并在水龙头底下擦洗水草那些满是绒毛的叶片，直到觉得干净为止。

一般并不把水草完全看做是植物。水族学家使用它，因为它容易取得，而且完全浸在水中时仍释出氧气；实验室用它，则是因为它的叶片仅两个细胞厚，数量多，易生长，且又便宜，就像那条金鱼。而且，就像那条金鱼一样，它的细胞竟不知不觉地在显微镜的舞台上为我表演了一番。

我在实验室里使用一台非常昂贵的显微镜。我透过深深的双目接目镜，又看到那充满色彩、光芒闪烁的世界。一片薄薄的、长圆形的水草叶子，约四分之一寸长，湿透了地躺在玻璃片上，下面有强光灯明亮地照着。那两个接目镜对准了半透明的叶片，形成了两圈光，我在光里看到了一幅由几乎无色的细胞所形成的洁净马赛克图案。这些细胞很大——有八九个，给放大成四百五十倍，充塞在圈圈内——让我得以轻而易举地看到我所想要看的：叶绿体的流动。

叶绿体包含着叶绿素，它们给予绿色世界其颜色，它们执行光合作用。每一个巨大细胞的内缘周围，都有这种鲜绿色的小点，不断地绕着圈子。它们像草履虫般旋转，它们悸动、挤压，并聚集在一起。焦距的突然变换，显示了透明细胞质的河流中回旋的水流，那是类似叶绿体的"灵气"，或是"时空"，其微小的生命存在其中。回到那些绿点上：它们发光，它们挤在一起，不停变换队伍，沿着细胞边缘一圈又一圈地绕行；它们四处游荡，它们冲刺，它们团团乱转，疾行，在显然什么都没有的边缘奔跑，那是看起来空空如也的内部细胞；它们绿绿地流动并成群来去，抵着那道关乎生长的墙壁。

植物世界里所有的绿色，都由这些悠游水中、完整、浑圆的叶绿体所组成。假如你解析一个叶绿素分子，得出来的是个氢、碳、氧和氮原子，围着中央的一个圆环，以精准而复杂的关系排列着。在那圆环的中央是个单一的镁原子。好，假如你将镁原子拿开，在确切的位置上放一个铁原子，就得到一个血红素。铁原子和其他所有原子结合，造出红色的血，也就是金鱼尾巴上那一串红点。

因而，金鱼缸里的世界很小，又很大。假设缸里任何原子的核子都像一粒樱桃核那么大，靠它最近的电子会在距离一百七十五码的地方围着它绕行。它鳔内旋转的空气在水中平衡了金鱼的重量；它的鳞片互相重叠，羽状的鳃汲水并过滤，眼睛可看，心脏跳动，肝脏吸收，而肌肉收缩时，是一波往外延展的涟漪。它吃的蚤有眼睛和连起来的腿。蚤吃的水藻有绿色的细胞，堆得像西洋棋，或是蜿蜒成一条细细的丝带，像是沿着一柱柱空无盘旋而上的回旋梯。诸如此类往下递减。我们还没找到小得尚未创造出来的点，或还只是个轮廓，譬如说，像是尚未铸造成形的金属——而且我们也永远不会找到。我们经过动态雕刻之后是风景画，拼贴之后是雕刻，一直到犹如布吕赫尔[①]画中暴民舞蹈的分子结构，一直到空灵而平衡如克利[②]油画的原子，一直到原子粒子，即物质的核心，充满活力而狂野，犹如埃尔·格列柯[③]的众圣者。而且全都发生作用。梭罗在日记里写道："大自然总是像神话

[①]　布吕赫尔（Peter Brueghel de Oude，约1525—1569），文艺复兴时期弗兰德画家，以擅长风景以及农民风情画著名，画作有《舞蹈婚礼》等。——编注
[②]　克利（Paul Klee，1879—1940），瑞士裔德国画家，表现主义、超现实主义代表画家，在他笔下形体、色块、线条具有一种音乐美。——编注
[③]　埃尔·格列柯（El Greco，1541—1614），西班牙文艺复兴时期画家、雕塑家，画风以弯曲瘦长的身形为特色，用色怪诞而富有变化，画过《基督脱衣》《悔过的抹大拉的玛利亚》等宗教题材的画。——编注

而又神秘，并且将所有的秉赋用在最微不足道的作品上。"我会补充说，造物主以挥金如土的秉赋和奢华的关爱，大量制造最微不足道之作品里的繁复构造，那就是这个世界。这才是重点。

我坐在这儿，看着一只金鱼缸并绞尽脑汁。我实在搞不懂。[①]我坐在这儿，你坐在那儿。甚至于，假设你现在就坐在我对面，隔着餐桌，我们四目相交，意识来回跳动。至少，作为开端，我们所知道的是：我们活在这儿——如此毋庸置疑地。这就是我们的生活，这些是我们燃亮了的季节，然后我们就死去。（你死去，你死去；你先变湿，然后变干。）同时，在时节之间，我们看得见。眼中的鳞片剥落了，白内障切除了，我们便可以想办法去了解自己所看到的一片片颜色，好努力去发现我们到底如此毋庸置疑地身在何处。那是常识：你搬了家以后，便尝试了解居住的街坊。

我对自己身在何处具有执切的兴趣，犹如一个水手，身边没有六分仪，乘坐着二桅帆船，身处茫茫大海之中。他还能想些什么呢？幸而就像这个水手，我此刻的情况容许我花相当多的时间去看看自己能看到些什么，并尝试将它拼凑起来。我学到了一些色块的名字，可是不解其义。我看了书。我狂热地收集了数据：我们这个星球的平均温度是华氏五十度。所有土地里面，在水面上的那百分之二十九，其中三分之一以上用来放牧。所有有生命的动物，包括人，其平均大小是

---

① 原文为德语。——编注

一只家蝇的大小。地球大部分是花岗岩，而花岗岩则大部分是氧。大到看得见的动物，为数最众者乃桡足类动物、虱子和弹尾虫。植物类则是水藻、芦苇。在这一带的阿巴拉契亚山脉里，我们发现了一个一百二十层的煤层，意思就是刚好掉进水里的一百二十座森林，像尸体般堆在抽屉里。以及诸如此类的事情。这些数据，以及所有有关次原子粒子、量子、中子等等的事实，其实构成了光谱两端的红外线和紫外线。它们太大又太小，因而无法看见，无法了解。它们虽然存在，对我而言可以说是看不见的，而且实实在在是在边缘，因为我连看得见的东西都不了解。我很想全都看见，全都了解，但我总得有个着手之处，所以我尝试对付听客溪里的巨型田鳖，和三百只红翼鸫由桑橘上飞去之事，对付金鱼缸和蛇皮，并且让那些有胆量的人，去担心太阳系之间的出生率和人口爆炸之事。

因此我心悬这片山谷。而且我越来越发现，我看到的所有东西都是毫无道理的。巨型田鳖的掠食、蛙鸣、会发光的树，其本身，说真的，对这个世界或是创世者而言，都没有必要。我也一样。最初，创造，即存在本身，是唯一有必要的，而我会为此而死，也必当如此。有关那存在，就我在此处所知道并看到的，其重点在于，我一面思索它，它就一面在我心中累积起来，像是毫无节度地增加细目。光是细节的周边和网络就占了最重要的地位。细节如此之多，这似乎便是创造里面最重要且最看得到的一件事。假如你见树不见林，那就看着树吧；树看得够多，就看到了树林，那就成了。假如这世界是毫无道理的，那么金鱼鳍的边缘便千百万倍地没道理。有关这宇宙的创造，有关某种东西之存在——以作为对乌有之表征和侮辱——那第一个问题，那唯一重要的问题，是个空白的问题。我没办法去想。因此我将注意力固定在那个问题的周边上，鱼鳍的周边上，这个世界斑斑点点之细节的繁琐上面。

古老的卡巴拉①片语是："诸容器碎裂的谜。"这些字是指将精华收缩或禁锢在各种包有外壳形式的散发或时间里。诸容器碎裂，众太阳系便旋转起来；长了纤毛的轮虫在止水中旋转，有鳃的蝾螈在底部有淤泥的小溪里划下痕迹。容器不单只碎裂，它们破碎得极其美妙。因而，主题是繁复，创造出来的世界之繁复。

你是上帝。你想要造一座森林，以盛载土壤、贮藏太阳能，并散发氧气。那干脆画下一堆化学元素，一亩绿色的，粘粘的东西，岂不更简单？

你是一个人，一个退了休的铁路工人，以制造复制品为嗜好。你决定复制一棵树，你曾祖父种的那种长叶松——复制品就好——不一定要能够发挥功能。你要如何去做呢？你觉得自己会活多久，你的胶水有多好呢？首先，假如你希望树干直立在地上，你就得挖一个洞，将复制的树干插到地里面，插到离中国一半的距离，因为你得做得相

---

① 卡巴拉（Kabbala），犹太教神秘哲学，其核心是生命之树。

当大。假如复制品太小，你就无法处理那些纤细的、有三个面的针叶，无法将它们三支三支绑成一束束，并让这些装好了的一束束附着在有弹性的树枝上。那些树枝本身必须罩以"很多银白色、有边缘、长长地往外四散的鳞苞"。你松果的鳞苞是否"又细又扁，顶端圆圆，露出来的部分（闭合的松果）呈红褐色，经常是有皱褶的，背后武装了一根小小的倒刺，弯向鳞苞的基部"？当你松开那条将树枝和树干捆束起来，且互相绑在一起的铜丝时，整株树便像雨伞般倾塌。

你是一只燕八哥。我曾见你穿越一株长叶松，一心不乱。

你是个雕塑家。你爬上一架很大的梯子，把油淋在一株正在长大的长叶松树上。接下来，你选了一个像围堰般的中空圆筒，围住整株松树，并将其内墙也上了油。你爬上梯子，往后的一周都用来浇淋湿石灰，浇在围堰里面，浇在松树上面和里面。你等待着，石灰变硬了。这时候打开堰壁，破开石灰，锯掉那棵树，将它移走，丢掉，你那繁复的雕塑做好了：这是一部分空气的形状。

你是一个叶绿体，在吸到离地面一百英尺的水中移动着。氢、碳、氧、氮，排成一圈围绕着镁……你是进化；你才刚开始造树。你是上帝——你累不累？弄完了吗？

繁复的意思是，一道有凹槽的边，围着某种相对于乌有而存在的东西，那道边上升并往外扩散，萌生出各种细节。在脑中调转正和负的空间，就像松树的石灰模子那样，并将虚空想象成一个人，一个没有极限的人，由具有弹性、尚未成形的黏土所组成。（暂时忘掉我们大气层里的空气是"一种东西"，而把它算成"乌有之物"，即雕塑家的负空间。）这黏土人完完全全地围绕着体内的洞洞，也就是银河系和太阳系。他体内的洞洞分开、膨胀、缩小、往前冲、转圈子、旋转。他像水一般地给予，他视而不见地扩展并充塞。这儿有个粗糙不平的洞，也就是我们的地球，这个洞在他体侧制造出撕裂且磨损了的边缘，制造出山丘和松树。而这儿有个形影，是个快速的、散开了的边缘，是个羽毛的洞，长在一只飞行中的鹅的中空的羽翼上，而羽翼正伸展在这个星球上。五百根羽枝倒刺，由那中央的、有弹性的羽轴两侧刺入了黏土。每一根羽枝倒刺上，都有两道边，上面各有五百个羽小枝，使得每一根羽毛上都有一百万个羽小枝，皆有凹槽，并钩起来，排成一个紧扣在一起的整齐中空之物。黏土人透过这种形式的结构，毫无差错地往返，也透过其他的羽毛洞，还有那鹅，那松树林，星球等等。

换句话说，即使在极为平常，且明白可见的层次上，创造仍在进行，带着一种深不可测，且显然不必要的繁复。第一个氢原子乒一声无中生有地独自诞生，此事如此之不可思议，如此暴烈地激进，实在应当是足够的了。可是你看结果怎样了。你把门打开，天堂地狱就都逃脱了。

进化，自不待言，乃是繁复的媒介。简单的生命形式，其稳定是一坚固的基础，在这基础之上，较为复杂的稳定形式可能会生出来，再形成更复杂的形式，一直下去。这种稳定的阶层特性，犹如一座建在石头上的石头上的石头上的房子，用雅各布·布朗诺斯基[①]的用语来说，这种特性会表现得像"棘轮"一般，这棘轮会防止整个东西"往回滑动"。拿一根羽毛进屋来，还有一座钢琴；放一尊雕塑在屋顶上，没问题，再让旗帜在门楣上飘舞——屋子挺得住的。

譬如说，一只普通的毛毛虫，头上有二百二十八条分开的、个别的肌肉。还有，我读到有关介形亚纲动物的事，也就是每次我踩进听客溪里，一脚就会踩碎几千只的那种普通淡水甲壳动物，"这种动物的前端生有一眼。食道就在阀合处下方，而口部四周有羽毛状的进食用附属肢体，用来集中食物"。另外，如我所说，一棵大榆树上有六百万片叶子。好吧……可是它们有锯齿，而锯齿上还有锯齿。对一个世界而言，那是多少个切口和倒刺？繁复的叶缘里里外外都有，而且"谁都不知道为什么"。植物学家发明了很多理论，用来解释各种叶片形状的功用，所有这些理论，全都在杂沓纷至的矛盾下栽了筋斗。他们就是不知道，想象不出来。

我经常注意到，这些事情，让我着迷的事情，别人连一点儿也不烦心或留下印象。我很可怕地会有一种倾向，在聚会中和某个无辜的人攀谈，并且像那位古舟子[②]一般，以狂乱、闪亮的眼睛盯着对方，

---

① 雅各布·布朗诺斯基（Jacob Bronowski，1908—1974），波兰犹太裔英国数学家、生物学家、科学史家，以 BBC 纪录片《人类的攀升》的制作人和编剧而闻名。——编注
② 古舟子，出自十九世纪英国湖畔诗人柯勒律治的长诗《古舟子咏》。

说："你知不知道，普通羊蛾的幼虫头里，有二百二十八条各自分开的肌肉？"那可怜的倒楣鬼就溜了。我不是在和他闲谈，我是想要改变他的一生。我似乎拥有一个别人没有的器官，一种琐事机器。

我小时候，以为所有的人下眼睑里面都有个器官，接住那些掉入眼睛里的东西。不知道我是从哪里想象自己曾经学到过这样的身体构造。有东西掉到眼睛里，然后不见了，所以我就以为它们掉入了眼囊。这眼囊是个纤细、薄壁的囊袋，具有微弱的消化力，让它最终能够吸收睫毛、一缕缕的织物、一点点沙子，以及任何其他可能误入眼中的东西。结果呢，这个眼囊原来只存在我脑中，而且，结果呢，它显然还在那儿，一个脑囊，捕捉并吸收那些深深跌进我张开的双眼里的小东西。

譬如说，多年前我修了一门必修的动物学课程，而我只记得有个历久不衰的印象，就是宇宙里有样东西叫亨勒氏襻（Henle's loop）。其居住领土是人的肾脏。我刚刚回忆起这个主题。亨勒氏襻由非常细小的管子所构成，是个越来越小的 U 形体，在肾脏的肾元里。肾元是个用来过滤的结构体，制造尿液，并再次吸收养分。这件事是那么地重要，因而心脏所压出的血液有五分之一都到了肾脏里。

肾元是无法形容的；假如你将大约十五码的线扔在地上，可能误打误撞地弄出一个颇为相近的结构。假如那条线成为一个非常窄的环圈，那就会是亨勒氏襻另外两团皱成一堆，缠在一起的线，会是"近端卷曲小管"和"远端卷曲小管"，其形状如同其名。可是最重要的部分会是一团乱七八糟的线，"几乎成球体形的一丛平行毛细血管"，也就是肾小球，或马尔壁基小体。这是终结所有过滤器的过滤器，有传入和传出的小动脉供其使用，并有一个双层膜壁的被囊保护之。跟肾小球比起来，亨勒氏襻颇不重要了。可是由这儿到那儿是如此迂回曲折的一条路，亨勒氏襻好多的过滤细管装在一个非常窄小的空间里。然而那细致的 U 形组织，环圈往下伸得那么远，又再往上，那真是一种末梢的铺张；而那也就是为什么我记得它，而且记得它很美丽，像是溪流中的曲曲折折。

这一切的重点是，每一个人的肾脏里，都有一百万个肾元。我有两百万个肾小球，两百万个亨勒氏襻，全都是我自己制造出来的，丝毫不费力。它们毫无疑问是我最精细的作品。真是精心之作，真是铺张！譬如说，细管的中心部分，"是由不规则的立方形细胞所组成，这些细胞内部或管腔的边缘，具有那特殊的、像刷子般的细槽（刷缘）"。这些是我自身的边缘必需品，一座名副其实的松树森林。

你还记得吧，梵高将这世界称之为一幅没有完成的习作。它有没有"完成"是个难以回答的问题。那些叶绿体确实的叶中流动，仿佛被强大的、看不见的一口气所推动；然而另一方面，某种忧伤出现，在影子溪里涌出，而从那些寂寞的岸边看去，就好像我们所有的繁复边缘，无论有多美丽，其实只是普遍、然而不该有的剥皮所产生的细槽。可是，梵高：它可不是习作。这个世界的细节具有遍满各处之繁复，这是其真理：创造不是一幅习作，不是一幅只有轮廓的素描；它是以最了不起的、严谨的方式创造出来的，丰盛地，铺张地，总括地创造出来的。

在我游荡的过程当中，创造还有其另一面，和繁复一起，让我印象深刻。再来看看铁线虫，长一码，细得像根线，在鸭池塘里甩动来去，或是和同类纠缠在一起，像个滑来滑去的戈耳迪结①。看看那一团嗡嗡蜜蜂过冬的球，或是一只冰雪底下的乌龟，用能抽汲的排泄腔来呼吸。看看桑橘的果实，大如葡萄柚，青绿色，犹如任何人脑般盘堆在一起。或者看看轮虫透明的内脏：一种橘色且强有力的东西正在像活塞般上下起伏，而一种小而圆的东西正像飞轮般原地旋转。简言之，看看几乎所有的东西——大鸻鸟的脚、螳螂的脸、香蕉、人的耳朵——你会看到造物主不单只是造了所有的东西，而且他倾向于创造任何东西。他绝不会罢休的。

没有人会拿着一支蓝色的铅笔，高高在上看着进化，说："哪，那边那个，简直荒谬，我可不要。"假如有种生物通过了，就批个"不予删除"。我们的品味远比造物主高吗？对生物而言，实用是进化在美学上的唯一考虑。就我所知，创造出来的世界里，形式跟着功能而来；能够发挥功能的生物，无论多么古怪，都会存活下来，形式永存。形

---

① 戈耳迪结（Gordian knot），公元前四世纪时小亚细亚的一个国王系了一个难解之结，声称谁能解开它就能称王亚洲，公元前三世纪时亚历山大大帝一刀劈开了这个结。

式上面的繁复，有些答案我知道，有些则不知：我知道为何羽毛上面的羽小枝会钩在一起，为何会有亨勒氏襻，可是不知道为何榆树的叶片成 Z 字形，为何蝴蝶的鳞片和花粉刚好是那种形状。然而形式本身的各式各样，形式的繁多，我是一无所知。显然，除此之外，什么都可以。这一点，对行为以及图案两方面的形式而言，都成立——螳螂啃啖与其交配者，青蛙在泥巴里过冬，蜘蛛包覆一只反舌鸟，毛毛虫跨骑在一根线上。欢迎上船来。一种宽大的精神与这五花八门的工作人员一同工作。

拿一种非洲大金龟子来说吧，据艾德温·韦·蒂尔说，这种虫如此之大，"到了晚上，它在乡间营营作响，犹如一架越来越近的飞机"。要更好的例子，便仔细看看蒂尔对南美洲蜜蜂蚂蚁的描述。这些蚂蚁的腹部可以胀得很大。"蚁群里某些成员充当储藏器皿，装载工蚁采集来的蜜汁。它们从不出窝。腹部胀得那么大，走都走不动，只能攀附在地底穴室的屋顶上，在工蚁需要的时候，将食物吐出来给它们。"我阅读这方面的事情，那些蚂蚁对我而言如在眼前，就好像它们吊在厨房天花板上，或是我头颅的圆顶上，脉动着，像是活生生的广口瓶，暴食暴饮的大桶、奶头，而头顶上有个被注视着的动物在想——什么嘛？

布莱克① 说："不取形式而取颜色的人，是个懦夫！"我常希望造

---

① 布莱克（William Blake，1757—1827），英国浪漫主义诗人、版画家，著有《天真之歌》《经验之歌》等。

物主怯懦些，少给我们一些形式，多给些颜色。这儿有个有趣的形式，离家较近的。这是个常见蜻蜓的幼虫。这些没有翅膀的幼虫一英寸长，像蚯蚓般粗细。它们在山谷里的池塘和小溪的底部到处移走，把水吸入有鳃的直肠里。可是我有兴趣的是它们的脸。据霍华德·恩塞因·埃文斯说，蜻蜓幼虫的"下唇变得极长，而且有个双铰链的关节，因此不用的时候可以往后拉到身体下面。外部则伸展开来，长有坚固的钩子，在休止状态时，形成一个'面具'，遮住幼虫大半个面部。其口器可以突然之间伸出去，而终端的钩子能够将猎物牢牢地抓在幼虫前方，然后拉回到那锐利的、有锯齿的卜巴。蜻蜓幼虫捕食许多种出现在水中的小昆虫，较大的幼虫能够轻易地应付小鱼"。

这世界充满了某些生命，这些生命对我们来说就是比其他的生命奇怪，而图书馆里也充满了书去描述它们——黏盲鳗、鸭嘴兽、像蜥蜴的穿山甲，四英尺长，身覆亮绿色，重叠在一起的鳞片，犹如覆在灌木丛茅屋顶上的木兰树叶、还有从蚁丘中出现的蝴蝶、飘浮在空中的小蜘蛛，紧抓着细小如丝般的气球、鲎……造物主造物。他是否纡尊降贵，他说不说话，他会否拯救、救助、劝导？也许吧。可是他创造，他创造所有的东西，任何东西。

所有已知的生命形式，只有大约百分之十至今仍然活在世上。所有其他的形式——奇异的植物、普通的植物、活生生的动物，这些动物具有无法想象，各式各样的翅膀、尾巴、牙齿、脑子——它们都全然地、永远地消失了。这些创造出来的形式可真是多。将现有的生命形式数目乘以十，得出来的丰富形式会超出我想象。为何有那么多的形式？为何不是哪一个氢原子就好了？造物主一再做狂乱的、特定的改变，或是千万个同时进行，带着一种看来不应有的旺盛活力，还带着一种由深不可测的圣水盆中涌出的放纵能量。这儿到底发生了什么事？蜻蜓那可怕的口器、巨型田鳖、鸟鸣，或是阳光照射下的鲦鱼身上美丽的炫目和闪光，其重点并不在于这一切都有条不紊地互相配合——因为并非完全如此，连金鱼缸里面都不是这样——而在于这一切都流动得如此狂乱无章，像那条小溪；在于这一切以如此自由且边缘的一团混乱方式涌现出来。自由就是这世界的水和气候，是慷慨赠予这世界的养分，是这世界的土壤和汁液：造物主喜爱丰繁浮夸。

Ⅱ

我想要做的，并不是去学得这山谷中各种蓬勃生命的名称，而是要让自己对其意义保持开放的态度，也就是要尝试让自己时时刻刻对感受到它们的存在所可能具有的最大力量，留下印象。我希望事物能以最多样、最繁复的方式存在并显现在我的脑海中。这样我也许可以坐在山丘上那些焚烧过的书本旁边，也就是燕八哥飞过的地方，不只是看到燕八哥、草地、开采过的石块、藤蔓缠绕的树林、哈林斯池塘及更远的群山，而且，与此同时，也看到羽毛里的倒钩、土壤里的弹尾虫、石头里面的结晶、叶绿素的流动、轮虫的脉动，还有松树之间空气的形状。如果我也注意量子物理学，跟上最新的太空学和宇宙学，并真的相信这一切，我可能最后终会看清楚宇宙中的景观。不是不可能的吧？

景观是由某个特定时空中多样的、互相重叠的、错综复杂的形式所组成的。景观是错综复杂的质地，而质地是我此刻的主题。细节的错综复杂与形式的各种变化构成了质地。鸟的羽毛是一种错综复杂。鸟是一种形式。空间里的鸟与空气、森林、陆地等等之间的关系，乃质地里面的一条线。月球也有其质地，即使在那最平坦的海里，也有凹凸斧凿的景观。星球并不是光滑平坦的球体，银河系本身就是质地里的一点，有凝聚力，也给凝聚着。可是在地球上，质地让我们感到无比的兴趣。只要有生命，就有扭曲与杂乱：北极地衣的皱缩，河边灌木的纠结，狗腿的弯曲，一条线非得那样弯曲、分岔或是成球状的样子。地球的特色就在于它的崎岖不平，它随意坐落的山岳，它边上给磨损了的海岸线。

试想一个地球仪，桌上一座可转动的地球仪。试想一个显示地形的地球仪，其山脉投射出影子，陆地以浅浮雕的方式凸起于海面。可是，再想想真实是什么样子。这些高度并不只是暗示而已，它们确实存在。普林尼知道这世界是圆的；他猜想，如果将地球整个测量一番，它的形状看起来应该是像个凤梨，而非球体，外表很不平整。当我想象自己横越一片大陆，便想到所有邻近的山丘，那些小斜坡，小孩常将小雪橇拉上去。陆地的表面备经雕琢，呈三度空间，投射出影子。如果你有一个巨大的浮雕地球仪，大到可以显示出全世界的道路和房舍，还有海底！那是个地质调查的地球仪，四分之一英里比一英寸的比例。你看着它，就会知道什么东西不能包括进去：房间内的摆设、不需支撑的雕塑家具、河床上破碎的乱石块、箱内的工具、迷宫般的邮轮、金鱼藻的形状、海象。地球上你在意的那样东西——那表面的塑型——在哪里呢？浮雕地球仪无法显示树木，在这些互相交叠的树枝间，鸟儿孵育着雏鸟；地球仪也无法显示树皮上的沟痕，这些沟痕里有完整的生命，显而易见的生命，在过日子，而那就是它们的世界了。

这些质地对我有何意义？我给摆在这世界上，这样的世界表示什么？这世界的质地，也就是它的细工与装饰，表示了美的可能；这种美，十分繁复，无有穷尽，我叩门它就打开；它回应了我的呼唤，而那呼唤我已不复记忆；它教导我我所寻求的精神中那份狂野和挥霍。

十八世纪时，受过教育的欧洲游客游历阿尔卑斯山时，故意蒙住双眼，避免看到地球上可怖的凹凸不平。这说不定不只是矫揉造作，因为，就算现在，测验不断显示，新生儿在还没学习我们所谓的"美"的观念之前，比较喜欢复杂的图案，而非简单的。无论如何，我可以补充说，经过了浪漫主义革命，经过了达尔文，我们意识中对美的概念已起了变化。若地球平滑如球的轴承，从另一星球望过来恐怕也很美，一如土星光环。但我们在这里居住移动，在小溪岸边来回游荡，搭火车过阿尔卑斯山，景观皆千变万化。若地球平滑，我们的脑子也会是平滑的；我们醒转，眨眨眼，走两步以取得全景，然后回到无梦的睡眠。因为我们是活生生的人，是美的接受者，所以这问题必然要加入另一个因素。空间的质地是时间的一个条件。空间里的美，其质地由时间的经线和物质的纬线交织而成，而死亡是疾速移动的梭子。那些十八世纪的人以为自己是不朽的吗？还是说，他们的马车陷在路上，僵在那儿，他们知道自己永远无法再移动，恐慌起来，便把眼睛蒙上。

因此，我要做的是在质地里面加上时间，将景观画在舒展开来的卷轴上，并转动那座架起来的、巨大的浮雕地球仪。

去年我有过一个很不寻常的经验。当时我醒着，闭着双眼，同时却做了个梦。是个有关时间的一场小梦。

我猜想那时我已死去，在深黑色的空间里高高地与众多白色的星星同在。因为我的意识已向我透露，因此我很高兴。然后我看见遥远的下方有一道长而弯的色彩。我靠上前去，看见色彩向两端无限延伸，便了解到自己所看见的是曾经居住的那个星球所有的时间。它看来像条女人的软呢围巾。我越研究其中的一点，就会看到越多色点。那些色点的深度与变化无穷无尽。最后我开始寻找自己的时间，然而，虽然这块织物出现了越来越多的色点，和越来越深而复杂的质地，我却无法找到自己的那段时间，或任何我认得的邻近时间。我连座金字塔都看不到。然而当我注视这条时间之带时，特别清楚地了解到，所有的人都在那一刻怀着极大的热情活在当下，细节错综复杂。然后他们死去，——让更多的人给取代，好像一针一针给织出来，其中包藏了许许多多情感和能量的世界。这匹布一直织下去，无有止境。我突然记起我们所知晓的生命的颜色和质地，这些都已经给完全遗忘了。我在无穷的时间之带寻找时，心想："那是段好时光，活在那段时光是很好的。"然后我就记起我们的那段时光了。我记起长有萝卜的绿地，那些萝卜一个接着一个，排成细长的行列。穿戴鲜亮背心和领巾的男男女女来到绿地上拔萝卜，用篮子装着带回他们阴凉的厨房，在自来水下用黄色的刷子洗刷这些萝卜。我看见白面的牛群鸣叫并涉溪而过，双耳之间螺纹状和卷曲的白毛上沾有灰尘。我看到森林里结了鬼臼果，在布满叶片的小径上迸发出来。桐叶枫的根毛细胞迸开并分裂，而苹果在秋天长出斑点和条纹。群山仍有凉爽的山洞，松鼠在阳光下和阴影里奔回巢去。

我记起大海，而且我似乎就在大海中，游经珊瑚般的橘色螃蟹，或在深邃的大西洋沿岸游经鳟鳕群聚的地方。我还看到了白杨木的树梢，而整个天空呈现了白云画成的苍白条纹；天空下，野鸭伸长脖子飞过并鸣叫着，一只接着一只，往前飞去。

所有这些东西我都看见了。在我面前，画面的景深拉长，并呈现阳光照射下的细节；而当我以不断加强的情感忆起我那个时段的生活时，更多的景物取代了先前所有。

最后我看到像球一般的地球在空间里，就想起了海洋的形状和陆地的形状；一面看着那个星球，一面惊讶地告诉自己："对，当时就是这样；那边那一块我们称为……'法国'。"我心中充满了深深的怀旧之感——然后就睁开了眼睛。

　　我们都应该可以自主地召唤出这样的景物，如此才能够记住质地在时间里移动的范围。可惜我们不能在银幕上看到这些景物。伊丽莎白时期的地理学家和数学家约翰·迪依[①]曾有一个了不起的梦想，正是我们所需要的。把一面镜子射向太空，让它以超光速的速度飞行（这是难处所在），你就可以像看电影般，在镜中看到地球先前的历史——展现。那些不断拍摄玫瑰和郁金香快速绽放的人其实搞错了。他们应该将摄影机对准正在融化的大冰块、塞满池塘的绿色水藻、塞文河（Severn）激潮的潮差。他们应该拍摄格陵兰的冰河，那些冰河有些以极快的速度裂开，连狗儿都朝它们吠。他们应该拍加拿大最南端的苔原被最北边的赤松和枞树林侵袭，目前那正以每十年一英里的速度在发生。最后一层冰在北美大陆退去时，地球弹回了十英尺。这难道不值得一看吗？

　　有人说，后院里的一个好位置可提供精准且激发灵感的最佳地球观察点，不下于在半人马座阿尔法星球（Alpha Centauri）上的任何一个观察站。他们错了。我们仅能幽暗地透过镜片观看。我们会发现自己正在看电影，或者，老天爷保佑，只是影片中的一景，而我们不知

---

① 约翰·迪依（John Dee，1527—1608 或 1609），英国著名数学家、天文学家、地理学家，迷恋占星术，是英国女王伊丽莎白一世的顾问。——编注

道片中其他部分是些什么。

假设你可以看到约翰·迪依的镜子快速穿过太空；假设你可以一把举起浮雕地球仪，让它像只巨大的陀螺般转动，且在它的表面吹出生命；假设你可以看到我们星球的时光隧道影片，会看到什么呢？会是透明的意象在光中移动，即"美的无限风暴"。

开头是给裹在雾里，有随意发生，令人目眩的闪光爆发出来。岩浆涌出、冷却；大海沸腾泛滥；云雾形成、飘移。现在你只能透过东一块西一块的清晰处，看到地球的表面。土地颤抖分裂，犹如冰块被扩大的沟渠撕裂。群山爆开、推挤，然后在眼前缓和、平静下来，覆满如毡般的森林。冰块滚过去，永远磨碾着水底下的绿地；冰块又滚回来。森林爆发，犹如魔戒般消失。冰块滚过去——高山给铲成湖泊，土地从海中湿漉漉地升起，犹如浮上海面的鲸鱼——冰块又滚回来。

最高的山脊上有一条条的蓝绿色，并有一片黄绿色由南边散开来，就像一波浪花打上岸。北边似有红色的染料渗出，从山脊上往下流到山谷里，渗入南边。红色后面跟着白色，然后黄绿色冲洗北边，然后红色又散开来，然后是白色，一遍又一遍，各种形状的颜色形成得太快、太繁复，跟都跟不上。把影片放慢一点。在让人目眩，一闪而过的一幕幕当中，你看到了灰尘的风暴、蝗虫、洪水。

将镜头拉到潮湿的岸边，去看火中冒出的烟四处飘散。石造的城市兴起、分布开来、倒塌，犹如阿尔卑斯山上一片片花卉，在永冻层上一英寸之处盛开一天；那永冻层是结了冰的土，没有任何根吸得到水，一小时之内就会枯萎。新的城市出现，河流将淤泥筛在屋顶上。更多的城市一片片显现、分布开来，犹如石头上的苔藓。历史上的伟大人物是一些繁复，充满生气的组织，在地表上游荡，他们是正在摆荡着的一片模糊，在光中一闪而过，出现的时间那样短暂，根本留不下任何印象，只见弯腰驼背，没有影子的鬼魅身形。一大群一大群的美洲驯鹿涌进山谷，又陆陆续续走回去，又涌入，一片褐色的液体。

再放慢一点，再走近一点。出现了一个小点，一片肉屑。它像气球般胀大，移动、转圈、慢下来，然后消失。这就是你的生命。

我们的生命是谜面上一条模糊的痕迹。谜面并不光滑，就像地球表面也不光滑。没有一个氢原子是光滑的，更不用说一棵松树了。生命也并非组合得很好。就连叶绿素和血色素分子也不是互相完美配合的，因为，就算铁原子取代了镁原子，那一串串长而互相分离的原子也都各自在一圈圈的分子边缘飘荡着。自由是把双刃刀。谜本身就像时间里那空气的形状，具有边缘且错综复杂。对这则谜发动的攻击，切割出海湾和美好的峡湾，但满布森林的大陆，无论是它的体积，还是由最精细的功夫造出的边缘细节，则是残酷无情的，帕斯卡曾断然说："任何一个宗教，若不肯定上帝是隐藏起来的，就绝不真确。"

人是什么？让你如此眷顾？这就是伟大的现代宗教让人觉得激进到不可思议之处：神的爱！因为我们都可以看到，人就如树上的叶片一样多。然而，或许我们没有信仰是种胆怯的畏缩，来自于我们自身的渺小，即想象力之极度缺乏。当然大自然似乎为了那到处显现之激进、极端和无政府状态而欢欣鼓舞。如果我们以自然界的常识或可能性来评断大自然，我们不会相信这世界是存在的。在大自然里面，不太可能发生之事是经常发生的。整个创始就是个狂热分子。如果让我来创造，我肯定自己只具想象力或勇气去造一个大小刚好，平滑如雪球般的原子，这样就好了。任何天启说法，都不如一只长颈鹿的说法来得牵强。

不可知论的问题是：是谁开了灯？信仰的问题则是：到底为了什么？梭罗去爬卡塔丁山，对世上事物的真相发表了几乎不可置信的说法："我惧怕躯体，碰到了就会颤抖。这拥有我的巨大身躯是什么？说到谜啊！想想我们在大自然里的生命，每天都会看到的物质，接触物质——石头、树木、面颊上的风！坚实的地球！真实的世界！共同的感觉！接触！接触！我们是谁？我们身处何处？"众神之神，众神之神，他知晓……

英国太空学兼物理学家詹姆斯·琼斯爵士①曾说，这宇宙开始越来越像个伟大的想法，而不是伟大的机器。人文主义者紧紧抓住这个说法，然而这实在不是什么新鲜事。我们环顾四周，了解到，想法会分枝生叶，结果成为一棵树。然而，是谁在想？问这个问题比问"是谁造了机器"来得更有收获，因为技师可以擦擦手离开，而机器仍然

---

① 詹姆斯·琼斯爵士（Sir James Jeans, 1877—1946），英国物理学家、天文学家、数学家，是著名生物学家罗纳德·费希尔的老师，著有《物理与哲学》等。——编注

运转，但一个在想事情的人若分了神，那么即使最简单的想法也就全都不见了。而且，如我先前所强调，我们如此毋庸置疑的置身之处，无论那是思考还是机器，都至少一点也不简单。

相反地，这世界的景观"有圈纹、有斑、有点"——就像雅各从拉班的牲畜中挑拣出来的牛。拉班很严苛，叫雅各在野地里工作七年以换得拉结，最后却将拉结的姐姐利亚给他，并扣住拉结，要雅各再工作七年。拉班最后放走雅各时，同意让雅各拥有牲畜群里"有圈纹、有斑、有点"的牛和山羊。雅各施了点伎俩，不久拉班最强壮、最结实的多产牲畜生下来都有圈纹、有斑、有点。雅各带着妻妾和十二个孩子往迦南地去，成为以色列的十二族，并带着这些成为以色列遗产的牲畜，进埃及、出埃及，就像这错综复杂、有斑、有点的世界是我们的世界。

错综复杂从一开始就存在，是出生权；错综复杂里面有很坚固结实的繁复，用以保证任何生命都不会失败。这是我们的遗产，时间里斑纹交杂的景观。我们走来走去，看到的是在形式的无限变化里，各式各样组合中的一块碎片。

任何事都可能发生，任何形式的斑点都可能出现在日新月异的世界里。我在金鱼的尾巴里看到红色的血，以闪烁的圆点流动着；我看到蜻蜓幼虫坚固可伸展的口器，那口器可以穿透并钩住一条金鱼；我看到亮亮的绿藻一团团纠结在一起，困住并饿死了幼虫。我看到饱食后一动也不动的蚂蚁，反刍糊状物给一群工蚁，还看到鲨鱼在升起的翠绿浪波里，在光的扭折中给描绘出来。

　　神奇的是，自由虽具迷妄的性质，时间的质地虽然在萌芽，所有的形式并非怪物，而美也居然存在，还有善意的恩宠和许多个找到的一分钱，就像反舌鸟的自由坠落。美本身即是创造者丰茂的果实，长成了一团纠结；而怪异和恐怖也同样绽放在那自由的成长之中，在那时间的条件里，处处皆有的繁复乱七八糟并纠缠。

　　这个，就是这世界奢华的景观，呈现了出来，活泼泼地呈现了出来，恰如其分地呈现了出来，压缩起来、摇挤在一起、满溢出来。

洪水

夏天了。一个月前，在干旱中，曾有些深春的阳光；夜晚寒凉。不时有些灰蒙蒙的日子，但不至让人感到郁闷。雨下了一个礼拜，我就想：真正的炎夏何时来临？那种令人思绪融化、削弱的天气。今早又下雨了，同样的春雨，接着午后下了一场不同的雨：稀里哗啦，三分钟的大雨。雨停了以后，云层融解成一片迷蒙。看不见听客山了。夏天到了，热气来了。现在整个季节都是夏天了。

两小时之前换了季。我的生命是否也会改变？这是下决心的时候，革命的时候。动物都发起野来。我在十分钟内一定看到了十只兔子。巴尔的摩金莺也来了，棕色的鸫鸟似乎就在马路对面的听客溪边筑巢，大鹬还在，像感恩节的火鸡一样大，一样漫不经心，连那吠叫的狗儿它也瞧都不瞧。

溪水上涨了。今天雨停后，我过了马路，前往小阄牛涉溪处旁边那倒塌的树干。小阄牛已经到了小溪对岸，一团黑色在远方的山丘上。

涨起的水已触及我的树干——我坐的那条树干——并丢了一斜坡的脏东西在河的下风处。水本身是不透明的淡绿色，像粉碎的玉。水位仍高，水流湍急、无光，不像人间的水。一只我从没见过的狗，瘦如死亡，正追赶一群兔子。

树干旁长出一团黄色、多肉的东西，它们似乎没有正常的茎或花朵，只是盲目地、毫无特征地长着，像地底下根里面白化的马铃薯芽。我试着从松软的土里挖一株出来，但它们似乎都长在一个单一的、扎得很稳的大球根上，我只得作罢。可是，日子里还是有一种胁迫的气氛。树干旁破碎的威士忌酒瓶、一条蛇的棕色尾端消失在我背后山丘上的两块岩石之间、差点被狗追到的兔子、我知道正在那里流行的狂犬病、蜜蜂毫无缘由地在我额前舞着毛茸茸的腿……

我前往溪边的一片新树林，那个摩托车树林。它们出奇地空荡。空气蒸腾，我几乎什么也看不见。原先分隔树林和田野的峡谷在大雨时积满了水，现在则堵塞着没有生气的褐色泥泞。峡谷凹凸不平的边缘有一棵树，橙色根部的泥土都剥落了；这些树根现在像面空网般悬在空中，在退去的水旁，抓着一个很不协调的灯泡。我在这片林子走着的时候，从头到尾都有四只松鸦绕着我慢飞，动作都很奇怪，并以两声拉长的音叫着。一丝风都没有。

从林子出来的时候，我听到大声的叫喊，声音在潮湿的空气中不祥地震动着。可是我一走上马路，就看到是怎么一回事了，于是整个下午那种可怕的音色立即消失无踪。那是两辆垃圾车，大型的垃圾压缩车，缩头拱背像犰狳一样，引擎在逆燃，好引起邻家漂亮女孩的注意，这些高中女生刚下校车。长发的女孩在路旁咯咯笑成一团，垃圾车威风地开走，就好像是塔尔顿家的双胞胎骑着纯种马慢慢离开塔拉农场的大门①。远处卡汶湾的水面上升起白色的水汽，到了山侧就连成了一簇簇，拖得长长的。我站在自己的阳台上，不愿进屋去。

去年，就在这个时候，犯了那场洪水。其实是艾格尼丝飓风②，但是它都还没抵达这儿，气象局已将它减称为热带性暴风雨。从留下来的剪报上，我知道那是六月二十一日，夏至，仲夏夜，一年中日照最长的一天；不过那时我并没注意到这些。每一件事都如此让人兴奋，而且那么黑。

那时就是不断地下雨。雨下着，溪水开始高涨。溪水自然是每遇下雨就上涨，这次看起来也没什么不同。但是雨一直下，二十一日的早上，溪水还在高涨。那天早上我站在厨房窗边。听客溪已高过它的四英尺河岸，远远超过，而且还在涨。

高涨的溪水看来一点都不像我们那条溪。我们的溪清澈地流过一堆乱石，而这高涨的溪水一点也不清澈，把一切都抹去了。它看来就像别人的溪流，把我们的溪水给篡夺、吞噬了，然后狂乱地奔逃，又

---

① 这一情节出自美国作家玛格丽特·米切尔的《飘》，描绘了塔尔顿家的双胞胎斯图尔特和布伦特爱上郝思嘉，他俩一边猜测郝思嘉的心思，一边慢慢骑马离开郝思嘉的家，也就是塔拉农场的情形。——编注

② 艾格尼丝飓风（Hurricane Agnes），发生于一九七二年六月的一场大西洋飓风，是美国历史上损失最为惨重的飓风之一。——编注

大又丑，就像一条黑蛇在厨房的抽屉里给发现了。溪水的颜色很脏，像黄锈的奶油。夹带了黏土的水看来比污泥水还糟，因为黏土的粒子细小，会在水中散开将水混浊，因此放在水杯里，光亮连一寸都穿不透。

每件事看起来都不一样了。本来眼睛可以看得很深的地方，现在只看见平平一片水，很近，太近了。我看见以前从没注意到的树，黑色的树干被雨水浸透，垂直伫立在苍茫的水中，就像破败码头上的腐烂木桩一样。青葱河岸和石头岩棚的静谧都不见了，只见到争先恐后，一片狂野、朝着一个方向急窜的流水，像瀑布般疾速且迫人。艾特金家的小孩穿着他们小小的雨衣、雨鞋到外头来，盯着那怪物小溪。水已涨到他们家大门了；邻居聚在一起，我也出来了。

我听到轰轰声，一种尖拔的风声，倒像空气的声音而不是水声，像直升机引擎关掉了以后，螺旋桨突然松掉的轰然一声，尖拔的千百万急速奔驰。空气闻起来潮湿、苦辣，像燃油或杀虫剂的味道。下着雨。

我很安全，屋子在高处。我急忙走到马路上，前往那座桥。整个冬天几乎没有见面的邻居都在那儿，摇着头。少有几人曾经见过这番景象：水已经淹过桥面了。我每天都会看到这座桥，即使现在看见它，也难以相信——水已经淹过桥面了，高过桥面一二英尺，而桥平常是高于溪面十一英尺的。

现在溪水稍微退了些。有人拿出空的金属桶，我们就把桶滚到桥上，摆成四方形，以阻挡汽车过桥。连站在桥上都得有点勇气；洪水冲掉了一小块将桥支撑在岸上的水泥。现在桥的一角显然毫无支撑地悬在那儿，而水就在底下几英尺之处拱起流过。

实在很难接受这一切，这一切都如此陌生。我看着脚下的溪水，那水在桥下像拳头般击砸，力道无穷。溪水急奔而去，直至目之所及，突然转过弯去，淹向山谷，压平一切，捣碎一切，推进，越来越宽，越来越快，直到它占据了我的脑子。

它像条龙。也许是因为我们身处的这座桥岌岌可危，我注意到，每一个人都觉得自己会给冲下桥去，都在估量生存的几率。活不了的。马克·斯皮茨①也活不了的。岸上有桥墩支撑着桥，防止桥那巨大的桥身垮掉，而溪水就在那个地方被迫往上拱过去。拱过去的水往下奔流时宛若潜入水中的鲸鱼，会抵撞你的臀部。其中一人说："你根本不知道给什么东西撞了。"可是假如你过了这一关，想办法浮到水面……？还能活多久？得有面挡风玻璃。你没办法让头浮在水面上，因为下面的水是最快的。你会像烘干机里面的袜子般旋转，你没办法紧抓住一根树干而不把手臂弄断。不行的，你活不了。而假如他们找到了你，你的内脏里会是实实在在的红土。

我所能做的就是站在那儿。我感到昏眩、沉溺、打伤。在我下面，洪水混搅成一股狂暴的泡沫，看来就像很脏的蕾丝，在我眼前不断地

---

① 马克·斯皮茨（Mark Spitz, 1950—　　），美国游泳健将，在一九七二年奥运会上赢得七枚金牌，成为史上在同一届奥运会上夺金最多的运动员，这一纪录直到二〇〇八年才被迈克尔·菲尔普斯的八枚金牌数打破。

爆发。如果我往别处看，大地就好像在往回走，并上升、膨胀，因为眼睛固定看着移动洪水中的某一点。所有熟悉的土地，看起来好像一点也不实在而真实了，倒像是画在卷轴上的背景，而这展开来的卷轴给抖动了，所以大地摇晃、空气嘶吼。

所有可以想象的东西咻咻而过，快得几乎看不见。如果我站在桥上往下游看，就感到昏眩，但如果往上游看，就好像看到正在发生的雪崩。水里有洋娃娃、裂开的木头和引火木柴、死的鸣禽幼鸟、瓶子、一整丛灌木和树、耙子和园艺手套。粗的枕木比特快列车还快地冲过去。格子篱笆，还有一个木桩门，跳动着流过去。一加仑的白色塑胶牛奶罐多到了大水退去后，罐子留在岸边草地上，远远看去就像一群白色的野鹅。

我觉得什么东西都可能看到。光就这一点而言，溪水泛滥时比任何时候更像它自己：斡旋、挟物而流过。假如我看到约翰·保罗·琼斯①站在"好人礼查号"的甲板上，转过溪湾而来，或者看到阿美莉亚·埃尔哈特②在她那飘浮着的机舱里愉快地挥手，我也不会感到惊讶的。所以为什么不会是一把大提琴、一篮面包树果实，或一盒古钱币？这会儿来了穿着雪屐的富兰克林探险队，还有东方三贤者、加上骆驼，乘着一艘有罩篷的平底船！

---

① 约翰·保罗·琼斯（John Paul Jones，1747—1792），苏格兰水手，美国独立战争时期的海军英雄，被称为美国海军之父。
② 阿美莉亚·埃尔哈特（Amelia Earhart，1897—失踪于1937），美国飞行员、作家，是美国首位独自驾飞机飞越大西洋的女性，后失踪于太平洋。

整个世界都在大水里，土地和水皆然。水从树干流下，从帽檐滴下，奔流过马路。整个世界好像沙一样从泻槽滑下；水冲过稍有倾斜的坡度，把草地压平，银白色的那面朝上、弯向下游。到处是被风吹落的果实、漂流的树枝和长满叶子的枝条。木柴堆里的木柴、瓶罐及饱满的茎秆泼溅在地上，或像被风吹散的垃圾，弯弯曲曲地列在地上。果园的番茄可说是浮在烂泥里，看起来就像是一整颗丢在沸腾着褐色酱汁的红烧肉里。水面已到了我的鞋尖上了。浅色的泥泞水流过平地，把草都淹死了；它看来就像在丑陋而拙劣地模仿原野上的一场小雪，只看得见草的尖端。

我望向对街时，简直无法相信自己所看到的。路肩后面就是波浪，像扇贝上的起伏，有节奏地向下游狂奔。我观看螳螂产卵的那座小山丘，已成了一道瀑布，泼入一汪褐色的大海。我甚至记不起小溪原来的溪道在哪里——它现在是到处流着。我以为我那根树干一定冲走了，后来发现它其实还在，挤在两株正在茁壮生长的树中间，很牢固。只有小阉牛栅栏的粗缆仍然可见，栅栏则不见。小阉牛牧场全给淹没，成了一条棕色的河。河水跃过河岸直捣摩托车行驶的那片林子，摧残一切，只剩那最坚固的树木。水是那么地深而广，看来简直可以行驶玛丽皇后号，直航向听客山。

动物在这场洪水里怎么办呢？我看到一只溺水的麝香鼠飞也似地流过我眼前，但它们不可能全都死去。每场大雨过后水位就高涨，而溪中仍然满是麝香鼠。这场洪水水位高过它们在岸边高高筑起的居住平台，它们一定得赶快逃到高地然后撑下去。而鱼到哪儿去？它们怎么办呢？想来它们的鳃应该可以在这些脏东西里滤出氧气，可是我不知道如何进行。它们一定躲在任何找得到的障碍物后面，然后断食几天。一定是这样的，要不然我们就没有鱼了；它们会全都流到大西洋去了。而苍鹭和鱼狗，又如何呢？它们看不见，就没有东西吃。通常我看到的动物正在做的事情都很紧急，不能轻易放下不做，等上四十八小时。蜻蛄、青蛙、蜗牛、轮虫？大部分的动物一定都死了。它们活不了。我想当大水退去，一切清澈后，存活下来的就毫无竞争对手，可以享受一天。不过你可能会以为食物链的基层就此给击垮，整个金字塔会因为没有浮游生物而坍塌，或轻轻一弹就垮掉。也可能有足够的孢子、幼虫和卵，让流势较缓的上游溪水给带下来，重新繁殖……我不知道。

有一群小朋友发现了一只大如托盘的鳖。很难相信这条溪水竟然可以养出这么大的一只掠食动物。它的壳有一英尺半宽，头伸出来时足足有七英寸长。小孩子在一只小型狗的陪伴下走到岸边接近这只鳖时，它挺起粗厚的前脚，并发出惊人的嘶嘶声。我以前曾读到，因为龟壳很坚硬，乌龟并没有风箱式的肺。它们必须以吞饮的方式来呼吸。也因为它的壳如此坚硬，里面只有一定的空间，所以它们一受到惊吓要内缩时，必须把空气自肺中压出，好腾出空间给头和脚——所以才会有那种带有恶意的嘶嘶声响。

等我再望去时，孩童不知用什么方法，已经把鳖弄进一个洗衣盆里。他们拿了一把棕色扫把，向鳖挥舞，希望它能像弄断火柴棒一样弄断木棍，不过它显然不愿配合。小孩子真是伤心透了。他们一直听说，碰到鳖一定要这么做——拿把扫把伸到它旁边，它"就会像弄断火柴棒一样弄断扫把"。那是其天性，一定会成功。但是这只鳖根本不理。它避开这只扫把，显出一副耐着性子压抑怒火的态度。他们最后把它放了，它笔直地往岸边去，毫不犹豫地潜入漩着的洪水中。那是我们最后一次看到它。

桥上那群人传来一声欢呼。卡车来了，载来包尔瑞家地下室所需要的抽水机，太棒了！我们把金属桶滚到一旁，卡车顺利通过桥面，真是意想不到——群众又欢呼。州警巡逻车经过，这里一切都还好，下游的人很糟糕。听客溪上宾斯家旁的桥看来快要垮掉了。有一根树干给桥栏卡住了，而且有一部分水泥已经冲掉了。宾斯一家人不在，现在住了一对年轻夫妇在"看家"。他们怎么办呢？丈夫那天早上如常开车去上班，几小时以后，太太从前门撤离了，乘坐一艘马达船。

我走路到宾斯家。大部分在咱们桥上的人最后都到那儿去了，就在前面路上。我们在雨中零零落落走着。聚了一群人。那些在外工作的男人也在此，早上上班时，太太打电话给他们，告诉他们溪水上涨得很快，他们最好在情况还好时赶快回到家。

已经有一大群人聚在那里，每个人都知道宾斯家位于低处。溪水从休闲室窗户流入，已经高至车库门的一半。那天较晚的时候，大家试着把所有可抢救的东西拖出来，并想办法弄干，有书本、地毯、家具；楼下那层，从地板到天花板全给淹了。在桥上有一队道路工作人员，正试着把卡住的树干用长柄斧头砍断。由于手把并不是那么长，所以他们还是得站在桥上，在听客溪中。我沿着一道矮矮的砖墙走，这墙是用来防堵水位高涨时的溪水的。墙倒是坚固，但现在溪水退了，它却让水积在房子四周。我从墙上就可以往外走到洪水里，站在水里。在往回走的路上，我碰到一个年轻人朝反方向走来。墙本身只有一块砖头宽，我们不能交错通过，所以我们紧抓着手，在汹涌的水面上身子往外倾斜，双脚交叉像拉链上的链齿一样。我们拉拢来，站定，再往下走。小孩子看到一条响尾蛇想办法让自己从灌木丛里脱身，现在他们都想从这道砖墙上走到灌木丛那儿，去让蛇咬。

艾特金家的小朋友都在这儿，跳上跳下。我在想，如果我也跳上跳下，桥会不会垮？我可以站在栏杆旁，就像站在一艘蒸汽船的栏杆旁，狂乱地大叫："三！二又四分之三！一！二分之一！……"这时，在桥尚未沉下前，水流将断桥带向转弯处，之后便不见踪影……

其他的人四处站着。有些女人带着看起来像潜水钟般的奇异塑胶伞——她们不是撑开伞而是把伞盖在身上，不是躲在伞下而是在伞内。她们模模糊糊地看得到外面，就像鱼缸内的金鱼一般。她们从里头传出来的声音听起来很远，不过语气中有一种潜在的愉悦，明白地宣示说："这岂不荒谬？"有些男人戴着他们的钓鱼帽。另有一些人则把头低低地罩在折起来的报纸底下，而报纸举得并不太高，因为既不希望把头弄湿也不希望雨水滴进袖口。我猜想，他们为了表示礼貌，跟你说话时便把报纸放下，然后礼貌地眯眼望向雨中。

妇女拿了用马克杯盛着的咖啡去给道路工作人员。他们在那树干上几乎连个凹洞都没弄出来，现在要放弃了。这工作得交给电动工具来做；反正水正在退，危险已过。有些小孩开始玩起滑板来；我朝家中走去。

我站在听客溪这座桥上的同一天，一位朋友，李·扎卡莱亚，正站在里士满的詹姆斯河的一座桥上。那儿天气晴朗，万里无云。詹姆斯河河水上升了九英尺而已，看来没什么不寻常。但是河里流过去的东西是日头底下所有的东西。李观看的时候，鸡笼奔流过去，还有屋舍的断垣残瓦、走廊、楼梯、连根拔起的整棵树——最后是一匹肿胀的死马。李知道，整个里士满都知道：就要来了。

詹姆斯河河水最后上涨了三十二英尺。整个城都浸在水里，所有电力都中断了。霍尔顿州长签下紧急救难条款时——也就是把本县列入联邦灾区——是就着烛光签署的。

那天晚上在州长停了电的官邸里发生了一件奇怪的事。霍尔顿州长在楼上的长廊上走着，竟然看见一只吊在天花板上的灯泡发出光亮，真是难以相信。那是三只灯泡中的一只，全都没电——全城都没电——只有那只灯泡发出一丝微弱的电光。他瞪着那东西，搔搔头，然后召来一名电工。电工瞪着那东西，搔搔头，然后宣布："不可能。"州长回去睡觉，电工也回家去。没有找到任何解释。

后来艾格尼丝上移到马里兰州、宾州及纽约州，好多人死亡，且造成价值好几百万美元的损失。单在弗吉尼亚州这里就死了十二个人，毁掉一亿六千六百万美元的财物。不过它袭击了宾州两次，来来去去。我曾和一位帮忙在宾州威尔济斯-贝瑞淹水的墓园里搬运古老尸体的直升机飞行员谈过。洪水让尸体搁浅在屋顶上、树上。那些飞行员均感到恶心不适，必须每几小时就换一次班。和我谈话的这一位说，他还情愿打越战。我们这儿算是幸运的。

今年冬天我听到最后一则洪水的故事，是有关洪水留给宾斯家的额外红利，像在门廊发现篮里婴儿般的意外惊喜。

宾斯一家人回到家，而房屋已毁，但他们居然设法救出了所有的家当，照旧生活。秋天里的一个下午，一位友人去拜访他们。他走进屋里时，碰到一位教授正走出来，腋下夹着一本大书。宾斯一家迎友人进屋，带他到厨房，骄傲地打开烤箱的门，给他看一朵巨大的菌菇，他们正在烧这朵菇，第二天要用来招待客人。那位带了书的教授刚刚来鉴定它确实可食。我想象这朵蘑菇——皱皱的、黑黑的，大如餐盘，一夜之间神秘地在宾斯家的客厅迸出来，从装了椅套的躺椅后头，或是从一张扶手椅下面仍然潮湿的地毯上长出来。

可惜呀，我在脑中想好了的故事只对了一部分。宾斯家常煮食野菇，他们知道自己在做什么。这一朵特殊的野菇长在屋外一棵桐叶枫的下面，在洪水不曾触及的高地上，所以洪水和这野菇毫无关系。不过仍是则好故事，而我也喜欢认为是洪水留下一件礼物给他们，一个慰劳奖，让他们往后好几年都会在屋子里四处发现可食的菌菇——晚餐在书架上，开胃菜在钢琴上。这会是件美事。

丰沃

I

昨天晚上我被自己的叫喊给弄醒。一定是我在听客溪边的树干附近看到的那种可怕的黄色植物，正从洪水过后的泥土里冒出来的植物；那株植物像蛞蝓一般多肉且缺乏特征，在我睡觉时由我脑子的底部爆发出来，萌芽成关于多产的梦，将我弄醒。

梦中我正在看两只庞大的月光蛾交配。月光蛾是那些鬼魅蛾，仙子蛾，五英寸长的翅膀分叉如燕尾，粉绿色镶着丝绸般的薰衣草淡紫色。公蛾多毛的头上长出两根巨大的、毛茸茸的触角，往外延伸，比轻灵的翅膀还要长。它伏在母蛾身上，带着恐怖的动物活力不断地拱背。

那幅画面完美地呈现了全然的灵性和全然的堕落。我为之着迷，无法移开视线。我这样看着它们，其实就是准许它们去交配，也因此无论有什么样的后果，我都愿意承担——这完全是因为我想知道会发生些什么事。我想要参与秘密。

然后蛋孵出来了，床上全是鱼。我站在门口，即房间的另一头，瞪着床铺。蛋就在眼前孵了出来，就在床上，上千条胖胖短短的鱼挤在一堆黏黏滑滑的湿泥里。这些鱼坚实肥胖，有黑有白，身体呈三角形，两眼突出。我看着它们在三英尺深的地方扭动着，在闪亮的，透明的湿泥里游来游去，缓缓地滑动。床上竟然有鱼！——然后我就醒了。耳中仍响着陌生的叫喊，那就是我自己的声音。

噩梦里面你吃下野生胡萝卜，而胡萝卜竟又是安着安妮女王式的花边①，或者你嘴里嚼着雄性牡丹花的雄蕊。可是要想预防为时已晚，而且又无药可医。什么根什么籽可以将那幅景象从脑海中抹去？傻子，我心想：孩子，你这个孩子，你这个无知、天真的傻子。你期望看到什么呢？天使吗？因为在梦里面很明白，那一床鱼是我的错，假如我离去不再看那两只正在交配的蛾，那么它们的蛋就不会孵化，或至少会在暗中孵化，且在别的地方。这都是我自己惹来的，这滑腻，这一大群。

我不知道是什么原因让多产那么吓人。猜想是它充满证据，显示我们所看重的出生和成长，无所不在且又盲目，显示了生命本身竟低贱到让人吃惊的地步，显示大自然既丰盛而又同样地毫不在乎，还显示了随奢华而来的是一种毁败的耗损，有朝一日将包括我们低贱的生命，亨勒氏襻和其他种种。每一个闪亮的卵都让我们念及死亡。

---

① 安妮女王式的花边，原文为 Queen Anne's Lace，是野胡萝卜花的英文名。——编注

一场天灾过后，像是洪水，大自然"东山再起"。大家用这个乐观的字眼时，并不真正地了解东山再起所牵涉到的压力和耗损。这个时候，六月底，东西都跑出来了。生物将卵挤出来或泄出来；幼虫变肥了，将壳分开，并吃下去；孢子融化或爆开，根毛不断长出来，玉米在梗上饱胀，草长出种子，嫩芽从地底肿胀且带鞘地发出来；湿湿的麝香鼠、兔子，以及松鼠滑进阳光里，嘤嘤叫着，双眼未开；处处都有湿润的细胞在分裂并胀大，胀大又分裂。我可以很喜欢这种情形并称之为出生和再生，也可以扮演魔鬼的宣扬者而称之为败坏的丰沃——并且说那是地狱在不断出现。

我计划这么做。我一直在想，我为这个错综复杂的世界所描绘的景观，既不准确又不平衡；之所以这么想，一半要归因于那可怕的梦。我描绘的景观太乐观了。各式各样的细节无穷无尽，各种形式也千变万化，这是个令人愉快的观念；繁复中存有美的边缘，而变化中具有宽厚和丰盛。然而这一切让画面中漏掉一样重要的东西。我看到的不是一棵松树，而是一千棵。我自身也不是单一的，而是一整营队。而我们都会死去。

在这个体的重复当中，有种漫不经心的结结巴巴，有种白痴的坚定，都得纳入考虑。所有丰沃背后的驱动力是我必得思及的可怕压力，即出生和生长的压力，这压力让树皮裂开，让种子冒出，让卵挤出，让蛹破裂，让众生饥饿、欲求，使其无情无义地驱向自身的死亡。因此，丰沃就是我一直在想的，丰沃以及生长的压力。丰沃是个丑陋的字眼，用在丑陋的主题上。至少，在卵生的动物世界里，它是丑陋的。我想它并不用在植物上。

我从未碰到过任何人，为一片长得一模一样的草叶感到震惊不已。没有人因一亩罂粟花和一林子的云彩而感到困惑。甚至十平方英里的麦田也让大多数的人心生欢愉，虽然那其实和科学怪人同样地不自然且怪诞；我曾读到过，假如人类死亡，麦子最多多活三年。是的，在植物的世界，尤其是那些开花的植物，强盛的繁殖力并非对人类价值的攻击。植物并非是要与我们竞争的对手；它们是我们的猎物，我们筑巢的材料。其繁衍并不会让我们感到伤痛，如同猫头鹰不会为田鼠数量暴增而感到伤痛。

去年洪水过后，我发现一截鹅掌楸树枝让风给抛入听客溪中。洪流将树枝拽到岸边的石头上，而退水将其困在那儿。洪水过后一个月，我发现它长出了新树叶。树枝的两端完全暴露在外且枯干。我十分吃惊。这就像那则古老的寓言，说一具尸体长出了胡须；就好像我家车库里那堆木柴会突然冒出嫩绿的叶子。植物在最艰困的情况之下坚忍生存的方法极为鼓舞人心。我差点儿就不知不觉地认定这些植物具有意志，具有放手一搏的勇气，而且我必须提醒自己，那些带有遗传密码的细胞和无声的水压，压根儿不知道它们多么威武地面对这一切危难而往前冲。

譬如说，在纽约下布朗克斯区，热心人士发现一间车库屋顶的角落里，长出一条十五英尺长的楇。它扎了根，靠"灰尘和屋顶建材的碎渣"而活。更令人叹为观止的是约瑟夫·伍德·克鲁齐①所描绘的一种沙漠植物，即笑布袋（Ibervillea sonorae）。假如你在沙漠里看到这种植物，看到的只是一块干枯的木头。既无根又无茎，就像一个灰灰的老节孔。可是它是活的。每年雨季来临前，它发出几条根几条茎。若降下雨水，它便开花结果，而花果不久就凋萎，它又回复到浮木般沉静的状态。

结果呢，纽约植物园把一块笑布袋摆在玻璃柜里展览。约瑟夫·伍德·克鲁齐说："七年当中，既无土又无水，就那样躺在柜子里，它居然发出几根预期中的枝芽，而后，雨季既然没来，就再度干枯，希望来年的运气比较好。"那就是我所谓的不顾一切往前冲。

（实在难以了解为何纽约植物园里没有人心生慈悲，替那植物浇上一杯水。如此他们就可以在展示柜的标示牌上写："这是一株活的植物。"到了第八年只剩下一株死去的植物，而它看起来却也本来就像一棵死木。那幅景象若还加上一张标示牌，上书"死笑布袋"，一定会让植物园里的游客感到十分哀愁。我猜想他们就把它给扔了。）

植物的生长压力可以变出种类惊人的把戏。竹子可以在二十四小时内长高三英尺，而这项成就据传，竟拿来用在那种严厉的亚洲酷刑中，将受刑人绑在一张网状卧铺上，离地面上那一片健康的竹子不过一英尺高，并将木头般的竹头削尖。最初的八小时他都好好的，最多

---

① 约瑟夫·伍德·克鲁齐（Joseph Wood Krutch, 1893—1970），美国自然文学家，著有《沙漠的岁月》《大峡谷》等。——编注

是心中忐忑不安，接着他开始一点一点地变成一只满是洞洞的滤水盆。

而底下根部之处，盲目的生长达到令人惊异的地步。就我所知，历来只做过一项真正的实验，来测量根部生长的程度和速度，而你只要看到那些数据就会明白了。我看过各种有关这项实验的说明，他们唯一不告诉你的，就是为什么好多实验助理都终身失明了。

实验者只研究一种草本植物，即冬季裸麦。他们让裸麦在温室里生长四个月，然后小心翼翼地将泥土弄掉，我猜想是在显微镜下细数所有的根和根毛。四个月当中，这株植物已长出了长达三百七十八英里的根——有一千四百万条相异根，几乎是三英里一天。这实在让人叹为观止。而当他们开始计算根毛时，我简直吓坏了。就在那四个月当中，这株裸麦制造出一百四十亿条根毛，若将这一缕一缕的细毛头尾相接起来，恐怕算都算不清楚。单单一立方英寸的泥土里，根毛的长度加起来有六千英里那么长。

其他的植物用同样的水力将周围的石土推开，仿佛只不过是抖落一件丝质披风罢了。卢瑟福·普拉特讲到过一棵落叶松，这棵树的树根劈开了一块一吨半重的石头，并将它举至空中一英尺之高。每个人都知道，桐叶枫可以把人行道崩裂，一朵蘑菇可以将地下室的水泥地板弄破。然而第一次真正去测量这种让人折服的压力时，没有人敢相信那些数据。

卢瑟福·普拉特是在《伟大的美国森林》(*The Great American Forest*) 一书中写出了这个故事；这本书是历来最有趣的书之一：

"一八七五年，一位住在麻省的农夫，对长得越来越大的苹果和各种瓜类的生长之力量感到好奇，便将一只瓜绑在一个举重器材上，而器材上有个类似杂货磅秤的针盘，用以指出变大的果实施展的压力。日子一天天过去，他不断地堆加抗衡的重量；他发现自己的蔬果静静地施展出每一平方英寸五千磅的举重力，简直不敢相信。结果谁也不相信，于是他展示加绑的瓜果，邀请大众来观看。一八七五年的《麻省农业委员会年度报告》里报道：'成千上万社会各阶层的男女老少都前往参观。佩娄先生日夜看守，每个小时都观察之；帕克教授感动地写了一首有关此瓜的诗；西利教授宣称自己望之而心生崇敬。'"

这一切都很令人愉快。除非我给绑在一片逐渐长大且给削尖了的竹子上，否则我不可能对植物的生长力或繁殖力生出丝毫不安的感觉。就算植物妨碍了人类"文化"，我也并不在意。有时我读到文章，说像纽约这样的城市，得花上多少万美元让地下水管免于枵、银杏和桐叶枫树根之害，心中总忍不住轻轻地欢呼。毕竟，水管几乎总是水分的极佳来源。在一个极为重视丰富资源和钻制度之空的城镇，这些树可以对抗并打赢市政府。

可是在动物的世界，情况就不一样了，人类情感也不一样。趁我们还在纽约，试想床底下的蟑螂和清晨的老鼠围在走廊玄关上是什么样子。公寓房子是蟑螂群集的窝。又或者：一方面你可以把曼哈顿的土地看成是租金高、房价高的不动产；另一方面，你可以把它看成是一块巨大的老鼠繁殖地，一亩又一亩的老鼠。我猜想那些老鼠和蟑螂的破坏力不如植物的根，可是那幅景观并不讨好。繁殖力只有在动物身上才是诅咒。"一亩又一亩的老鼠"这句话听起来活该让人感到不寒而栗，而假如我说"一亩又一亩的郁金香"，则绝对不会产生这种感觉。

地球上的景观，到处是一点一点或一片一片显然完全相同的一群群动物，有布满草原的洪积世兽群，也有纠缠肺叶的细菌黏块。海洋中远洋鸟的繁殖地和人类的加尔各答同样地密集壅塞。陆地上有密密麻麻的旅鼠，空中有蝗虫。海洋中满是银汉鱼，珊瑚一堆又一堆，而单细胞动物将水染成一片红潮。蚂蚁成群飞上天，蜉蝣一孵就是几百万只，脱壳的蝉爬满了树皮。你有没有看到过河流因鲑鱼而变红，变成一块一块？

就拿藤壶来说吧，石头上的藤壶。石头上几百万个又硬又白的圆锥——它刮伤你的足跟，你刮伤它的头——任何一个圆锥的内部都有一个如你如我般活生生的生物。它的生活是这样过的：当海浪打在它身上时，它伸出十二条羽毛状的附属食管，过滤浮游生物以觅食。它一面长大，一面像龙虾般蜕皮，扩充其外壳，永无止境地自我复制。其幼虫"如乳白色的云一般孵入海中"。光是半英里的海岸上所结的藤壶，就可以孵出一万亿个幼虫。对人类的一口而言，那是多少呢？它们在水中长大、蜕皮、剧烈地变化形状，最后，几个月以后，安驻石头上，变成成虫，建造外壳。它们在外壳内必须脱去皮层。蕾切尔·卡森老是找到蜕去的皮，她报道说："我从岸边灌来的每一瓶水里几乎都有一点一点白色，半透明的东西……放在显微镜下观看，结构的每一个细节都一清二楚地呈现出来……在小小的玻璃纸一样的复制酶上，我可以细数其附属食管的关节；即使是长在关节底部的鬃毛，都好像是毫发未伤地由包壳上蜕下来的。"一般而言，石头上的藤壶可活四年。

我提到藤壶，重点在于那"乳白色云一般"的一万亿个幼虫，以及那些蜕下来的皮。海水突然之间好像只是一锅碎藤壶汤。去想象一万亿个人类婴儿会否较为真实？

假如上帝就像我们对藤壶般，充满情感地对我们一视同仁，又将如何？我不知道是否每一个藤壶幼虫本身皆独特，还是我们人类每一个人都像砖块般无所谓彼此。我脑子里全是数字，它们一直胀大，要将我的脑壳像贝壳般切成两半。我检视那包在我手背上的梯形皮囊，看起来像四散的灰尘潮湿了变成黏土。我也孵化了，和千百万我的同类一起，孵化成一片乳白色，散在不知名的海岸边。

我见过螳螂腹部流出像树木粉般湿湿的卵鞘，黏在荆棘上。我看过一部电影，里面的白蚁王像我的脸那么大，惨白且毫无特征，身上的黏液闪闪发光，鼓动着收缩着，产生汨汨不绝圆球形的卵。卵一排出来，工蚁就赶快舔拭每一个卵，以防止发霉，看起来就像是小小的码头工人在替"玛丽皇后号"卸货。这整个世界就是孵卵器，孵化无以计数的卵，每一个卵都有一套微细的密码，蓄势待爆。

寄生小蜂是一种很普通的黄蜂，不需协助即可繁殖，不断制造出完全相同的卵。雌蜂在活猎物身体的松软组织上产下一个受精卵，而这个卵便一再地分裂。如此将孵化出多达两千只的寄生蜂，全都一模一样地饥餐寄主的身躯。同样地——更甚于此——艾德温·韦·蒂尔报道说，一只单独的蚜虫，没有伴侣，在"不受骚扰"的情况下繁殖一年，虽然独身只有十分之一英寸长，其产下的活蚜虫，会多到加起来可以相当于太空两千五百光年之长。就连一般的金鱼也可产下五千个卵，而假如可以的话，母鱼会产多少就吞食多少。密苏里州的奥索卡水产公司专为像我这样的人养殖商业用金鱼，其销售部经理说："我们生产、计算、出售产品皆以吨计。"埃勒里鱼和蚜虫漫不经心地繁衍达到吨和光年的程度，其繁复已非奢华，而是大灾难、劣等的模仿、过剩。

动物里面的生长压力是种可怕的饥饿。这好几亿的动物必须要吃东西，好为自己补充养料，等性机能成熟后，才能生产出更多的卵。而床上的鱼，或是广口瓶孵出的螳螂，除了彼此，还能吃什么呢？低等动物的麻木世界里有种可怕的天真，将一切都化为四处皆然的大口咀嚼。艾德温·韦·蒂尔在《常见昆虫的奇异生活》(*The Strange Lifes of Familiar Insects*)一书中——我生命中不能缺少的一本书——好几次描述昆虫在怎么吃都吃不饱的饥饿压力下吃进食物的情况。

你还记得，譬如说，蜻蜓的幼虫在溪底和池底寻找活的猎物，好用它那弯曲的、可展开的口器来诱捕。蜻蜓幼虫贪吃无厌而且强壮。它们紧紧抓住并整只吞下小鲦鱼和肥蝌蚪。蒂尔说，蜻蜓幼虫啊，"曾有人甚至看见有那么一只，借着一株植物，爬出水面去攻击一只无助的蜻蜓，这只蜻蜓刚蜕去幼虫的皮，又软又皱"。我的限度是否在此？

这些觅食行为真正阴森可怕的含意，是在于母亲和下一代之间。就拿草蜻蛉来说吧。草蜻蛉是种纤弱的绿色昆虫，透明的翅膀又大又圆。其幼虫吃噬大量的蚜虫，而成虫在一阵直觉的急速扑动下交配、产卵，然后在第一波秋凉之前死去几百万只。有时候，一只母虫将许许多多丰沃的卵，产在细丝般枝条上长出的叶片上，生产当中它饿了。它暂停生产，转过身去，一个一个将卵吃掉，再产一些，又把它们吃掉。

什么事都可能发生，也都实际发生了；这到底怎么一回事？瓦莱丽·艾略特，也就是 T·S·艾略特的遗孀，在一封写给《伦敦时报》的信中说："我丈夫 T·S·艾略特最爱讲的一件事是，有一天他很晚的时候拦了一部计程车，上车时司机说：'你是 T·S·艾略特。'问他何以知道，他答道：'嘿，我一眼就能认出名人。就在前几天晚上我载了伯特兰·罗素①，我对他说，"喂，罗素爵士，这一切是怎么一回事。"结果，你知道吗，他说不出来。'"那纤细、垂死的草蜻蛉，下巴还淌着自己的产卵管所分泌的汁液，它问道：上帝啊，这一切是怎

---

① 伯特兰·罗素（Bertrand Russell, 1872—1970），英国哲学家、数学家以及作家，著有《西方哲学史》等。

么一回事？"（"结果，你知道吗……"）

住在鸭池塘里的涡虫也有类似的行为。这是一种黑黑的实验室用扁虫，任何截去的部分皆可再生。阿瑟·库斯勒写道："在交配的季节里，这些虫就成了贪食者，遇到什么就吃掉什么，包括先前丢弃的尾巴，这时正在长出新的头。"就连掠食的大猫这种较高等的哺乳动物，偶尔也会吃自己的小猫。据观察，母猫舔着无助的新生小猫脐带周围的地方。它一直舔，一直舔，直舔到脑子里什么东西突然断掉，它就吃起来了，从这个地方开始，吃那毫无抵抗力的肚子。

虽然母亲啖食亲生骨肉，比起来显然较为愚昧，然而相反的行为不知道为什么就是比较骇人。父母死在孩子的口中；在这死亡当中，我认出了一出普通的戏，而那偶尔发生的事件不过将其放大了，让我得以一次看到所有的演员。譬如寄生蝇吧，那是一种常见的蝇类。据蒂尔说，有时候一只寄生蝇的幼虫，长得一点儿也不像成虫，当然也尚未交配，体内却仍会产生虫卵，活的虫卵，在其柔软的组织内孵化。有时候卵甚至在虫蛹那静止不动的体内活生生地孵化。同样不可思议的事情偶尔会发生在瘿蚋属的蝇类身上，也同样是幼虫和蛹皆如此。"这些卵在它们体内孵化，而孵出来的饥饿幼虫马上开始大啖其父母。"这种情况，我倒知道是怎么一回事，却但愿不知道。父母死去，下一代活下来，为昭显更大的光荣，事情就是这样。假如下一代加速了上一代的死亡，那一点关系也没有；上一代的唯一目的已达成，而蛋白质的直接转换干净利落地全归自家人。然而想想那些成熟的卵，无影无形地膨胀，在那层层包裹着硬如埃及木乃伊女王的虫蛹体内！那些卵爆开，弄碎它的肚腹，由木乃伊的盒子里活生生地出现，苏醒，感到饥饿，并像一条条虫爬过盒子，以此为食，直到虫蛹不见为止。之后它们转向世界。

蒂尔接着说："有些姬蜂，一种长得很像黄蜂的寄生虫，将卵下在毛毛虫的身体组织里，它们为了避免相同的命运，若是找不到猎物，而卵即将在体内孵化，有时就必须在飞行途中将卵四散各处。"

你是一只姬蜂。你交了配，卵已受精。假如你找不到毛毛虫来下卵，幼虫即将挨饿。卵一旦孵了出来，幼虫会吃噬任何寄居其中的生物，所以假如你不把它们抛掉散布在大地上，借此杀掉它们，它们就会把你活生生地吃掉。可是如果你把它们抛在野地里，在它们还来不及孵出来饿死之前，你自己可能会死掉，老死，那整出戏就唱完了，而且是出悲惨的戏。你感到它们要出来了，要出来了，你挣扎着爬起来。

这倒不是说姬蜂有意识地在做抉择。假如是的话，它的两难困境便真正是悲剧的素材了；埃斯库罗斯 ① 便可以从姬蜂身上就近取材了。应该说，假如我和埃斯库罗斯能够让你相信姬蜂真的、实实在在地像我们一样，是活生生的，且降临在它身上的事是很重要的，那么这就会是真正悲剧的题材了。你愿不愿意相信呢？

---

① 埃斯库罗斯（Aeschylus，公元前 525—前 456），古希腊悲剧作家。

还有最后一个故事。这故事显示生长的压力常会出岔子。蠹虫，其毛毛虫吃羊毛，这种虫有时会狂乱地蜕皮，蒂尔称之为"怪异"："一种自相矛盾的怪异蜕皮现象发生在食物不足之蠹虫幼虫身上。它有时候会'狂乱地蜕皮'，不断地换皮，每换一次身体就变小一点。"越来越小，越来越小……你能想象那种狂乱吗？我们该把毛衣送往哪里？在想象中，这缩小的过程可以是无限的，虫儿疯狂地缩了又缩，缩了又缩，缩成分子那么小，然后是电子，可是永远也无法缩得空无一物以结束其可怕的饥饿。我像是以斯拉①："听到此事，我撕扯自己的衣服和外袍，拔了头发和胡须，惊惧郁闷而坐。"

Ⅱ

若我佯称这些进食和繁殖的惊人压力是全然神秘的，我可不是在和任何人开玩笑。那半英里海岸水中的一万亿个藤壶幼虫，那汩汩流出的白蚁卵，那数以光年计的蚜虫，在一个难得在乎的世界里，这种种都确保了有更多更多活生生的石头藤壶、白蚁以及蚜虫。

外头是很危险的。海螺吃石头上的藤壶，虫子入侵其外壳，沿岸的冰将它们刮下石头，磨成粉末。你产蚜虫卵的速度可以比山雀把卵吃掉的速度还快吗？你能找到毛毛虫，你能敌得过那毁去生命的寒霜吗？

---

① 以斯拉（Ezra），《圣经》人物。

就较低等的动物而言，假如你过很简单的生活，那你可能面对很无趣的死亡。然而，有些动物过着如此复杂的生活，不但任何一种动物、任何一分钟的死亡机会加倍增加，而且其可能死亡的各种方式也倍增。有些动物命定的道路艰辛到了荒谬的地步。譬如说，鸭池塘里的铁线虫，在靠近水面的地方如此安详地蠕动着，其实每每逃过了不可思议的一劫又一劫，才存活下来。铁线虫长得和马尾上的毛一模一样；我稍微研究了一下这些虫的生命期，结果发现，科学家竟然对任何一种铁线虫的生活都不十分确定，他们认为可能是这样的：

一开始是一缕缕长长的卵，包在鸭池塘里的植物上。卵孵化后，出现了幼虫，每一只幼虫都去找一个水中的宿主，譬如蜻蜓幼虫。幼虫钻入蜻蜓幼虫的身体，以此为食，长大，然后不知用什么方法离开。接下来，假如没给吃掉的话，就游向岸边，变成包囊，附在水中的植物上。这一切都相当偶然，但也不是完全不可能。

这个时候各种巧合开始出现了。首先，或许鸭池塘的水位得以下降。这会让植物露出水面，如此陆地上的宿主生物才能够靠近而不致淹死。铁线虫有不同的陆上宿主，像蟋蟀、甲虫和蚱蜢。让我们假设，我们说的这只铁线虫非得有只蚱蜢出现才有希望。没问题。但是这只蚱蜢得赶快，因为包起来的虫体内储藏的脂肪有限，很可能会饿死。好了，有一只蚱蜢出现了，恰恰是我们需要的那一种，且又十分配合地在吃岸边的植物。我倒是从来没见过蚱蜢大量地在长满草的岸边吃草，但是显然此事必须发生。这下成了，蚱蜢碰巧就把覆以包囊的虫吃下去了。

包囊裂开。虫子以可怕的长度出现在蚱蜢体内，可长达三十六英寸，并以蚱蜢为食物。我猜想，虫子吃噬宿主必须吃得够多才能维持生命，但又不能多到让蚱蜢倒毙，死在离水很远的地方。昆虫学家曾发现斑螯死在水上，内部几乎完全掏空，只剩铁线虫白色蜷曲的身体。不管怎样，虫子现在几乎是成虫了，预备要繁衍后代了。可是首先它得由蚱蜢体内出来。

生物学家不知道往后发生的事情。在这关键时刻，假如蚱蜢在一片阳光普照的草原上跳着，远离鸭池塘和沟渠——这是绝对可能的——那故事就讲完了。但是我们假设它刚好在鸭池塘附近觅食。虫子或是钻出蚱蜢的身体，或是随着排泄物排出。不管怎么样，现在它在草地上，要干死了。这下生物学家甚至得引发一场"大雨"，恰巧在这个时刻由天而降，好让铁线虫回到水中，在那儿交配并产下更多命运似乎已经注定了的卵。换成是你，也会那么细瘦的。

其他生物几乎同样易遭横祸。血吸虫一开始是在人的粪便中，假如它刚好落入淡水，也得刚好遇到某一种类的蜗牛它才活得了。它在蜗牛体内转变，游出来，这时必须在水中找到一个人，以便经由皮肤而钻入其体内。它在人的血液里到处游动，最后停留在小肠的血管内，变成性功能成熟的血吸虫，或雄或雌。现在它得找到另一只血吸虫，异性的，而且也刚好经过同样曲折的途径，落在同样那个不幸的人的小肠血管内。其他的肝吸虫也都过着类似难以相信的生活，有的历经四个宿主。

但是最让我感到敬畏的是鹅颈藤壶。最近我看到拉号[①]探险队员所拍摄的照片。其中一张显示的是一团垒球那么大的焦油，是一架飞机抛下的，在大西洋上为海尔达尔和其船员所看见。焦油在海上已经好一段时间了，上面长满鹅颈藤壶。鹅颈藤壶完全是意外碰到的，但对我而言，那是整个探险中最有趣的事情。得有多少只藤壶幼虫死在茫茫大海中，才会有一只找到一团焦油附生其上？你是否看到过鹅颈藤壶给冲到沙滩上；它们长在旧船的木头上，浮木上，橡胶碎块上——任何在海上漂流得够久的东西上。它们一点儿也不像石头藤壶，虽然两者种类十分相近。它们有粉红色的外壳，延伸成为扁平的椭圆形，靠着一小截具有弹性的"鹅头形"组织，牢牢附着在附生物上。

我一直都很喜爱这些生物，可是我一直以为它们住在海岸附近，因为那儿比较容易遇到碰巧漂过的附生物。它们在远海处干什么呢？那些幼虫在干什么呢？它们到处漂浮然后死亡，或者，在一个任何事情都可能发生的世界里，因为某些离奇的意外情况，它们得以附着而生存下去。假如我从拉号船上将手伸进海里，会不会有鹅颈藤壶附着在上面？假如我收集一杯海水，手中会否拿着二三十只濒死的以及死去了的藤壶幼虫？我该不该丢一片马铃薯片给它们？这到底是个什么样的世界？何不少造一些藤壶幼虫，给它们多一点机会？我们到底是

---

① 拉号（Ra），是挪威探险家、海洋生物学者、人类学家托尔·海尔达尔（Thor Heyerdahl，1914—2002）一九六九年用埃塞俄比亚塔纳湖生长的纸莎草秸秆制作的帆船，"拉"是根据埃及太阳神命名的。船从非洲摩洛哥出发横渡大西洋，但这次探险以航行四千英里后沉没而告终。一九七〇年，"拉号二世"圆满穿越大西洋，抵达北美洲的巴巴多斯岛。——编注

在做生的买卖，还是死的买卖？

我必须再看看那又蓝又绿世界里面的景观。想想看：在太阳系所有洁净美丽的天地中，只有我们这个星球是个瑕疵；只有我们这个星球有死亡。我必须承认海洋是一杯死亡。而陆地是座弄脏了的石头祭台。我们这些活着的人是幸存者，挤在海中的漂流物上，靠船只的抛弃物维生。我们是亡命之徒。我们在恐惧中醒来，在饥饿中取食，带着满嘴血腥睡觉。

死亡。W·C·菲尔兹[1]称死亡为"穿着鲜亮睡袍的家伙"。他拖着脚步，行走于屋里所有我遗忘了的角落里，所有我不敢忆及或不敢前去的回廊，因为怕自己瞥见他那破旧、耀眼的睡袍消失在转角处。这就是进化所喜爱的怪物。怎么会这样呢？

死亡速度越快，进化也就越快。假如一只蚜虫产下一百万个卵，其中几只可能活得了。我的右手，虽然具足人类的善巧，却是一千年里也造不出一只蚜虫。然而这些蚜虫卵——一打都还没有一毛钱大，且绝对地自由自在——这些卵却能像大海制造海浪那般，毫不费力地制造出蚜虫。奇妙的东西，却浪费掉了。真是个悲惨的系统。亚瑟·斯坦利·爱丁顿[2]是英国物理学及天文学家，死于一九四四年，

---

[1] W·C·菲尔兹（W. C. Fields，1880—1946），美国喜剧演员、作家。——编注

[2] 亚瑟·斯坦利·爱丁顿（Arthur Stanley Eddington，1882—1944），英国天体物理学家、科学哲学家，是第一个在英语世界里宣讲相对论的科学家，著有《相对论的数学原理》。自然界吸积天体所能达到的最大光度被命名为"爱丁顿光度"。——编注

他认为整个"大自然"很可能全是依循着同样错乱的结构在运行。"假如它最大的目标，确实只不过是要为它最大的实验者——人类——提供一个家，那么依照它做事的方法，很可能本来随便一颗星就能达成它的目的，她却散布了一百万颗星。"我很怀疑此乃其目的，但是从任何一个方向来看，很明白地这似乎就是其方法。

假设你是南方铁路局的经理。你认为由林奇堡（Lynchburg）到丹维尔（Danville）的这一段铁路需要三个火车头。那是非常陡的坡，因此你花了极大的力气极多的钱，要厂家造了九千个火车头。每一个车头都得造得正好，每个阀钉和螺钉都得上紧，每根铁丝都得卷好包好，每个指示器上的指针都得又敏感又准确。

你将那九千个全都送出去开始上路。虽然有工程师看着节流阀，却没有人掌管开关。车头遂撞上东西、相撞、出轨、跳动、阻塞、起火……屠杀过后剩下三个车头，而本来路上也就只能维持这么多。这样的数目，它们就可以避开彼此。你去董事会上给他们看你做的事。他们会说什么呢？你知道他们会说什么的。他们会说：用这种方法来经营铁路真是太可怕了。

用这种方法来经营宇宙会比较好吗？

进化爱死亡尤甚于你我。这句话写得容易，说得容易，却很难相信。言语简单，概念清晰——但是你并不相信是吧？我也不相信。我俩都这么可爱，我怎么能相信呢？我的价值难道和大自然保有的价值完全对立吗？此乃关键所在。

难道我必须和自己唯一知晓的世界分道扬镳吗？我本来想要住在小溪旁边，以便跟随自由的水流来过活。可是我似乎走到了一个地步，必须划分界线。看来小溪似乎没有将我载起，反而将我拉下水去。瞧：雄知更鸟可能会以最为毛骨悚然的方式慢慢死去，而大自然并不会因此有一点点难过；太阳升起，小溪照流，活着的依旧鸣叫。我无法以相同的感受面对你的死亡，你也无法如此面对我的死亡，而我们俩对知更鸟之死——甚至藤壶之死——亦无法如此。我们极为看重个体，而大自然则丝毫不看重。照眼前的情况看来，我似乎得拒绝这种溪边生活，除非我希望自己变得彻底地残忍。难道人类文化及其价值，终究是我唯一的家吗？难道我还真的应该将自己的锚屋迁到图书馆旁边去吗？这个思考方向将我突然带到两条岔路口，我站在那儿瘫软无力，不愿前进，因为两条路都通向疯狂。

要不就是这个世界——我的母亲，是个怪物，要不就是我自己是个怪胎。

想象一下前者：这个世界是怪物。随便哪个三岁小孩都看得出来，繁殖以及上亿的死亡这档子事多么地不够完善且笨拙。我们还没有遇到过一个神，慈悲心及得上将四脚朝天的甲虫翻转过来的人。世界上没有哪一个民族行为恶劣得像螳螂。可是你说，慢着，自然界没有是与非，是非乃人类的观念。正是如此。我们是具有道德观念的生物，却生活在无所谓道不道德的世界里。哺育我们的宇宙是个怪物，对我们是死是活毫不在乎——假如它自己停顿了下来也毫不在乎。它僵化且盲目，像是设定了杀戮程序的机器人。我们则自由且目明，只能处处想法斗赢它来度过危难。

有这种想法，就得认定，一个靠机运和死亡来运作的怪诞世界，盲目地乱冲而不知身在何处，这样的世界却莫名其妙地产生了美妙的我们。我从这个世界来，由一片氨基酸大海中爬出来，而现在我必须回转身去，向这片大海挥舞拳头并大喊可耻！假如我还看重任何东西，那么我走向瑞士阿尔卑斯山之时必须蒙住双眼。我们若是个文化就必须将望远镜拆解掉，安身于拍肩作乐。我们是在这单一的星球地表上爬来爬去的软组织东西，我们是对的，而整个宇宙是错的。

也可以设想一下另一种情况。

诺里奇的朱利安 [1] 是英国了不起的隐士兼神学家，她用先知的口吻引述了上帝的这段话："看见没，我是上帝；看见没，我无处不在；看见没，我从不放下手上这无止境的工作，且永远不会放下……怎么可能出任何差错呢？"可是现在即使是我们当中最单纯最好的人，也不再和朱利安持相同的看法了。就我们看来，好多事情都出了差错。差错多到了我必须考虑另一条岔路，那就是，创造本身因为其自由的本性而无可怪咎，善意地偏差了，只有人类的感受乖离地出了错。被巨型田鳖吸干了的青蛙，可能在头颅变成清汤之前，有那么一秒钟曾生出一股纯净的感觉。而我呢，好几年之久，几乎每天都让因此事而生

---

① 诺里奇的朱利安（Julian of Norwich，1342—1416），英国著名女隐士，被供奉在圣公会和路德会教堂中。——编注

起的各种强烈感觉给耗损。

藤壶幼虫在乎吗？吃噬自己卵的草蜻蛉在乎吗？假如它们不在乎，那我何必庸人自扰？假如我是个怪胎，为什么我不安静不语？

我们过多的情感对我们这个种类来说，是如此明显地痛苦而有害，难以相信这些情感竟会衍生出来。其他生物可以没有强烈情感而仍然有效地交配，甚至发展稳定的社会，而且它们还有奖赏，因为不需要哀悼（可是有些较高等的动物具有一些我们认为和我们相类似的情感：狗、大象、海獭，以及海中的哺乳动物会哀悼死者。为何这样对待海獭呢？什么样的造物者如此残酷，不是说把它们杀掉，而是让它们在乎？）。似乎情感才是诅咒，而不是死亡——那些情感似乎是"恶意"所下的特殊诅咒，转移到少数几个怪胎身上。

好吧。是我们的情感出了错。我们是怪胎，这个世界没问题，所以我们都去把脑前叶切除，以恢复正常状态。如此我们就可以离开图书馆，以切除了脑前叶的身心回到小溪去，像麝香鼠或芦苇般无忧无虑地住在岸边。你先去好了。

这两种荒谬的选择，我颇为倾向第二种。虽然我们的确是具有道德观念的生物，住在一个无所谓道不道德的世界里，但是这个世界并不因为不具道德观念而成为怪物。我才是怪胎。也许我毋须割除脑前叶，但是很需要冷静下来，而小溪边是最佳处所。我必须再度前往溪边。我属于那个地方，虽然我越亲近那个地方，我的同类就越显怪胎，而我在图书馆的家就越显狭小。我避开艺术，人类的七情六欲烹煮出来的，刚开始还不自觉，现在则是有意识的。我阅读使用望远镜和显微镜的人对于自然景观的说法。我阅读有关极地冰雪的文章，并将自己放逐于同类之外。但是，既然我无法完全避开图书馆——曾教导我说其语言的人类文化——我便将人类的价值观念带到溪边，拯救自己，不让自己变得残忍。

我一直想要追求的并非解释而是一幅画面。这个世界，包括祭台和杯子，就是以这种方式被一颗正要死去的星星上面的火所照亮。我对同类个体的痛苦和死亡所感到的愤怒和震惊是一则古老的谜，像人类那么古老，但又永远新鲜，且全然不可解。而我对其他生物之多产及浪费生命所持的保留态度，则只是神经质罢了。做恶梦的毕竟是我。好多生物确实十分丑恶地生存并死去，但是没人要我下价值判断。也没人要我用同样的方式生活，而以那种方式生活的生物并无意识，也算慈悲。

我不想把长话说得太短。让我把镜头拉回来，把路上的岔口放在满是斑点、缠来绕去的世界里，在这样的背景之中，由远距离观之。岔路很可能会消失，也可能我会看到，那只不过是一片网络里的一个罅隙，因此根本分不清哪条线是主线，哪条是分支。

多产及其不知节制的画面，还有成长压力及其种种意外的画面，当然都和我原先对这世界的描绘并无二致；我描绘的世界是怪异的众多形式，交织成繁复的一大片。只是现在阴影更深了。生命的挥霍染上了一种病态的、浪费的气氛，而丰茂则唠叨不休。我为这个世界的景观加上时间的层面后，看见自由如何让同一条枝干同时长出美丽和恐怖。这片景观和那片是一样的，不过是多了几项细节，重点不尽相同罢了。我看到瓜果胀大，生出压力，又看见一块木头全心全意地在沙漠里生长。那株裸麦和下布朗克斯区的那株樗真正是在自杀以制造种子，而动物则是在自杀以产卵。我看到一吨又一吨的金鱼产下一亿又一亿的卵，又将它们吃掉，而不是一条金鱼在繁复的鱼缸里悠游。所有这些卵的作用，当然是一条又一条地制造出金鱼——大自然假如不爱个体本身，倒是很爱个体的观念——而金鱼的作用则是华丽。这是很熟悉的话题。我只差没提到，转动这个球体的是死亡。

这很难接受，但是一定有人这样想过。我实在没办法去忧烦深海水母和鱼类的丑恶外表及习性，而我是很容易忧烦的。可是我对自身死亡的这个题目感到十分敏感。无论如何，这两种现象都是同一条溪流的分支，灌溉全世界的溪流。其源头是自由，其分支的网络无限多。那只优雅下跌的反舌鸟在那儿饮水，在同一滴水中啜取那浇淋其双眼的美，以及羽翅丰满而后飞走的死亡。鹅掌楸的花瓣是同样一条命定了的河川之支流，而在姬蜂内脏胀大并孵化的也是同一条河。

有种东西无处不在且总是出错，此乃创造本质的一部分。就好像每一尊陶土形物都有一抹蓝色的非生命，一种像泡沫的阴暗空无给烤了进去，给烧在里面，不但以此塑造其结构，而且令其歪斜，最终爆炸。也许我们当初可以用更慈悲的方式去计划，但是计划会永远停留在制图版上，除非我们接受妥协的条件，而且没有其他条件可谈。

　　这个世界和魔鬼签了约定，它不得不这么做。所有东西，甚至包括所有的氢原子，都得遵守这项约定。条件很明白：你要生，就得死；你不能要山要水而不要空间，而空间是位嫁给了盲人的美女。这位盲人是自由，或是时间，而他无论去哪里都会带着他那条大狗死亡。约定签了之后世界就产生了。有位科学家称之为第二热力学定律。有位诗人说："那力量透过青色引信驱动花朵——也驱动了我青色年华。"这就是我们所知道的。其他都是意外得来的。

潜行

I

夏天：我再度前往小溪，过溪边的生活。我观看并潜行。

到了夏天，爱斯基摩人的生活也有所改变。驯鹿为逃避内陆苔原的蚊子，迁往多风的北极海沿岸，沿海的爱斯基摩人就在那儿猎杀它。从前他们还没有长距离来复枪时，必须十分接近那些机警的动物才能夺其性命。有时候，为了等候有利的天气，以便冲到鹿旁而不让其见到嗅到，爱斯基摩人必须步行跟踪这些敏捷的鹿群好几天，不眠不休。

夏天里他们还会在岸边的营地用网捞鲱鱼。他们也在麦肯锡河三角洲附近开阔的水域猎捕白鲸和有胡须的海豹。另外，他们还划着细长的小皮艇，到内陆的淡水去猎麝香鼠，或设陷阱诱捕，或以棍子击打。

在夏天，若要从一个营地到另一个营地，沿海的爱斯基摩人乘坐大艘的兽皮木艇渡海，由女人划桨。他们吃鱼、鹅蛋或鸭蛋、鲜肉，以及任何可以取得的东西，包括在猎杀的驯鹿胃里仍然是生的新鲜蔬菜"沙拉"，沙拉酱是细致的消化胃酸。

在圣劳伦斯岛上，女人和小孩负责用网捕小鸟。他们发明了一种残忍然而巧妙的方法：他们费尽力气，潜近跟踪，网到了几只小鸟之后，用线穿过小鸟喙上的鼻孔，鸟还活着，叽喳鸣叫，就这样把它们拴在长绳上当活风筝来放。小鸟疯狂乱飞，想要逃脱，却逃不掉，而用力扑翅则引来同类，好奇而来——爱斯基摩人便轻易地网到那些鸟。

从前他们常用鸟皮制作一种内衣，冬天里穿在连帽的毛皮外套里，在冰屋里外套脱下，这件则不脱。制作一件鸟皮衬衣，工程繁复，需要缝上细密的几千针。缝衣线用驯鹿背骨上多筋的肌腱制成。这些肌腱要弄干、磨平，然后扭成一条粗拙的线。它唯一的优点是遇水膨胀，因此衣缝基本上是不透水的；另外它一般含有一小层脂肪，假如没有东西吃，他们可以吮吸缝衣线，或可延长五分钟性命。缝衣针则用骨头碎片制成，而每一次穿刺硬的皮，针就变细变短，所以一根用旧了的针可能只不过比合拢来的裂缝稍粗些。爱斯基摩人首次遇到南方的先进文化时，无论男人女人最赞赏这文化的就是坚固的缝衣针。因为他们认为没有好的衣衫，你就无法存活。衣袋里装了一纸板缝衣针的捕鲸船船员可以救好几条命，到处都受欢迎，一如有钱有势的人物。

无论有没有钢针，我猜想他们现在恐怕不再做鸟皮衬衣了。好多旧式的东西他们都不再做了。只有在我的脑海中，他们能缝善猎，具有动物的本领，其剪影总是衬着一海洋白色的冰。

此地暑气已然来临。就连鸟皮衬衣也嫌热了。傍晚凉爽的时候我前往横跨小溪的那些桥。我又开船窥探秘密，碰碰自己的运气。任何事都可能看到，也可能什么都没看到，只看到溪面上泛起的光。我或是兴高采烈，或是平心静气地走回家，无论如何总是有所改变，生气蓬勃。赫拉克利特①说："它散去又聚拢，来了又去。"而我希望身处其通道，让那隐形的气息清凉我心。

夏天里，我潜行。夏天的叶子蔽物，热气昏眩，动物躲避红眼睛的太阳，还有我。我得搜寻它们。我搜寻的动物有好几种感官和自由意志，显然它们并不想让人看到。我可以用两种方法的其中一种潜近它们。第一种方法并不是你心目中真正的潜行，但那是消极的方式，而且和实际追捕同样有收获。以此法潜行时，我在桥上站好，等待，空无一念。我让自己身处动物行经的路径上，就像春天爱斯基摩人等在海豹的气孔边。可能会有东西前来，可能会有东西离去。我是苹果树下的牛顿，菩提树下的佛陀。用另一种方法潜行时，我则打造自己的途径去寻找动物。我在岸边游荡，找到什么，就跟踪什么，锲而不舍地，犹如爱斯基摩人阴魂不散地跟着驯鹿群。我是威尔逊，在云室②里眯着眼睛追踪电子的路径；我是雅各，在毗努伊勒与天使缠斗③。

---

① 赫拉克利特（Heraclitus，公元前 535—前 475），古希腊哲学家。——编注
② 云室（cloud chamber），又叫"威尔逊室"，是苏格兰物理学家查尔斯·汤姆逊·里斯·威尔逊（Charles Thomson Rees Wilson，1869—1959）设计的带电粒子径迹侦测器，一九二七年他因此获得诺贝尔物理学奖。——编注
③ 出自《圣经·创世记》第三十五章第一到七节。——编注

不论用哪种方法都很难看到鱼。虽然一整个夏天我大半的时间都在想法子潜近麝香鼠，但是和麝香鼠比起来，鱼甚至让我在溪边的生活更加具体，因为它们既神秘又隐蔽。密密实实的一大堆鱼卵，一床的鱼，让人受不了，恐怖，但是我特意偏离平常走的路径，盼望能一瞥三条蓝鳃鲈着魔似地潜在潭水深处，或是升向水面漂浮的花瓣或气泡。

想要看到鱼，这种行为本身就会让人几乎看不到它们。我的双眼是很不灵活的器官，外层过大而显得笨拙。假如我面向太阳站在岸上，就无法望进水里，看到的不是鱼而是水黾、叶片背面在水中的倒影、鸟的肚腹、云和蓝天。因此我跨过小溪到对岸去，让太阳在背后。如此我便能在自己身体投射出的阴影中看进溪水，然而影子一旦罩向鱼儿，它们就在一阵闪动中消失了。

偶尔，一动也不动地站在桥上等待，或是无声无息地潜入岸边的一棵树影中，我会看到鱼慢慢地现身在浅水中，一条又一条，静静地一圈又一圈地游着，每一条都染了一身像天一般的蓝颜色，且全像泪滴般收窄。要不然我会看到它们成一条线，悬在深水处，和给予生命的水流平行，真正是"流线型"。因为鱼有充满气的鳔，让身体的重量在水里平衡，它们就好像是让自己的身体给吊着，一如吊篮吊在气球上。它们悬在清水中等待，似乎是一动也不动；它们看起来好像死了，中了邪，或是给困在琥珀里。它们看起来就像是动态雕刻艺术品上那些木然的组成部分，而艺术品的设计师显然是由此得到灵感。鱼儿！它们竟然如此带有水色。它们身上的颜色不是溪底的颜色，而是光本身的颜色，像粉一般溶在水里的光。它们消失又重现，仿若任其自然而发生的：鱼儿在变戏法。

我渐渐地要认为鱼是神灵了。希腊文里面一些称呼基督的字，其第一个字母缩写刚好合成为鱼①，意思是基督现鱼身，或者鱼以基督现身。我越瞧听客溪中的鱼儿，这个巧合就越令人满意，象征越加丰富，不只是象征基督，而且是象征那精神。人必须活下去。可以想象，对地中海沿岸的人来说，用网拉起免费的、已经饱食的鱼，远优于在瘦削的山上牧养饥饿的牲畜，以及在冬天喂养它们。神圣是一条鱼，这句话是表示天恩之丰厚，相当于在一个全然物质主义的社会里，证实树上会长出钱来。"我所赐的，不像世界所赐的"②；这些鱼是精神食粮。而上天之启示乃对潜行之描绘："你们把网撒在船的右边，就必得着。"③

无论如何，仍有风险——这是当然的。历来，除了制造战争之外，因捕鱼而死的人多于其他的人类活动。你去得那么远……你遭遇大风，或是船穿了孔，或是翻覆没顶，就再也不回来了。鱼在哪儿？在水底的沟渠里，在起风之处，机警、灵活、无影无踪。你可以引诱之、以

---

① 鱼，原文为 ichthys，也译作"基督鱼"，是希腊语里"鱼"（ΙΧΘΥΣ）的英语音译，这五个希腊字母刚好是"耶稣、基督、神的、儿子以及救世主"的首字母缩写。——编注
② 出自《圣经·约翰福音》第十七章第二十七节，此处把世人改为了世界。
③ 出自《圣经·约翰福音》第二十六章第六节。

网捕之，以饵拖钓之、以棒击之、用手抓，把它们赶到小海湾里、用植物汁液把它们弄昏，用整夜运转的木轮捕捉——却仍然可能挨饿。它们就在那儿，它们一定在那儿，免费、食物，而且完全是稍纵即逝。你想看见它们就可以看见它们；想抓住它们却得有本领。

它散去又聚拢来，它来了又去。我可能会看到一条巨大的鲤鱼由水中升起，然后消失在一堆泡沫中，可能会看到一条鳟鱼出现在我悬荡的手下那激流里，也可能只看到背影一闪，急速而去。整个夏天，一整年皆如是，无论我要找的是什么。近来我几乎全心全意地努力潜近麝香鼠——眼睛的食物。我经过一番辛苦，发现等待比追赶好；现在我通常找一座坐落在水浅面宽处给人走的窄桥，坐在桥上。我独自坐着，保持警觉，但是以一种特别的方式静止不动，等待着，注意水中所起之变化，注意越来越动荡的涟漪颤动，这表示将有麝香鼠出现在水底洞穴的入口。麝香鼠很谨慎。好多好多个晚上，我等了半天一只也不见。可是有时候我发现等待的焦点目标错误，就好像佛陀一直在等待苹果落下。因为麝香鼠虽不露脸，却另有他物露了脸。

上个星期我铁定搞砸了溪面上一只绿色苍鹭的晚餐。这只苍鹭相当年轻，也相当坚决不飞走，同时又决定不要鲁莽行事，所以它必须看好我。我看着它半小时，这期间它在溪里沉郁地踱来踱去，不断伸缩它那惊人的、长着褐色横纹的脖子。它只在软泥巴里以闪电般的速度啄了三次，寻觅食物，而且三次都发生在我稍稍偏过头去之时。

苍鹭在平静的浅水里，所涉之水最深到达它那橘红色的腿两寸之处。它会到边上的香蒲丛中找些食物，吃了之后——举起喙，收缩喉咙大口吞咽——它会蹚回小溪中间一片干燥的沙洲，它似乎将此地当作它的瞭望台。它上下摆动粗短的尾巴，这尾巴短到了甚至不超出收起来的翅膀。

大部分时间它都小心翼翼地看着我，就好像它若不狠狠地盯着我，我会射杀它，或是把它的小鲦鱼偷来当我的晚餐。然而我唯一的武器就是静止不动，唯一的愿望就是它继续待在我眼前。我知道自己只要稍微动一下，它就会飞走。过了半小时它对我感到习惯了，仿佛我是别人丢弃在桥上的一辆脚踏车，或是高水位退去之后留下的一截树枝，因此它甚至容忍我慢慢转头，并且很缓慢地伸展酸痛的腿。可是最后，终于，稍微一个动作或想法，便促使它飞走了；它腾空而起，瞅着我长鸣一声，缓缓扑动翅膀，往上游飞去，绕过溪湾，消失不见了。

我发现很难看得到鸟儿不想别人看到的事情。我必须全神贯注。然而，好几次在等待麝香鼠的时候，我看到一些昆虫做各种特殊的事情，这些昆虫就像那只产卵的螳螂，高高兴兴地对我的存在视若无睹。有两次我并不能确定自己看到了什么。

有一次看到一只蜻蜓以一种很不寻常的律动，低低地飞过河面。我定睛一看，原来它用腹部尾端飞快地点水，一遍又一遍。它连续地画着圈子飞行，飞到了圆圈底部那一弯弧度时就点一下水。我唯一想得出来的就是它在产卵，后来证实果真如此。我觉得自己真的看见它这么做——我真的看见一只蜻蜓在不到五英尺外的地方产卵。

就是蜻蜓腹部这种奇特的缝纫动作为它博得"缝衣针"之名——从前父母总爱威胁小孩说，假如他们说谎，睡觉的时候蜻蜓会在脸上飞，把他们的嘴唇缝起来。有趣的是，我读到说产卵的母蜻蜓飞过水面时，只有靠极快的速度才能避免它"被表面张力吸住而下沉"。那天我看到的那只蜻蜓也是以同样快的速度往下游疾飞而去：一阵嗡嗡声，一个黑点，然后就不见了。

另外一次我看到一只水黾行为怪异。没有任何东西可看的时候，我就观看水黾溜过水面，也观看六点黑影梦幻般地滑过溪底淤泥；那黑影是它们的脚轻触水面引起的小水纹。它们的动作让前头的水面漾起了小小的涟漪或小水波，而我注意到，它们察觉或看到这些涟漪向自己荡漾过来时，就会远离涟漪的源头。换言之，它们避开彼此。我猜想这种行为可以让他们很平均地分布在一片水域中，提高彼此觅食的机会，无论它们吃的是些什么东西。

可是有一天，我无所事事地瞪着溪水，突然有不寻常的东西引起我注意。一只水黾有目的地，而非随意地溜过溪面。它没有避开其他昆虫引起的涟漪，反而冲向它们。我看到涟漪的中央有只小苍蝇掉入水中，正挣扎着想要将身子翻正。水黾表现出极为"有兴趣"的样子，它随着苍蝇狂乱的努力而抖动，跟在它后面横过小溪又回来，一寸寸逼近，就像爱斯基摩人潜近驯鹿一般。苍蝇无法挣脱水面的张力。

其努力已经减弱到偶尔发出的嗡嗡声；它漂向岸边，而水黾亦直追上去——可是后来怎样我就看不到了，因为伸出去的草遮住了那个地方。

同样地，要到后来我才知道自己看到了什么。我读到说水黾为任何光线所吸引。据威廉·H·埃莫斯[1]说："往往那引起注意的光其实是涟漪的反射光，而涟漪是困在水面上的昆虫引起的，这些生物就成了水黾的食物。"它们将虫子吸干。说到以漂浮物为生，没有比这更厉害的了！无论如何，今年夏天应该能够很轻易地再看到这景象。我尤其想看看，水黾引起的缓慢涟漪和困住的昆虫引起的涟漪相比，其反射的光是否较弱——可是说不定要过好几年才会再看到一只掉到水里的昆虫落入水黾群中。我有幸看到了一次。下次我就知道是怎么一回事了，而它们若想在幕后上演那血淋淋的最后一幕，我会干脆将草丛拨开，而且希望自己晚上能一觉睡到天亮。

Ⅱ

我花了好几年才学会潜近麝香鼠。

我向来就知道溪里有麝香鼠。有时候在夜里开车，车灯会照到水面上宽宽的涟漪，是泅水的麝香鼠弄出来的；像船首的波浪，横过水面在前头高起的深色Ｖ字形尖端会合。我会停车下来观看。什么也没

---

[1]　威廉·H·埃莫斯（William H.Amos），著有《池塘和溪流里的生物》《到海岸去探险》等。
　　——编注

有。它们还在夜里吃邻居花园里的玉米和番茄，因此邻居老是告诉我溪里满是麝香鼠。在这儿，大家管它们叫"默兮鼠"（Muskrats），梭罗则称它们为"默瓜"（Musquashes）。当然它们根本不是老鼠（更不是什么瓜 ①）。它们比较像小型的海狸，而且，一如海狸，它们尾巴底部的麝香腺体会发散一种香油——因而有此名称。我在好几种颇有水准的书报中读到说，麝香鼠谨慎之极，几乎不可能看到它们。有位专家全天候研究大批麝香鼠族群，主要是仔细观察其"迹象"并解剖其尸体；他说他经常一次去上几个星期，连一只活的麝香鼠也没看见。

三年前一个燠热的夜晚，我可说是站在一丛灌木当中。我一动也不动地站着，从屋子对面岸上的一处，望向听客溪深处，看着一群蓝鳃鲈瞪大了眼，静止不动悬在阳光充足的一潭深水底部。我专心一意在深水里，早已忘掉自己，忘掉小溪，忘掉时日，一切都忘掉，除了静止的琥珀深水。突然之间我看不见了。然后又看见了：一只年轻的麝香鼠出现在水面上，仰天漂浮着。前脚慵懒地抱在胸前，太阳照在翻出来的肚子上。它的年轻和龇牙咧嘴，加上可笑的移动方式：懒懒地摆动尾巴，再偶尔用长了蹼的后脚帮忙划两下，这种种让它成为一幅显现放逸和夏日懒散的迷人画面。我完全把鱼儿给忘掉了。

然而，因为光来得那么突然，而我又一下子没完全回过神来，在惊讶之余，我一定移动了身体，暴露了自己。小麝香鼠——现在我知

---

① 英文里，muskrat 和 musquash 都是指麝香鼠，但后者的单词里"squash"，同时也有"瓜果"的含义。——编注

道那是一只小麝香鼠——翻转身子，只有头露在水面上，往下游游去。我从灌木丛中脱身而出，很笨地去追它。它滑溜地钻入水中，又冒了出来，然后滑向对岸。我沿着岸边的灌木丛跑下去，努力追随其踪影。它不断警戒地回过头来望我。它又钻入水中，钻入岸边一片浮动的灌木丛底下，消失不见了。我再也没看见过它。（虽然我还看到过好些麝香鼠，却再也没见到过仰天躺在水上的。）可是那时我还不了解麝香鼠，我喘着气等待，看着暗影下的溪岸。现在我知道，麝香鼠若是晓得我在那儿，我是等不赢它的。我最多只能趁它还在洞里的时候，静悄悄地到"那儿"去，让它无以知晓，然后在那儿等它出现。可是在那个时候，我只知道自己很想再看到更多的麝香鼠。

我开始日夜寻找它们。有时候我会看到河边突然漾起涟漪，可是一旦我蹲下去观看，涟漪就静止了。现在我知道这是什么意思，也学会了一动不动地站立着，才能看出麝香鼠小小、尖尖的脸躲在伸出溪面的植物底下，望着我。那年夏天我出没在桥上，我沿着小溪上上下下来回走着，却从未出现一只麝香鼠。我心想，你就得刚好在那儿。你得一辈子站在灌木丛中。那是件一生只能遇到一次的事，而你已经遇到过了。

接着有一晚我又看到一只，生命因此改变了。在那之后我就知道哪儿有大批的麝香鼠，也知道该在什么时候去看。那是迟暮时刻，我去拜访朋友，正开车回家。临时起意，将车子静静地停在溪边，走上横过浅水的窄桥，望向上游。几星期以来，我一直告诉自己，总有一天，会有一只麝香鼠从那些香蒲中间的水道游过去，而我会看见。我望向水道，看看有没有麝香鼠，果然来了一只，向我游过来。敲击、追击、问迹。它似乎是用垂直扁平的尾巴左右摆动，像划桨般往前游。看起来比朝天的那只麝香鼠大，脸也比较红。口里叼着一枝鹅掌楸树枝。有件事让我十分吃惊：它直向小溪中间游去。我以为它会躲在溪边的灌木丛里，而它却像滑水板一般往前进。我可以看了再看。

可是我是站在桥上，而非坐着，所以它看到了我。它转变方向，转向岸边，消失在长满芦苇的岸边一个凹进去的地方。我感到一股纯净的能量，觉得自己可以好几天都不用呼吸。

我那份天真现在已经大半没有了，虽然昨天晚上我几乎感到同样的一股纯净之气。自从学会了在那一带溪中寻找它们，我已经看到过好多只了。可是我仍会在夜凉的时候寻找它们，岸边水底漾起涟漪时，我也仍会屏息以待。这世界上有野生动物存在，此事本身就令人为之大声欢呼，真正看到它们的那一刹那也令人大声欢呼。因为它们有美好的尊严，宁愿不要和我扯上什么关联，甚至不愿成为我观看的对象。它们以其谨慎之道来告诉我，光是张开眼睛观看，就是多么宝贵的一件事。

麝香鼠是肉食动物食物链中的主要一环。它们就像兔子和老鼠：假如你体积够大，就会吃它们。老鹰和猫头鹰都捕食它们，还有狐狸；海獭也吃它们。貂是它们的特殊敌人；貂住在大批的麝香鼠族群附近，偷偷摸摸地进出其洞穴，像螳螂守在蜂窝旁，老爱在附近出没。麝香鼠还会罹患一种传染性的血液疾病，一整群给灭掉。然而，有时候它们数量剧增，就像它们的近亲旅鼠一样；这时候它们或是一下子死掉几百只，或是往外地扩散，迁徙到新的溪流或池塘里。

人也会杀它们。有一个爱斯基摩人，每年都会用好几个礼拜捕杀麝香鼠，纯粹是当作副业。他说十四年里杀了三万零七百三十九只麝香鼠。皮可以卖钱，价格还在涨。麝香鼠是北美大陆最重要的毛皮动物。我不知道它们在麦肯锡河三角洲可以卖什么价钱，可是在这儿，毛皮商在一九七一年买一只付两块九，现在则是五块钱一张皮。他们把皮制成大衣，用各种名字称呼毛皮，就是不称其为麝香鼠皮："哈得逊海豹"是个典型的名字。从前，捕兽者把皮卖掉之后，也会把肉卖了，称其为"沼泽兔子"。很多人仍然喜欢红烧麝香鼠肉。

要不输给所有这些屠杀，母麝香鼠一年可能产下五胎之多，每一胎有六只或七只，或更多。鼠窝在河岸底下干燥的高处，只有入口在水中，往往离水面好几英尺，以阻隔敌人。在这儿，小溪黏土岸边那些简简单单的洞，就是它们的窝；在美国其他地方，麝香鼠筑造漂浮的锥形冬季巢穴，不但防水，而且还可以吃。

幼小的麝香鼠生活充满危机。首先，一来蛇和浣熊都吃它们。二则它们的母亲很容易弄错，生了一大窝之后，可能会这儿丢一只那儿落两只，好像老是忘了数鼻头。咬住母亲奶头的新生儿，碰到母亲突然潜入水中时，可能会掉下来，有时候就会淹死。刚断奶的日子也不好过，因为下一胎紧紧跟在后面，它们还没学会求生之道，就得断奶。假如这些刚断奶的快要饿死了，它们就会去吃刚生出来的——如果可以接近它们的话。如果它们太接近新生儿，成年的麝香鼠，包括它们自己的母亲，往往会把它们弄死，而它们若是能够安然度过这些危险，就可以展开生活，在暮色中游泳，啃香蒲根、苜蓿，偶尔吃到一只蝲蛄。保罗·埃林顿是位通常很严肃的作家，他写道："我们可以含蓄地把将要满一个月大的麝香鼠的成长，看成是一项独立的冒险。"

在我看来，麝香鼠的好处是视力不佳，再加上它们挺笨的。假如它们知道我在那儿，就会非常机警，每次都可以等赢我。可是只要施点小计，再损失一点点人的尊严，就这样，便可以置身"彼处"，而它们那小脑袋永远也不会发觉我有呼有吸的存在。

昨晚发生的事，不仅表现了麝香鼠愚笨的终极点，同时也是人类入侵的终极点，我确信自己不会跨越那极限。我绝对想象不到自己可以到达那个地步，可以真的坐在一只正吃着东西的麝香鼠旁边，就好像晚餐时坐在同伴身旁，周围一桌子人坐得满满的。

事情是这样的。过去一个星期我常去另一个地方，是小溪众多不知名支流的其中之一。大半是一条浅浅的细流，连结几片三英尺多深的池水。其中一个池塘有座小桥，知道这座桥的当地居民都称之为妖怪桥。大约是日落前一小时，我坐在桥上，往上游望去，看着右边约八英尺之处，我知道麝香鼠在那儿做了个窝。我才刚点了一根烟，洞口出现了一波涟漪，一只麝香鼠现身了。他朝着我游来，往桥下去。

　　麝香鼠的眼睛消失在桥下的那一刻，我采取行动。我有差不多五秒钟的时间转过身子，才能在它出现在桥的另一边时，将它看清楚。我可以很容易地把头探出桥的另一边，因此它在我身下出现时，我若是想要，可以细数它的睫毛。这种策略的麻烦在于，它那对珠子般的眼睛一出现在另一边，我就困住了。假如我再移动，晚上的戏就唱完了。无论我那一刻摆出多么不像话的姿势，都得一直维持着，直到我离开它的视线，因而我全身肌肉僵硬，足踝在水泥地上擦伤，香烟烧到手指。假如麝香鼠出了水到岸上去觅食，我的脸就悬在水面上一英尺的地方，除了蜊蛄什么也看不到。因此之故，我知道那五秒钟的转身不能乱来。

　　麝香鼠游到桥下的时候，我转动身子，好让自己舒舒服服地面对下游。它再度出现了，我将它瞧了个仔细。它身体八英寸长，尾巴则是六英寸长。麝香鼠的尾巴黑色且有鳞，不是像海狸尾巴那种水平式的扁平，而是直立的，就像竖起来的皮带。冬天里，麝香鼠的尾巴有时候冻得硬硬的，这些动物就把冻僵了的部分咬掉，咬到离身体一英寸许。它们得完全用后腿来游泳，而且转起弯来很困难。这一只是把尾巴当作舵，偶尔才当做推进器，它用后腿踏水，将腿伸得直直的，往下往周围划动，像单车选手一般"脚趾踩下去"。它后脚的脚底颜色淡得很奇怪，脚指甲长长尖尖地呈锥形，前腿保持不动，收在胸前。

　　麝香鼠爬上了对岸，与我隔了一条溪流，开始吃东西。它大声啃咬，吃下一截十英寸长的野草，稳稳地用前爪将野草送进嘴里，就好像木匠喂食一把锯子。我都听得到它咀嚼的声音，听起来就像有人在吃芹菜。接着它滑入水中，嘴里还衔着野草，从桥下过去，然后并没有回到洞里，反而竖在一块浸在水中的石头上，安详地刨完剩余的野草。离我大约四英尺。之后它立刻又从桥下游过去，攀上了岸，丝毫不差地找到草地上的老地方，大口吃下野草剩下的那一截。

这期间，我不但每次在它眼睛消失在桥下时，来个复杂的一百八十度转身，而且还抽着烟。它从未注意到，每次潜入桥下时，桥的面貌都彻底地改变了。很多动物都是这样：任何东西只要不移动，它们就看不到这样东西。同样地，每次它头一转开，我就可以自由地吸口烟，当然我完全不知道它什么时候会再转过头来，让我僵在尴尬的姿势当中。令人气恼的是，它在我和香烟的下风处：难道我饱受这一切，只是为了一只毫无头脑的动物吗？

啃完了那截野草，麝香鼠开始用紧张的动作在草地上四处来去，一大口一大口咬下靠近底部的青草和苜蓿。没多久它嘴里就塞了一大蓬草；它下了水，从桥下过去，游向洞穴，然后一头钻下去。

不久它又出动，显然将青草贮藏好了，这时它以一种有条有理的方式，重复同样的途径，再弄了一捆青草回来。

它再度出现。钻下桥底时有一下子我找不着它；它没有从我预期的地方出来。突然之间，我完全不敢相信，它竟然出现在我身旁的岸边。拖钓桥本身就和低处的溪岸等高；我坐在那儿，它也在那儿，就在我身边。我手肘都不需要伸直，就可以用手掌摸到它。唾手可得。

它在我身旁搜寻粮草，躬着身子走路，也许是为了避免体温蒸发掉。一般而言，它一出了水面就采取什穆①的姿态，肩膀纤细如小猫。它用前爪极其整齐地将一丛丛的草拨开，我看得到它细细的手腕弯曲。它采集一大口一大口的青草和苜蓿，倒不是真的用咬的方式，而是用力地咬住靠近地面的部分，拉紧了颈部的肌肉，然后用前腿一颤一颤地把身体拉起来。

它的下颚较为突出，两只黑眼睛离得很近，闪闪发亮，小耳朵尖尖的，毛茸茸的。我一定要尝试看看它能不能竖起耳朵。我可以看到它毛皮上湿湿滑滑的长毛，浓浓的褐色一撮一撮的，突显了身躯的柔美线条；长毛间分开之处，露出了底下颜色较浅、较柔软，像兔毛一般的毛发。虽然离得那么近，我一直没看到它的牙齿或肚腹。

它在我身边的草丛里翻翻弄弄了几分钟以后，缓缓进入桥下水中，划回洞穴，一大口青草举得高高的，这之后就再也看不见它了。

我看着它的四十分钟当中，它一直没看到我，没闻到我，也没听到我。它现身眼前的时候，我当然是从来没动过，除了呼吸，眼睛也动了，追随它的眼睛，可是它都没注意到。我甚至还咽了两次口水：没事儿。我对咽口水这件事很感兴趣，因为我读到过，你在驯服野鸟的时候，一咽口水就前功尽弃了。根据这套说法，鸟儿认为你咽口水

---

① 什穆（Shmoo），漫画家艾尔·卡普（Al Capp，1909—1979）创造的一个卡通形象，形状如带两条腿的肥肥的保龄球瓶，在美国二战后极为流行。

是在做准备，于是它就飞走了。那只麝香鼠纹丝不动。只有一次，就是它在离我约八英尺的对岸吃东西的时候，突然竖直了身子，全神戒备——然后又马上回去继续搜寻粮草了。然而它始终不知道我在那儿。

我也始终不知道自己在那儿。昨晚那四十分钟里，我像照相感光板一般，全然敏感且无声；我接收印象，可是没有附加说明。自我意识消失了。现在看来，就好像，那时候若身上安装了电极线，心电图会是平直的。这类事情我做过太多次了，因此对于慢动作和突然停顿，都已经毫无意识，现在那对我而言就像第二天性。而且我经常注意到，这种忘我，就算几分钟也好，都让人精神大为振奋。我猜想我们醒着的每一分钟，恐怕大半的精力都花在招呼自己上面。马丁·布伯引用一位年长的哈西德教派尊师所说的话："若你带着纯净且神圣的心越过原野，所有的石头，所有生长的东西和所有的动物，他们灵魂的火花会跑出来附在你身上，然后它们会得到净化，成为你内在的神圣之火。"这也是一种描述的方法，也就是用哈西德教派的卡巴拉专门用语，来描述那种来临的能量。

我曾尝试带别人去看麝香鼠，但是很少成功。不管我们多么安静，麝香鼠都躲着不出来。也许它们感受到意识紧绷而发出的营营之声，那是两个人类发出的嗡嗡声，这两个人在静默之中不由自主地意识到对方，因而也意识到自己。同时，其他人无一例外地受自我意识之累，因而无法好好地潜行。我从前也受此干扰：就是没法儿忍受如此之丧失尊严，为了一只麝香鼠竟然会完全改变整个生存的方式。因此我会移动身体或四处张望或抓抓鼻子，麝香鼠则一只也不出来，只剩我独自一个，带着我的尊严。连续好几天，直到我决定学习潜行——直接向麝香鼠学习——是值得的。

老的、古典的潜行规则是："经常停下，频频凝住。"这条规则好得没有修正的余地了，可是麝香鼠容许一点点的修正。假如麝香鼠的眼睛不在视线之内，我几乎可以在它尾巴上跳舞，它绝对不会注意。几天前，我慢慢靠近一只在拖钓桥旁草地上吃东西的麝香鼠，就是趁它头转过去的时候，尽可能地向着它一步步滑行过去。我尽量让身体重量平均分布，让它无法透过地面感觉到我的来临，因而无论我何时出现在它眼前，都可以停下不动，直到它再度转过头去，而不必太不自然地靠一条腿来平衡。

我离它十英尺的时候，确信它会逃跑，可是它继续近视地在割过的苜蓿和青草堆里浏览。而因为我将要看到的所有事情差不多都看过了，我就继续接近它，看它什么时候会停下来。令我极为迷惑的是，它一直没有停。我先停了。我一只脚离它背部六英寸的时候，便拒绝再推进了。当然，它可以清清楚楚地看到我，可是除了它低下头去的时候，我都一动也不动。除了踢它一脚之外，没别的事可做了。最后它终于回到水里，消失不见了。直到今天，我都不知道它会不会让我一直走到它背后。

并不都这么容易。其他几次，我发现，要接近进食中的麝香鼠，并将它瞧个清楚，唯一的方法就是将自己完全投入一种过程，这过程如此之荒谬，它又全然地不自觉，才能让我受得了自己。我得抛掉帽子，在一块矮石后面对准了它，趴在地上，像条蛇般，一寸寸爬过二十英尺长的空地，直到我来到石头后面，可以冒个险探头出去偷看一眼。假如我从石头后面探出头来的时候，麝香鼠的头正好转了过去，那么一切没问题。我可以在它头转回来之前就位并静止不动，可是假如它看到我头动了，就会潜入水里，而整个匍匐前进的程序就功亏一篑了。事先是无法知道的，我只能冒险一试。

我曾经读到过，假如碰到与一只大灰熊面对面的情况，当然这是几乎不可能发生的，但是最好的方法就是轻柔愉快地对它说话。你的声音应该会有种安抚的作用。我尚未有机会以此法测试大灰熊，但是我可以证明这不适用在麝香鼠身上。这会把它们给吓坏了。我试了又试。有一次我看到一只麝香鼠在离我十英尺的岸上进食。我把它看了个够以后，觉得反正没什么损失，于是就打了声欢愉的招呼。轰。吓着了的麝香鼠在空中转了个一百八十度的身，一鼻子钻进了脚下的青草里，消失不见了。大地将它吞噬，它的尾巴直直地竖在空中，然后毫无声响地消失在地底下。麝香鼠沿着溪岸做了好几个紧急逃生洞，就是专门为了这样的目的，它们也不喜欢在离洞太远的地方进食。这整件事情让人留下极为深刻的印象，并说明了在大自然里，文字和偷偷摸摸者的相对力量。

潜行是一种纯粹的技巧，一如投球或下棋。运气很少牵涉其中。我或是做得对，或是做得不对；麝香鼠会告诉我，而且及早地。潜行尤胜于棒球，是一场就在眼前当下进行的游戏。每一秒钟，视乎我的技巧，麝香鼠或来了，或待着，或离去。

我能否静止不动？能有多静？叫人惊讶的是，不能够或不愿意静止不动的人，不知有多少。在屋子里，我不能够，或不愿意三十分钟静止不动，可是在溪边我慢下来，下到中心点，空掉。我不兴奋，气息缓而规律。脑子里并没有说：麝香鼠！麝香鼠！来了！我什么也没有说。假如我必须保持某种姿势，我并不是"僵"在那儿。假如我僵在那儿，肌肉紧缩，我会疲累而终止。我不僵硬，而是平静。无论身在何处，我都下到中心点，找到平衡然后休息。我后退！不是退入内心，而是退出自己，于是成了一堆感官的组织。无论看到什么，都是众多、丰盈。我是为风所拂弄的水之皮肤；我是花瓣、羽毛、石头。

III

在溪边，光线在水面上出现了又消失，麝香鼠浮现又下潜，红翼鸫四散，我以这种方式住在溪边，因而认识了大自然很特殊的一面。我向山望去，山仍在沉睡，色蓝且无言且狂喜。我说，它聚拢来；世界是停留不动的。可是我向小溪望去，并说：它散开来，它是来了又去的。离开屋子的时候，麻雀飞走并喋声；小溪岸边，松鸦惊惶尖叫，松鼠奔走掩躲，蝌蚪沉水，青蛙弹跳，蛇停下不动，鸣啭的鸟儿消失不见。他们为何躲起来？我又不会伤害它们。它们就是不愿意让人看到。赫拉克利特说："大自然习于隐藏自己。"一只正飞去的反舌鸟刹那间展开了耀眼的一排白色羽扇……然后消失在树叶间。贤恩！……贤恩！① 大自然闪着古老有力的眼神——那种到这儿来的眼色——把手帕丢在地上，逃跑，然后就不见了。我所认识的大自然是个惊险逃脱的老家伙。

我在想，我所看到的，且似乎了解的大自然，是否只是一件因自由而发生的意外事件，刚好在我眼前不断重复，而在听客溪以外的世界里，又是否有其对等的情况。我在量子力学里面发现了一片世界，与溪边的世界象征性地相类似。

我们当中好多人仍活在牛顿物理学的宇宙里，傻傻地想象，这些迷蒙的、乱七八糟的现象，对真正的、严格的科学家没有什么用处，因为这些科学家总是处理那可测量的和已知的。我们认为，起码物理事件的物理原因是完全可知的，而且，因为各种实验的结果不断出来，我们便逐渐地卷起那片未知的云。我们十分艰辛地将面纱一一掀开，不断累积知识，并撩开一块又一块的面纱，直到最后我们揭露事情的核心，亦即闪耀的方程式，所有的幸福乃由此流泻而出。甚至狂人爱默生也在接近晚年时写下这段话，接受了旧科学那实在可悲的谬论。

---

① 贤恩（shane），此处为鸟鸣声。

他说："显微镜改进了以后，我们将把细胞拿来分析，一切都会是电，或是什么其他的。"我们只需将仪器和方法改良到尽善尽美的地步，就能收集到足够的实验结果，就像绳上的小鸟般，从而以物理原因预测物理事件。

可是在一九二七年，维尔纳·海森堡 [1] 将地毯抽掉，于是我们对宇宙的整个了解都倒塌掉了。因某种缘故，此事尚未流入市井小民当中，他们不知现在的一些物理学家是一群张大了眼睛的狂乱的神秘主义者。因为他们已经将仪器和方法改善到足以揭开那层重要的面纱，露出来的却让人一头雾水。

"测不准原理"在一九二七年夏天得见天日，这条原理其实就是说，你不能同时知道一个粒子的速度和位置。你可以用数据猜测任何一群电子，但是你无法预测任何一个粒子的整个动向。它们似乎和蜻蜓一般自由。你可以不断改良仪器和方法，然你永远也无法测量这么一件基本的事。没办法做到。电子是只麝香鼠，它无法让人完美地潜近。而大自然是个跳扇舞的舞者，生来就带把扇子；你可以将她扳倒在地，将她摔在舞台上，使尽力气与她争夺扇子，但扇子永远也不会脱离她的掌握。她生来如此，扇子附在身上。

并不是因为我们缺乏足够的资料而无法同时知道粒子的速度和位置，若是如此，则不过是极为平常的情况，能够轻易为古典物理学所

---

[1] 维尔纳·海森堡（Werner Heisenberg，1901—1976），德国物理学家，量子力学的创始人之一，哥本哈根学派代表人物。——编注

了解。实际上是，我们现在知道，根本无可知晓。你可以测定其位置，那么你的那个速度数字就模糊成一片了；或者，你可以测定其速度，但是糟糕，位置就跑掉了。仪器的使用，并有个人在观察，这两件事似乎就弄砸了这些观察；也因此，物理学家是说，他们无法研究大自然本身，只能研究自己对大自然的探察。而我只能在自己的蓝色阴影中看见蓝鳃鲈，这些蓝鳃鲈则是阴影一出现就逃跑。

"测不准原理"将科学里外反转过来。突然之间决定论没有了，因果关系没有了，我们剩下一个由爱丁顿所谓"心灵物质"所组成的宇宙。听听这群物理学家怎么说：詹姆斯·琼斯爵士乃爱丁顿的继承人，他诉诸"命运"，说未来"可能坐在未来那些神的膝头上，不管那是些什么神"。爱丁顿说："物质世界全然抽象，除了与意识的牵连之外，并无'实体'。"海森堡自己说："方法和对象无法再分开。科学的世界观不再是科学观这个字眼的真正意思。"琼斯说，科学和自由意志这种观念不再对立。海森堡说："有一种更高等的力量，不受我们的心意所影响，最后是这份力量下决定，做评断。"爱丁顿说我们因"测不准原理"而舍弃因果关系，"因而自然和超自然间不再有清楚的分界"等等。

这些物理学家再度成为神秘主义者，就像开普勒也曾经是。他立在空气稀薄的高山隘口，目瞪口呆地凝视着自由的深渊。他们借着实验的方法，又借着狂野的跳跃，一如爱因斯坦所为，到达了那个地方。多么美丽的隘口！

这一切的意思是，我们现在所了解的物质世界，较像是我所见到，那随时变卦的小溪世界，而非群山所诉说的永恒世界。物理学家的粒子，就像出入我显微镜范围的轮虫一般，急驰而去，变换位置，而这个山谷里的那一环花岗岩山峦，是同样一群粒子所组成，无实体可言的一片迷蒙——我非得这么想不可。整个宇宙就是这么一群狂乱、机警的能量，麝香鼠背部那湿湿的毛发上闪闪发光的太阳，在地平线上因群山而黯淡无光的诸多星星，在听客溪中却凌空闪耀，这种种皆如是。全都是惊险逃脱的，苍鹭扑翅飞去，蜻蜓以每小时三十英里的速度离去，水黾消失在一片青草之下，麝香鼠潜入水中，涟漪起自岸边，散开，而后完全止息。

摩西对上帝说："求你显出你的荣耀给我看。"上帝说："你不能看见我的面，因为人见我的面不能存活。"可是他补充说："在我这里有地方，你要站在磐石上。我的荣耀经过的时候，我必将你放在磐石穴中，用我的手遮掩你，等我过去。然后我要将我的手收回，你就得见我的背，却不得见我的面。"[1] 摩西因而上了西奈山，静静地在磐石穴中等待着，并见到了上帝的背。四十年后，他上毗斯迦山，看到了约旦河对面的上帝允诺之地，他在死前将不得准许进入此地。

只能瞥一眼，摩西：这儿一条磐石中的缝穴，那儿一个山顶，其

---

[1] 出自《圣经·出埃及记》第三十三章第十八节、第二十一节至二十三节。

余皆是否定和渴求。你得潜近所有东西。所有东西都散开又聚拢；所有东西来了又去，如桥下的鱼。神你也得潜近。任何地方他都可能疾速通过，因此你可以在任何地方忘却一切地等待，希望能抓住他的尾巴，并在他挣脱之前对着他耳朵大叫。你也可以在任何敢去之处追捕他，要冒的险乃大腿凹处深陷的肌腱；你可以敲上一夜的门，直到旅店主人心软，假如他会心软的话；你可以哭嚎，直至嗓音沙哑或更糟，那是约翰·诺弗尔①诗中永远都有的。渴求具体化身的哭嚎："而基督乃红色的徘徊者……而众孩儿叫着/来这儿来这儿。"我坐在桥上，犹如坐在毗斯迦山或西奈山上，一方面在磐石的缝穴中停摆等待，同时又用所有的意志力敲打，像小孩般喊叫，拍打门扉：出来！……我知道你在里面。

然后山偶尔会分开。里面有光的树出现了，反舌鸟下坠，而时间像一面神圣的旗幡在空间中展开。现在我们欢欣鼓舞。毕竟那消息不是说麝香鼠很机警，而是说它们可以让人看到。袍子的缝边是颁给海森堡的诺贝尔奖；他并没有带着嫌恶回家。我在桥上等待，沿着溪岸潜行，为的是那些无法预测的时刻——当水底涌现小波，涟漪增强，激烈地悸动着横过溪面，又以颤动的波纹一路回来。仿佛一股冲力之浮现，仿佛鱼之化现，这种生起，这种蓄势待发，就像还在壳里，成熟饱满的核仁，准备裂开，像原野上的七叶树果子，闪着新生的光耀。

---

① 约翰·诺佛尔（John Knoepfle，1922— ）美国诗人，二战退伍老兵，著有《为饥饿祈祷以及其他爱尔兰诗》等诗集，曾与王守义合译并在美国出版《唐诗选》《宋诗选》。——编注

"耶和华真在这里，我竟不知道。"我所看到那些急行而过的残块，那背后的部分，是恩赐，是丰饶。摩西由西奈山上的裂缝下来时，族人皆惧怕他：他脸上皮肤发光。

爱斯基摩人的脸是否也发光？我警醒地躺在床上：我和爱斯基摩人一同在冻原上，他们正追赶着蹄声达达的驯鹿，不眠不休，昏眩地追赶好几天，散开成不整齐的行列，在冰河覆盖的小丘上，在驯鹿青苔上追赶，远望海洋，在斜影长长的黯淡太阳下，一整夜静静地追赶着。

守夜

我立于卢卡斯草原上，身处一群川流不息的蚱蜢当中。上升的热力、夜幕之四合、青草之成熟——有样东西在草原上集合了这支军队，它们在此处从不曾以这样的兵团出现过。我看到了不下上千只的蚱蜢。咔啦咔啦地在苜蓿间惶惶然，来去远行，那些苜蓿高及膝盖。

我走进草原去感受热力，并看一眼天空，然而这些蚱蜢迫使我注意它们，它们本身已成为事件。我每踩一步都会引爆青草。一阵像流弹的物体在四周爆开，空气爆裂并呼啸而去。有各种大小的蚱蜢，各式蚱蜢，黄色、绿色和黑色的，短角的、长角的、斜面的、条纹翅膀的、喉头有刺的、圆锥头形的、短小的、有斑点的、细长条纹的和带状的。它们一齐弹起，在空中落下，参差不齐地附着在草茎和草叶上，将腿展开了求取平衡，一如红翼鸫立在香蒲草上。它们在我耳边发出声响，在我小腿上舞蹈，小小的腿瞬间抓紧了又放开。

我受到庇护，然而顶上是开放的，对着天空。草原很干净，世界很新，我行过堰中之水，得到清洗。一种崭新的，狂野的感觉降临在身上，让我身陷其中。我心想，如果这些蚱蜢是蝗虫则如何；如果我是这世界的第一个人，站在这样的一群当中，则又如何？

我那时一直在读有关蝗虫的事。干热的地带总有大批迁徙的蝗虫出现，然后一如来时般突然又消失。你可以看到它们在平原上到处产卵，而下一年平原上会没有蝗虫。昆虫学家会在标本上贴上标签，研究其结构，而从来找不到一只活着的——直到数年之后它们再度猖獗。没有人知道，在一次次的虫害之间，它们到底躲在什么洞穴或什么云雾中。

一九二一年一位名叫乌瓦洛夫[①]的俄国博物学家解开了谜团。蝗虫是蚱蜢：它们是同一种动物。一群群的蝗虫是发了狂的蚱蜢。

假如你从世界上任何一个干燥的区域——包括洛基山脉——好几种类的蚱蜢任取其中一种，将它们养在玻璃瓶中，它们处在拥挤的情况之下，就进入了徙栖的阶段。也就是说，它们就变成蝗虫了。它们的身体确确实实地在你眼前由杰基尔变成海德[②]。假如你用一连串快速的触碰刺激之，它们即使单独一只在瓶中，也会改变。其翅膀和鞘翅会变长，起初是难以察觉。身上的土褐色开始变得鲜丽，然后越来越饱和，直到色泽锁定在蝗虫那歇斯底里的黄色和粉红色。鞘翅上出现

---

① 乌瓦洛夫（Boris Uvarov，1889—1970），出生于苏联，后成为英国昆虫学家。——编注
② 英国作家斯蒂文森所著《化身博士》里的人物，白天是杰基尔，夜晚变为海德，乃同一人之善恶双重人格。

条纹和斑点，颜色会变深，成为闪亮的黑色。它们产的卵荚比蚱蜢多。它们不安、易躁、贪噬。这下你有一瓶瓶的害虫了。

普通情况之下，在实验室里或是在外面的沙漠里，这些蝗虫产下的卵，生出普通的独来独往的蚱蜢。唯有在特殊的情况之下——譬如干旱将它们成群赶往找得到食物之处——蚱蜢才会改变。它们避开食物和庇护，只寻找同类的推挤和劈啪碰撞之声。其队伍越来越浩大，山谷里越来越挤。在一个晴朗的日子里，它们飞向天空。

蝗虫全在空中时，它们那几百万只，可以将天空遮蔽九小时之久，而当它们降落地面时，每个人都要躲进帐篷。"它们前面如火烧灭，后面如火焰烧尽；未到以前，地如伊甸园，过去以后，成了荒凉的旷野，没有一样能躲避它们的。"[①] 一位作家说，假如你用一片草叶喂食之，"组成其口颚的十八个部分立即活动起来，并有像机油的褐色唾液润滑之"。将这种活动乘以几百万只，你就听到了一种新的声音："任何人，救过草原上的火，或是听过火焰在一阵烈风之前烧过去，都可以了解，它们无数的口颚从事破坏的工作时发出来的声音，那种低低的咔啦咔啦和锯磨之声。"大地的整个轮廓，每一条树枝，都埋在虫体之中寸许深，因此山谷骚动而山丘震颤。蝗虫，是一则古老的故事。

威尔·巴克说，有个人躺下来睡在一堆蝗虫当中。立时之间，那群令人窒息的虫子落在他身上，将他织了一身咔啦作响的甲胄。金属的口唇部分啮咬并搓扭。他的朋友冲进去，马上把他叫醒。可是他站

---

① 出自《圣经·约珥书》第二章第三节。

起来的时候，喉咙和手腕都流着血。

　　这世界有蝗虫，这世界有蚱蜢。我站在这世界里，深及膝头。

　　在这草原上，这些昆虫没有一只会在任何情况之下变成蝗虫。我心想，我是草原之王，并举起双臂。立时之间，蚱蜢在四周蹦出，在空中划出一片模模糊糊、有棱有角的轨迹，最终落在面前小径上，青草摇曳着。就好像我真是君王，太棒了。

　　一只硕大的灰绿色蚱蜢咔的一声撞在我衬衫上，然后停在肩头，喘着气。我说："噗。"它就劈劈啪啪飞走了，停在几码外的草头上。那根草受到冲击，像匹野马，弓起了背再弹回去，而蚱蜢又将它压下。动作停止以后，我就看不到蚱蜢了。

　　我往前走，一步一步地，一面发动一面挨受这火力微弱的枪林弹雨。我忍不住要笑。我给打败了。我想看这些生物，它们却都不见了。以它们的狡猾，要想看到它们，唯一的方法就是趁其天真未防时吓唬它们。任我再有法力再聪明，也无法召唤或吸引它们；在我通过时，直截了当地用身体去引发它们最显著的本能。对它们而言，我真是一大麻烦，一堆动来动去的东西，像任何滚动的石头。慢着！你们到哪儿去了？难道你们其中任何一只，具有十八个部分组成的口颚，都不想在这卢卡斯草原上和我说句话吗？我再度举起双臂：原来你们在那儿。然后又不见了。青草纷纷发出乒乓之声。我欢天喜地，血脉澎湃。我是草原的农奴，兴奋之极，我是新娘，注满了灯油等待着。正吹起一阵新的风，我接纳了那些蚱蜢，一如我接纳这阵风。那些最高的树环绕着草原的边缘，无声地喘息着。

我走回小屋，由草原的一头到另一头，运用策略应付整个部队。我打从一开始就让蚱蜢、麝香鼠、山丘给打败了——而且，就像任何一个冤大头，我回来继续挨打。它们到头来总会赢你，而假如你一开始就知道，你不得不大笑。你为了攻击而来，你为了逃跑而来——但其实你知道你是为了大笑而来。

此时乃夏末最饱满的时刻；正在生长的以及已经长成了的绿意将一切隐藏。我可以观看一只麝香鼠在岸上进食十分钟，它收割了一束束草，这些草在它的口下纷纷折断枯萎，而等它走了以后，我看不出草地里有什么不同。假如我用手拨开那一片草，仔细往内看，即使是吃得最凶的部分，也很难找出任何破坏，甚至看不出给践踏过。难道除我之外，所有东西都如此轻手轻脚？螳螂的卵鞘在六月里孵化时，历时好几天。我观看小小透明的螳螂腿长长地在卵鞘上跳来跳去，爬下树篱的细枝，消失在草丛里。在某些地方我可以看到它们像一道移动的桥，排着队由草茎往下爬到地上。它们穿过地平线进入草丛的那一刻，便消失不见，仿佛从世界的边缘跳了下去。

现在是九月初，小径都堵住了。我望向水中以观天。一年四季里，在这个时候，每一辆停着的汽车里，都会有一只蜜蜂，软弱无力地撞击着后座车窗的内侧。岸边每隔一英尺就有一只青蛙飞了起来，水泡纠结在蓝绿藻的陷阱里，而日本甲虫在柳叶上弓背弯腰。太阳将空气凝结成果冻，它让一切漂白、摊平、融化。天空是乳白的一片烟雾蒙蒙——虚有之处，啥事也不做的夏日天空。见到的每一个小孩，额头上都有一圈格子印，一个十足的直线图表，都是因为他整天地靠在纱门上而弄出来的。

　　我到卢卡斯这地方来待一个晚上，无论碰上什么都好。卢卡斯这地方真称得上是天堂。什么都有：老树林、新树林、悬崖、草原、平缓的水流、急流、洞穴。唯一需要的是一条冰河，伸出一只吱吱作响的脚，伸向小屋后边。这魔幻的花园在听客溪 U 形河湾的另一边，它与世隔绝，因为很难前往。我原本可以沿着大石悬崖的小径穿过林子，可是在夏天，那条小径满覆树苗、灌木、葛和毒葛，已无法辨认。我原本也可以转道悬崖旁割过的青草台地，可是我得经过一只恶犬才能到达那儿，而那只狗就等我有一天忘了带棍子。因此我策划了第三条路，越过水坝。

　　我做了一份三明治，将水壶装满，口袋里塞进一只手掌大小的手电筒。接着只需拿张薄薄的泡沫胶垫子和睡袋，沿马路走下去，越过那受到侵蚀，螳螂产卵的黏土小丘，顺着小溪往下游走到摩托车树林，再穿过林中的摩托车道，到达水坝。

　　我喜欢跨越堤防。若是摔一跤，可能再也爬不起来。堤防三四英尺高，一层厚厚的绿藻附着在水中的水泥边缘上，被溪流的牵扯和突然出现的落差所冲洗。下面是湍急的乱流和石头。可是我每回跨过水坝都面临这种威胁，也总是感到极为兴奋。最棘手的一段是在起点。那一天，一如往常，我面临溪流，脚步稳稳地踩下去，打横走着而非跨步，没多久我就湿淋淋地出现在一个新的世界里。

这时候，突击了蚱蜢草原后再回头，又回到原点，也就是分隔小屋和坝顶的河岸上，睡袋、泡沫胶垫子和三明治都在那儿。太阳隐在悬崖后头西沉。我打开三明治，回顾来时路，仿佛自己还能看到蚱蜢遍布在广阔的草原上，并给围住，隐身在草原上的灌木丛和一片毛茸茸当中。

我乃为此而来，仅仅这样而已，不为别的。悬崖上一阵叶片的摆动、活着的以及静止的，那些真实事物的突袭，以天底下的形状和力量——这是我的城市，我的文化，以及我所需要的全部世界。我环顾四周。

我所谓的卢卡斯这片地方，不过是广阔的卢卡斯地产之一部分。这一带最早的开垦地，是旷野中的一座花园；每次越过了水坝，在岸上拭干双脚，就觉得自己仿若新生。现在在右手边，坝中的溪水又静又深，岸边的鹅掌楸和巴婆树和梣树悬其上，复倒影其中。上游处，小溪斜斜转开，消失在视线外；这是个 U 形弯，此处的水坝呈现最大的弧度。下游处，小溪滑过水坝，拨拨剌剌地流过砂岩岩棚和岸边的大石，吐出一口清凉的烟雾，然后消失在长满树木，陡峭悬崖下的转弯处。

我站在山谷中的山谷里，给闭锁着、描绘着，四周为高山所围住，框住。悬崖旁边是一连串绿草如茵的高台，很适宜种植巴比伦的空中花园。台地再过去，在那险峻的笔直石壁上，一片森林生长在任何可以勉强扎根之处。有一个地方，三个洞穴切入了石头的拱顶，入口处为金银花所掩藏。其中一个洞穴小到只容孩童爬着进去，另一个洞穴在开头转了好几个遮去阳光的弯之后，还有够大的地方让你探索许久；第三个洞则又大又空，里面满是砍下的木柴和金属网，其低处的墙壁上另有一小洞延伸进去，洞里一只十拨鼠在春天生下了一窝幼鼠。

在我前方远处，可以看到坑坑洞洞的树林峭壁变成了草木丛生的台地，这些台地从前一定开垦过。现在它们是树苗缠绕，而树苗又给金银花和野玫瑰所包覆。一直记得，有一年冬天，我尝试披荆斩棘爬上那峭壁，第一次体认到，即使一月份也力不足以镇压落叶的南方。矮树丛中有很明显的小径——我一进入茂密之处就看见了——可是那些是兔子的路径，高过七英寸者皆不宜行。我穿过树丛来到卢卡斯桃树园时，身上给擦伤、刺伤，气喘吁吁，而这个果园，由那条与小溪平行的陡峭碎石子小路前去，要方便得多了。

在这一圈石山当中的平坦处，就是阳光照耀的蚱蜢草原，面向草原，塞在青草台地和小溪水坝之间的，就是城市的中心，即卢卡斯小屋。

我踏上走廊。脚步声引发了回音，崖壁应声而响，苜蓿和青草则吸去音声。卢卡斯小屋其实大部分是走廊，通风且两侧有翼。涂了灰漆，两英寸厚四英寸宽的木板，摇摇晃晃地三面围绕着小屋，木板皆已裂开、破碎，腐朽至不堪修复。走廊的四个角有横梁支撑着矮矮尖尖的屋顶，屋顶各盖住走廊和屋子的一部分，让那已经十分巨大的走廊更显突出，因而正屋本身倒像是后来添上去的，就像有时候亚当在伊甸园里也像是事后才加进去的。一张镶嵌了的老旧西洋棋桌，有雕工的基柱已经破损，多年来这张桌子一直在走廊中的一侧，斜倚在屋子边，那片褐白对比，经风吹雨打的镶嵌，像叶片般弯弯地卷起来。

屋子的长度和走廊的深度差不多。是座只有一个房间的屋子，放得下（这我彻底地想过一遍又一遍——心中建造过更多的斯巴达式的宅第，啊！我的灵魂）一张小床、一张木板窗桌、一把椅子（如那人所说，两张乃为了友伴），和一些窄窄的架子。屋子有一大半是窗户——共五扇——而窗户全都破了，因此我在这屋里的生活大半是听客溪和泥蜂那般的。

这种生活很棒——奢华，真的。小屋装有电线可供电，一个无罩灯泡的插座垂在尚未完工的木头天花板上。屋顶上有个火炉烟筒的接头。走廊再过去，离小溪较远的那一边，有个很大的砖造火炉，可用来烧烤整只阉牛。那些阉牛自己正变肥变胖，在离此五分钟的地方，上了山再下到牧场。为小屋遮阴的树是胡桃树和山胡桃。春天里，就在小屋走廊外，溪水上游的边上长出黄色的水仙，一直长到桃树园。

那天小屋里很暗，和往常一样，五扇窗户框住了五部影片的光和活生生的世界。我踩在地上那层玻璃碎片上，咔啦咔啦地走到溪边的窗户，站着观看小溪颠簸着流经水坝，转过峭壁，流下林荫的河湾，而犹如小酒杯般大的土蜂在点缀着溪岸的芬芳花朵中寻寻觅觅。一只年轻的白尾兔跳到眼前，然后僵在那儿。它蹲在我窗下，耳朵耷拉在头上，身体一动也不动，一幅隐身在周遭环境里的景象。只有一处荒谬的例外。它是那样地年轻，而且肩膀疯狂地发痒，因此它就在那儿大声地用一只后腿激烈地一阵拍击——然后又回去僵直地戒备着。在水坝那下落的水上，两只狗脸黄绿色蝴蝶在打架。它们相触又分开，往上垂直飞升，仿佛顺着一条看不见的螺旋形藤蔓在赛跑。

突然之间，发生了一件美妙的事情，虽然一开始那件事看起来极为平常。一只母金翅雀忽然抛到眼前。它毫无重量地停在岸边一株紫色蓟冠上，开始掏空种子外壳，将空中撒满了绒毛。

我窗户光亮的窗框便框了一整幅绒毛。绒毛升起来，往四面八方散开，飘过坝上的水流，在鹅掌楸树干之间飘荡，然后进入草原。它在一阵轻风中弹向果园，盘旋于逐渐成熟的巴婆树果实上，又东飘西荡地上了壁面陡峭的高台。它颤动、飘浮、翻滚、急转、摇摆。蓟绒飘飘忽忽地向着小屋而来，又让风给吹开，前往摩托车树林；它往上扬起，进入了山胡桃粗粗扎扎的枝丫中。最后它像白雪般漂泊，盲目而甜美，落入了小溪上游的溪水里，落入竞相奔流于一片平石上的溪水。它颤抖着落向逐渐长大的草尖上，寻找平衡点，落定，仍然因不稳的颤动而摆荡着。我屏住气息，心想，这就是我们居住的地方吗？

此时此地，空气是这么地轻而狂乱。

同样一种凝然的力量，让星星崩解，又驱使螳螂吞噬其伴侣，这份力量让这些东西在我眼前缓缓凑在一块儿：金翅雀那粗厚而熟练的喙，那羽毛般、编有暗码的绒毛。怎么可能出任何差错呢？假如我自身变轻并去除外皮，我也可以驾凌这几阵轻风而去，冒着险，只为了给这样纯净地摆弄着的乐趣。

蓟乃亚当诅咒的一部分。"地必为你的缘故受咒诅，你必终身劳苦，才能从地里得吃的。地必给你长出荆棘和蒺藜来。"① 可怕的诅咒。然而是金翅雀随着蓟吃下带刺的忧伤，还是我呢？假如这卷起一切的空气就是堕落，那么堕落还真是快乐呢。假如这溪边的花园是忧伤，那么我便追求殉身。这顶蓟冠轻轻戴在我头颅上，像翅膀。威尼斯的巴洛克画家提埃坡罗② 将耶稣画成一个抓着金翅雀的红唇婴孩，那金翅雀似乎正四处张望寻找荆棘。创造本身就是堕落，乃突然绽放出真实的带刺之美。

那停在四周皆花之蓟顶上的金翅雀，轻轻将头伸入种子壳里，越埋越深。脆弱的双脚配合这项工作，紧紧抓住那垂直、长满了刺的花茎；最后一些蓟绒喷洒，倾泻出来。有什么东西我可以那样轻地吃下去，或是，我可以那样美丽地死去吗？金翅雀多羽的翅膀轻轻振动，扑扑地飞走了，飞出破窗框住的视线之外，飞向峭壁的深蓝阴影；迟

---

① 出自《圣经·创世记》第三章第十七、十八节。

② 提埃坡罗（Giovanni Battista Tiepolo，1696—1770），意大利著名画家。

来的萤火虫已经在那儿升起，亮亮地在树下。我没有重量，骨头是拉紧的皮肤，胀满了飘浮的空气，就好像，假如我吸气吸得太深的话，肩膀和头都会飘走。哈利路亚。

后来，我半个身子露在睡袋外，躺在小屋走廊和向着水坝的河岸之间，一块窄窄的平地上。躺的地方会给突然涨起的洪水淹没，但是我们才淹过水。时间很晚了。夜色清朗；头上细格子纹般的树叶簌簌并分开时，可以看到异教的星星。

声音在四周响起；我像一池静水，让风吹皱并振荡着。蝉——唐纳德·E·卡尔称之为"八月的枪"——蝉正如火如荼地叫着。鸣声拔起，越过草原，回音由峭壁边缘传过来，空中遂充满了一种哀凄、神秘的急促感。我听到它们在日暮时分开始鸣叫，有感于它们就那样"唱将起来"的方式，好像一支缺乏练习的乐团，吱吱叽叽且刺耳，且又极为参差不齐。听起来好像有人拿了一把齿距疏朗的梳子在拉大提琴。青蛙加入了那无从辨别方位的音符。我一向觉得这些音符随意且乱成一团。而蟋蟀也吹奏附和。它们自普林尼那时起，就鸣唱自己那独特的曲调。普林尼直率地说，蟋蟀"整夜毫不停歇地尖声唧唧"。

先前有只美洲鹑在果园那头的峭壁鸣叫，忽儿在此，忽儿在彼，其圆润的音符忧伤地在草原上扩展开来。夏天里仍然鸣叫的美洲鹑是孤寂的，从未找到伴侣。初次读到这项资料时，听到的每一声鹑叫都染上了绝望的色彩，自杀般的悲惨。可是现在我在途中，反倒因那孤独的讯号而高兴起来。美洲鹬的那份无助，其固执的两个音符鸣叫，皆带了一种顽强毅力的气氛。声声鸣叫之间那些悬垂的寂静时刻中，天晓得它在想些什么。天晓得我是什么。可是，美洲鹬？（有人曾经教我如何以母鸟那啼啭的、由高而低的调子来回应美洲鹬。像魔咒般地奏效。可是我面对一圈着了魔的雄性美洲鹬，除了哭泣还能做什么？然而，我变得够残忍，因此偶尔会叫鸣回应之，只为了招惹那些峭壁，以及怨愤的笑声。）没错，不消说，是很艰苦，是很艰苦。可是等待本身和渴盼，一任风、太阳和阴影所摆弄，不也是一件美妙的事情吗？

霍勒斯·凯普哈特 [1] 在其著名的《露营和山林生存技巧》(*Camping and Woodcraft*) 一书中，奏了一声不祥的音调。这句话他用括号括起来："有些人睡在满月下的白帐篷里会睡不好。"每次想到这句话，就觉得好笑。这则有用的林野提示，以精神上的鞭笞威胁我们，我很喜欢。

我并没有睡在树叶下的帐篷里，而且毫无睡意并心情愉悦。根本没有月亮；在这世界上的海岸边，海潮可能正在强劲地高涨着。空气本身也有因月亮而起的潮汐：我静静躺着。我能否在空气中感受到一种看不见的扫荡和起伏，以及我胸臆中回应的敲击？我又能否感受到星光呢？每一分钟，在这片土地上的每一平方英里，都有万分之一盎司的星光洒向地球——洒向阉牛和果园、洒向采石场、草原和小溪。

---

[1] 霍勒斯·凯普哈特 (Horace Kephart, 1862—1931)，美国旅行作家、图书管理员。——编注

有几分之几盎司洒向我的眼睛和面颊和双臂呢？像粒子般轻弹并推弄，像浪潮般波动并抚弄。我竭力去感受这些细微的感觉，故当我听到，同时透过在地上的髋骨和腿骨，感受到远方货运火车连结时的碰撞和颤动，我几乎吓得滚到世界外面去。

　　我满脑子都是夜晚的起起伏伏，空气高高荡起又荡回来，星光落如雨，这时候自由自在的远足无影无形地进行着。白天里我曾观看水黾让岸边的深水中生出波纹，并颠蹶而去，那儿的水势因水坝而减缓。可是我知道，有时候呼吸或是一声喊叫，都会惊动在此群居的动物，新的形影遂展翅而出。到了晚上，它们聚集在居住的水面上，然后群起飞向天空。因为要迁徙，它们越过草原，飞过树下，在一片金光闪闪的翅膀扑动当中，翱翔着，转变方向，变成一道固定的光："空中的幽灵船只。"

　　这时，同样是个山谷里的夜晚，一只臭鼬由地底下的洞穴爬了出来，在黑暗中猎捕浅色的甲虫幼虫。一只巨大的角枭收起了翅膀，从天而降，它俩便在泥土血腥的表面上相遇。空气从那一点往外散布了一小段距离，渐渐稀淡成一种微弱的香甜，一种熏染了的风，代表了边缘上真正的生物和真正的相遇……事件，事件。头顶上出猎的甲虫爬上了高处的树枝，杀掉了的毛毛虫和虫蛆超过它们所要吃的。

　　我有一回读到一件夜晚发生的神秘事件，此事经常在脑海中盘桓。艾德温·韦·蒂尔描述了一件事，这件事荒谬得弹出了奇异事件的世界，进入了由力量和美所全权统辖的惊人国度。

蒂尔的句子很简单："凉凉的秋夜里，急急赶往海洋的鳗鱼，有时候爬上一英里或更远，越过沾满露水的草原，才能到达送它们前往咸水的溪流。"这些是长大了的鳗鱼，银色的鳗鱼，而这些悄悄溜进我的脑际的，乃多年前春天里，漫长地往上回溯时的鳗鱼。身为一英寸长的幼鳗，它们一路蠕动着、拉曳着，由咸海游向美洲和欧洲的海岸河流，总是往上游去，去到"河流和小溪安静的上游地带，到湖泊和池塘里——有时候高至海拔八千英尺"。它们在那儿住上"至少八年"而不繁殖。它们长成熟的那年夏末不再吃东西，身上深深的颜色也消失掉，变成了银色。这时候它们朝向海洋而去。它们顺着小溪到达河流，顺河流而下到海洋，南至北大西洋，在那儿与上亿条北上的幼鳗相遇，擦身而过；它们要回到藻海去，到了此处，在大西洋最深水域里那片浮动的马尾藻间，它们交配，释放出鱼卵，然后死去。鳗鱼的整个故事刚才我只约略地说了一下，这个故事真是极端地铺张，而且可以提供另一种想法，这想法关乎那样狂野、不可解之姿态的意义。然则，在卢卡斯小屋和水坝旁的胡桃树下，我所关切的是感觉。我的思绪是在那片草原上。

想象一个寒冷的夜晚和一片平原，一颗颗露珠由弯弯的叶片上滴落。好吧。草原边上的草开始颤动并摇摆。鳗鱼来了。最大的有五英尺长。全是银色的。它们鱼贯进入草原，在青草和苜蓿之间穿来插去，偏离你的小径。太多了，数都数不清。你只看见一片银色滑动，像是如绳索绞般的水，猛烈落下，一团往单一方向去的动乱和汇流，在草原上滑向小溪。夜晚的银色鳗鱼。眯起眼睛极目望去，依稀可见的一番沸腾，草丛中蠕动着，推挤着的银色鳗鱼洪流。假如看见了那番景象，我还会活着吗？假使我碰巧遇上了，我还会踏出大门一步吗？还有，我会不会突然加入那迫人的鱼潮？会不会不吃不喝，脸色苍白，放弃一切，开始走路？

　　这地方是不是向来如此，而我难道从前不知道吗？这儿有爆裂和飞行，有往空中和往地下的抛丢和扔掷。上帝为什么不让伊甸园里的动物为人命名，我为什么不和肩膀上的蚱蜢搏斗，然后把它按在地上，直到它叫出我的名字？我曾是蓟花绒毛，而现在似乎是草，是蚱蜢和鳗鱼和螳螂的接纳者，是那被风吹动的草以及最后的接纳者。

　　因为那些蚱蜢和蓟花绒毛和鳗鱼上去了之后又下来。假如仔细观看抛耍球的那人那双手，会发现他的手几乎没有动，而是摆在精确的角度，因而那些球似乎是出于自己的意志，在空中划着完美的圆圈。往上的弧度是最难的，但是我们的眼睛都看着那平滑而弯曲的下落。每一只落下的球，后头似乎都拖着美，作为其遗留的意象。那意象在空中落下，越来越淡，几乎要消失了。这时，一看，另一个真正的球又落下了，遗落它那透明的美，然后又是一个……

　　而这一切都快得让人晕眩。我先前看到的金翅雀在灌木丛里睡着了，睡下去的时候，胸部的重量将它脚爪锁在栖木上。黄蜂也睡着了，脚松散地垂着，下颚挤在植物柔软的茎部。个个都抓紧扶手。我们正头朝下脚朝上地转动着。

我是膨胀了的黏土，给吹了上去又放下来。我像亚当般堕下，实在没什么好惊讶的。我下坠、飘浮、弯成弧形、倾泻，并潜入水中。叫人惊讶的是，堕下之时，风吹在脸上，感觉多么地好。另外叫人惊讶的是，我竟然还会往上升。我接纳之时便往上升，像草。

我并不知道，我从来不曾知道，是什么样的神灵下降到我肺中，像老鹰升起般在我心脏旁边扑动着。我名之为充满神奇，极善、声音。我闭上眼睛，看到一截树桩被风卷起，一截巨大的树桩，横过我的幻景，树桩边缘还有宽阔的一大圈根和泥土，像一顶往上抛出的高礼帽。

我心想，假如那些蚱蜢是空中降下的蝗虫，假如我清醒地站立在一大群蝗虫当中，则将如何？我只能希求对方全面地对我采取行动、飞向我、成群结队地停在我身上、探索我、撞击我，甚至咬我。除此之外，更无冀求。手腕上和脖子上的一点点血，是我愿意付出的代价，为求得那咔咔作响的重量施予我双肩的压力，为求得沙漠的味道，耳中的地火——为求能够处身事物最聚集最密实之处，并在这升起又坠下的真实世界当中，心中狂喜且全身心投入。

祭坛之角

I

今晚在采石场有一条蛇同我一起。它躺在采石场深色水坑上方平坦的砂岩岩棚上，为峭壁的暗影所遮蔽。我在三十英尺外，正坐在林中小径的俯瞰处，一眼看到了石头上那团黑黑的涂鸦，那慵懒的蜿蜒曲折只可能是蛇。我凑上前去看个究竟，挤蹭着穿过陡峭岩石上的小树枝，看到那条蛇只有十二三英寸长。以其长度而言，身躯算是粗大的。我再走近些，看到了那错不了的，一圈圈高低起伏的褐色，那些沙漏：铜斑蛇。

我只要出门，甚至在冬天，身上一定带着防蛇咬的救护箱。是一只橡胶外壳的小箱，和猎枪弹匣差不多大小，我直觉地拍拍裤子，牢记其位置。然后我往地上重重地踏了几下，在蛇旁边坐了下来。

年轻的铜斑蛇在石头上纹风不动。虽然它松散地躺在那儿，起初我看到的只是各式斑点形成的保护色图案。我们之间那些杂草上窜来窜去的光点，以及大石头那边，采石场池子里深沉的微光，让那些图案看起来一片模糊。突然之间，其头形出现在那片模糊中：发亮的褐色，三角形，钝如石斧。它的头和前面那四英寸，举在空无一物的空中，高出石头一英寸。我很欣赏那条蛇。它的鳞片簇新发光，又亮又光滑，犹如磨过。其身躯完美，完整且毫无瑕疵。若说它不是就地给创造出来的，或是刚由母亲孵化的，我实在难以相信，因为它的身体是如此毫发无损且干净，如此不留任何痕迹。

它看见我没有？我离它不过四英尺远，坐在砂岩岩棚后面，杂草丛生的峭壁上；蛇在我和采石场池子之间。我举起一臂，向它那个方向挥舞。毫无动静。它那低窄额头的凝视和没有嘴唇的爬虫类傻笑，什么也没透露。我怎么知道它望向哪儿，看到了些什么？我眯起眼睛看它的头，瞪着那对像鸣禽珠子眼睛的眼睛，瞪着那些鳞片，像盾牌，整整齐齐地斜斜地覆盖并重叠着，我试图建构一张不大可能、深不可测的脸。

没错，它知道我在那儿。它的眼睛有种东西，有种异类的警觉……脸上长着鳞片究竟会是什么样的感觉？那好吧，铜斑蛇。我知道你在这儿，你知道我在这儿。这是个重要的夜晚。我让双肘凿入粗糙的石头和干干的泥土，好整以暇地靠在山边，开始那漫长的事情，要静观这条蛇的动静。

这附近唯一的另一种毒蛇是森林响尾蛇（Crotalus horridus horridus）。这些蛇在山里面可长达六英尺，并粗如你的大腿。我从未在荒郊野外看到过，也不知道有多少条曾经看到过我。而我倒是看到铜斑蛇在尘土中晒太阳，消失在岩壁的隙缝里，在黄昏时刻穿过泥土路。当然啦，铜斑蛇没有会响的尾巴，而且，至少以我的经验，它们是不让路的。你得绕过铜斑蛇——假如你看到了它。铜斑蛇不够粗大，也不够毒，不那么容易置成年人类于死地，可是在北美洲，最常咬人的毒蛇无疑就是铜斑蛇；东半部的森林区有那么多蛇，以及人。每次读到有人在做矿坑毒蛇的研究，我都很感兴趣；那组爬虫两栖类动物学家，总是选中我的地盘来做田野调查。我的推论是，我们这儿有毒蛇，就好像非洲有斑马，或是热带地区有兰花——它们是我们的特产，或是存货。因此我尽量张大了眼睛。可是我并不担心：你得住在相当偏僻的地方，才会离医院有一天以上的路程。而且，担心被森林响尾蛇咬个正着，如同担心被陨石击中：人生苦短。无论如何，也许真正给咬到并不痛。

一天我正和米尔德里德·辛克太太谈论蛇，她操作电话交换机。我们隔着一大幅玻璃窗，透过玻璃上的一个圆洞在讲话。她坐在一间比电话亭稍大的黑房间内。我们谈话的时候，她桌上的那些红灯会闪烁。她会望它们一眼，再回来望着我，把她要说的话说完了以后，会意味深长地凝视我，以引起我注意，同时用一只手熟练地找到按钮，按下去。她以这种方式处理了打进来的电话，又告诉了我她的蛇故事。

她小时候住在此地以北的乡村，有个四岁大的弟弟。一个晴朗的夏日，弟弟和母亲正静静地坐在小木屋的大房间里。母亲膝头上摆着正在缝的东西，她低着头专注地缝着。小男孩则在地上玩积木。他说：
"妈，我看到一条蛇。""在哪儿?""在泉水旁边。"那妇人一针针缝着连
衣棉裙的边，用针将布打了褶子，再用手弄平。小男孩用心地搭他的
积木，一会儿这样搭，一会儿那样。过了一会儿，他说："妈，屋里太
黑了，我看不见。"她抬头一看，男孩的腿肿得像身体那么粗。

辛克太太对我用力地点了点头，然后照顾她面前仪器板上那些一
闪一闪的灯。她转了过去；这个电话打进来的人较花时间。我挥挥手，
引起了她注意，她挥了挥手，我便离开了。

面前的铜斑蛇一动也不动，头仍然悬在砂岩石头上方的空中。我
想要用根杂草去拨弄它，但又否决了这个念头。然而我很希望它会
有所行动。马斯顿·贝茨①谈到一位英国生态学家，即查尔斯·艾尔
顿②。他说的一句话，充分展露了他是个道地的英国人："所有的冷血
动物……花上意想不到的那么多时间什么也不做，或至少不做任何特
定的事情。"这正是这一条蛇在做的事。

我注意到它的尾巴。它渐渐收窄到什么也没有。我再从头部开始，
慢慢将眼光滑下其身体：收窄，收窄，收窄，鳞片，小鳞片，空气。
突然之间，铜斑蛇的尾巴似乎是世界上我所见过的最了不得的东西。

---

① 马斯顿·贝茨（Marston Bates，1906—1974），美国动物学家，专注于蚊子与流行病学，著有
《雨林与大海》等。——编注
② 查尔斯·艾尔顿（Charles Elton，1900—1991），英国动物学家、动物生态学家，著有《动物生
态学》，标志着这一学科的诞生。——编注

我希望自己也有哪一部分像那样地收窄。我若是一只有造型的气球，经由一根手指尖吹胀起来，则如何？

这儿有个充满血液、警醒的家伙，一条具有神经的物质绳索，真真实实地在这里而不是那里，千载难逢，柔软而实在地扩散在一块石头上。那是空气由一个点往外扩张，浓稠起来，是生命透过一个针孔大的罅隙，突然之间形成，眼球和血液。其他时候，我每一次看到这块石头，都只不过是采石场池子上方的一块平坦石头；此时它招待并负载了这一块丰盈，这丰盈像嵌入的楔形物般，分割了周围的空气。我由反方向去看它。由尾巴到头部，它像渐强音的线条般散开来，由沉静扩大成一片肿胀；然后在突出的颚部，又开始收紧，渐弱音，直到鼻尖处，线条重又相会在每一个角度顶端，无穷尽的那一点上，而这片空间，再一次，不再是蛇了。

我全神贯注在这奇景上时，有件事发生了，如此之不寻常且出乎意料，我简直不相信自己看到了。事情很是荒谬。

夜色像地面上的雾气一般，由变黑了的采石场池子升起来。我听到一只蚊子在耳中鸣唱，伸手挥开。我正看着铜斑蛇。蚊子落在足踝上，再一次地，我懒懒地将它掸开。令我完全无法相信的是，它停在铜斑蛇身上。它蹲在铜斑蛇背上靠近"脖子"的地方，并低下头去工作。这景象吸引了我。那蚊子我没办法看得很清楚，可是我可以辨认其低下去的头，像钻井一般凿入石头表面直至有水之处。我赶快环顾四周，看看能否找到任何人——任何前去练习射啤酒罐的猎人，任何骑着摩托车的男孩——我好趁着这幅景象还持续着的时候，指给他看。

就我所知，这事持续了足足两三分钟，感觉像是一小时，我可以想象那条蛇，像是被巨型田鳖吸干了的青蛙般，坍塌成一团空皮囊。然而那蛇始终没动，始终丝毫没有表示它意识到了。最后蚊子直起身子，前脚像苍蝇般在头边搓来搓去，然后迟缓地飞向空中，马上失去踪影。我望向蛇；我望向蛇的那边，山坡上凌乱的坑坑洼洼，多年前曾有人在那儿采石；我站起身，掸掸灰，然后走回家。

那时候，以及现在，我都想，是不是像这样：这儿一点点血迹，那儿一个坑疤，而我们仍活着，脚下践踏着草地？是不是所有完整的东西都得给啃咬？我们可借此重新观看世间事物的繁复肌理，亦即人类堕落后的时光里，现下这一刻的实际情节：我们生存者被啃咬，并啃咬他人的方式——并不是高高地发生在天上云端，而是在一块纷扰而美丽的土地上，跌撞出错，满是凹痕和伤疤和毁损。

II

一回到家，我先去书架上找，看看到底有没有可能看到自以为见到了的事情。唯一找到的是一句话，出现在威尔·巴克的书里，即

《北美洲常见昆虫》(*Familiar Insects of North America*)："尖音库蚊 [1] 是用一根小小的钻子来叮咬，此钻可以刺穿许多种类的体表覆盖物——甚至是青蛙那皮革般的表皮，或是蛇身上层层相叠的鳞片。"那好吧，也许我确实看到了。任何事情都可以朝任何方向发生；这世界比我梦想中还要坑坑洼洼。

九月中旬了，在渐渐隐去的光中，可以看到书房窗外，山梅花篱笆的叶片上那参差不齐的洞洞。看得越仔细，越是怀疑灌木丛上是否还有任何一片完整的、没有瑕疵的叶片。我再度出去，一片一片地检查叶子，先是书房外的山梅花，然后院子里的樱桃树。在蓝光中，我看到给抓过和剥裂了的茎，还有叶子，吃了一半的、长了锈斑的、枯萎的、起了浮泡的、钻了甬道的、剪断了的、脏黑的、有凹痕的、膨胀了的、锯了的、钻了孔的，以及弄皱了的。一整个夏天，这世界给吃掉了的时候，我在哪儿呢？

我想起了这个星期看到的另一桩事。在溪边的路上，我碰到一个小男孩，高捧着一只一英尺长的巨型田鳖。这鳖在空中狂乱地张牙舞爪，男孩手臂伸得长长地拿着，手一定酸了，因为他哀愁地问我："你有没有盒子？"而此时我正站着，显而易见地并没有盒子。我夸赞那只田鳖，但男孩很担心。他说："它身上有水蛭。""水蛭？""就是那个嘛，会吸你血的。"哦。我是注意到了那条黑色的水蛭，像滴焦油泪，垂挂

---

[1] 尖音库蚊（Culex pipiens），又称淡色库蚊、家蚊，是脑膜炎、荨麻疹等病毒的载体，在美国传播西尼罗河病毒。

在田鳖厚厚的壳上。男孩指给我看另外一条，几乎有两英寸长，附在前腿下方粗糙的皮肤上。男孩问道："它们会不会弄死它？""它活不活得了？"我所看到的野生龟类，也许不是大部分，但是有许多都身怀水蛭。我要他放心，田鳖一定活得下来。对很多生物而言，让他物寄生也是一种生活方式——假如你称之为生活的话。

我想起了那只狐狸，是公园管理处的巡山员金·帕克告诉我的。那狐狸在山中野地上赤裸裸地四肢摊开，皮肤粉红，站不起来，因疥癣而奄奄一息。我想起自己在听客山的另一边，听客溪上游的洛森家看到的蓝鳃鲈。它一只眼睛被蔓延的白色水霉菌给弄瞎了，那白色布满了半个背，呈薄膜般的瘤块，犹如泡了水的棉胎。它受了伤，也许有个渔夫钩了起来，又扔回水里，也许是洪水将它掷向大石头，而霉菌就从伤口蔓延开来。我想起罗伦·艾斯利[①]描述他在田野里遇见的一位科学家，这科学家欢欣地捧着一个血淋淋的广口瓶，里面蠕动着一码又一码长，某种不可思议的寄生虫，是他刚刚在一只兔子的肚子里找到的。突然之间，脑海中出现了寄生虫的生活——某种令人极不愉快的圣徒言行录。我想起了血吸虫和肝吸虫，它们的寄生周期需要四个之多的活体寄主。卢卡斯草原上，那些在我身边冲来窜去的蚱蜢，其内脏有多少巨大蜷曲的铁线虫幼虫？

我曾经收到过一份礼物，是一本小小的、有图解的门外汉昆虫指

---

① 罗伦·艾斯利（Loren Eiseley，1907—1977），美国人类学家，著有《达尔文的世纪》等。

南。其中那些昆虫，因为各种不同的原因，皆关乎人类文化或经济。当然绝对不会全是寄生虫。然而，那本书读起来就像魔鬼的神学大全。各种昆虫本身包括了棉垫介壳虫、蚕豆象、凿船虫、象鼻虫、球茎蝇、蓟马类昆虫、夜盗虫、臭虫、螺旋蝇幼虫、叶蜂、美绒蛾幼虫、疥螨和长尾的粉疥。有关蟑螂，书上说："它们为数众多的时候，可能也会吃人类的头发、皮肤和指甲。"（皮肤这关键词给掩藏起来了。）那些彩色的图片显示长了肿疮的牛和产了蝇卵的伤口，受到虫害的树木和枯萎的玉米，被吞食了的扁虱和长了脓包的猪，眼睛灌脓的野猪和长满了虫的羊鼻孔。

在另一本书里，我了解到世界上所有的物种，有十分之一是寄生昆虫。真是难以置信。设想你是个发明家，发明的东西里面有十分之一是寄生昆虫。设想你是个发明家，发明的东西里面有十分之一要靠骚扰、损害或完全毁灭其他那百分之九十的东西才能发挥功用，那会怎样呢？大家对这些东西还不够清楚。

譬如说，几乎每一种物种都有一种虱子去配合。虱子除了吸血，还会吃头发、羽毛、蛾身上干了的疮疤和其他的虱子。替鸟脚绑上环志的人报道说，野鸟普遍受到虱子骚扰，各有各专属的虱子。鸣禽鸟经常蹲在蚁丘附近的尘土中，往身上洒一堆活的蚂蚁；一般认为蚂蚁的蚁酸不利于虱子的生存。"每一种类的海鸦都各有一种虱子，所有查验过的个体身上都找到过。"欧洲布谷鸟是三种虱子的唯一寄主，有光泽的朱鹭是五种虱子的寄主，每一种虱子专门吃寄主身体的一部分。

虱子住在鸟类羽毛的翎管里、疣猪的猪鬃里、南极海豹的前鳍里和塘鹅的喉囊里。

跳蚤几乎和虱子一般广为分布，但是在寄主的选择上则宽容得多。有趣的是，未成熟的跳蚤几乎完全以其父母和其他成虫的粪便为食物，而成熟的跳蚤以吸噬血液为生。

双翼的寄生昆虫，像是苍蝇和蚊子，为数众多。就是这些东西致使河马住在泥浆里，使疯狂的美洲驯鹿践踏幼鹿。一九二三年，两万头家畜死于欧洲，死因是一群群集在多瑙河畔的黑色小苍蝇。有些寄生蝇住在马、斑马和大象的胃里，另一些住在青蛙的鼻孔和眼睛里。有些以蚯蚓、蜗牛和蛞蝓为食，另一些攻击并刺穿已经吸饱窃来之血液的蚊虫。还有一些专吃精致伙食，如蚂蚁脑、鸣禽类雏鸟的血液，或是草蜻蛉和蝴蝶翅膀上的液体。

昆虫的生活与其寄生虫非常紧密地缠绕在一起。常有的情况是，寄生虫的幼虫在任何一个时期，具任何程度的意识，皆会活生生噬吃那只昆虫。尤其是寄生的膜翅类昆虫——为了简便，我将称之为黄蜂——特别擅长这方面的行为。有些种类的黄蜂是极为"上道"的寄生虫，雌蜂甚至会在另一种昆虫卵上面产卵，并在那些昆虫卵上面刻一个像数字八的记号，其他的黄蜂就会避免在那些做了记号、已经有了寄生虫的卵内产卵。寄生的黄蜂，其种类超过十万，因而，虽然许多种类的生命史我们已经知道，但仍有许多是很神秘的。英国昆虫学家 R·R·艾斯丘（R.R. Askew）说："这片领域宽广开阔，前景美好。"这片领域可能是宽广开阔的，但是——虽然我最喜欢的昆虫学家大部分都沉迷在这些生物当中——前景实在谈不上美好，至少对我而言是如此。

想一想艾德温·韦·蒂尔的这则故事。他拿了一条即将成蛹的大桦斑蝶进屋内去拍摄。那条淡绿色的毛毛虫头朝下挂在树叶上，呈字母 J 的形状；大桦斑蝶自古以来便是这种姿态。

"那一整晚它都维持原状。第二天早上八点钟，我注意到'J'的弯曲部分变得较平。然后，突然之间，就好像内部的一根绳索给割断了，幼虫变直，软趴趴地垂着。皮肤松垮而且有肿块。这些内部的肿块一面推挤并移动，幼虫也一面起伏震荡。早上九点三十分，六条白色、身躯肥胖的幼虫，其中第一条穿过毛毛虫的皮肤而出现了。每一条都大约八分之三英寸长。"此乃寄生黄蜂的杰作。

有一种寄生黄蜂，在任何雌性螳螂身上移走，走到哪里，就吃到哪里。螳螂产卵的时候，黄蜂也产卵，在那堆满是泡沫的卵鞘尚未变硬之前，产在里面，因此孵化得早的黄蜂幼虫在卵鞘内出现，噬吃正在发育的螳螂卵。其他的则吃蟑螂卵、扁虱、螨类和家蝇。有很多会去寻找蝴蝶和蛾的幼虫，并产卵其上。有时候它们将这些产有卵的，麻痹了的活毛虫，储藏在地底的洞穴里，它们在此保持"新鲜"，可长达九个月之久。艾斯丘显然是个非常机警的人，他说："一条大白蝶幼虫干瘪了的尸体底下，那一团寄生小茧蜂的黄色虫茧，是幅熟悉的景象。"

寄生黄蜂多到了一些寄生黄蜂身上还有寄生黄蜂。一位大吃一惊的昆虫学家在检视素食的橡树瘿蜂弄出来的虫瘿时，发现了第五度的寄生虫。意思是，他找到了一只橡树瘿蜂的尸体，内有寄生黄蜂，这只体内也有一只黄蜂，黄蜂体内还有一只，这只体内另有一只，其内又有一只，假如我数得没错的话。

其他目的昆虫也包含了吸引人的寄生虫。真正的小虫里面有臭虫，这种昆虫寄生在几十种蝙蝠身上，还有一些虫寄生在臭虫身上。寄生甲虫在幼虫时期掠食其他昆虫，成虫则掠食蜜蜂和袋鼠。有一种眼盲的甲虫靠海狸为生。圆锥鼻虫，或是接吻虫专咬睡眠者的嘴唇，吸取血液，并注入一种让人难以忍受的毒素。

有一目昆虫完全由一种无论单独或集体皆称之为捻翅虫的寄生虫所组成。这种虫很有趣，因为其形状和效用都很怪诞。捻翅虫寄生在各类其他昆虫身上，像叶类蚱蜢、蚂蚁、蜜蜂和黄蜂。雌虫一生都居住在寄主体内，只有其豆子形状的顶端突出来。它是无形无状的一团东西，翅膀、腿、眼睛或触角都没有，萎缩了的口部和肛门都又小又退化，且毫无功能。它用腹部的皮肤来吸收食物——即其寄主，其腹部"鼓胀、白色，且柔软"。

捻翅虫的性生活也同样地退化。雌虫在萎缩了的口部附近有一个宽广、原始的洞，叫作"繁殖管"，完全暴露在空气中。雄虫将其精液射入繁殖管内，精液便由此流入它那毫无章法的身体里，与自由飘浮在那儿的卵结合，孵化了的幼虫自己找到繁殖管，由那儿通往"外面的世界"。

那些让捻翅虫噬食的倒霉昆虫，虽然它们也有正常的生命期，却经常历经难以理解的变化。雄性和雌性的生殖腺给"毁"了，因此它们不但丧失了第二性征，而且还出现了异性的第二性征。这尤其会发生在蜜蜂身上，其两性之间的差异十分显著。艾斯丘说："一只体内有捻翅虫寄生的昆虫，有时候会让人形容为阴阳兼具。"

最后，在结束这项寄生昆虫旋风式的调查时，我很惊讶地发现，还有一些寄生蛾类。有一种蛾的幼虫经常出现在非洲有蹄动物的"角"内。一种有翅膀的成虫蛾住在三趾树懒毛皮上毛发之间的皮肤分泌物上。另一种在东南亚的成虫蛾吸食哺乳动物的血液。末了，还有那许多目蛾，是种有翅膀的成虫，在饲养的牛只张开的眼睛四周觅食，吸取血液、脓和眼泪。

让我复述，这些寄生昆虫占据所有已知动物物种的十分之一。这是什么意思呢？有关我们的婴孩在这世界上的同伴，我们无疑是给予了错误的观念。泰迪熊身上应该有小小的填充假熊虱，所有出售的婴儿围兜和咔啦咔啦作响的玩具，皆应饰以五彩的绿头苍蝇、蛆和螺旋蝇幼虫。我们付出什么样的魔鬼税？世界上非昆虫类的物种，其中有百分之多少是寄生虫呢？把细菌和滤过性病毒也算进去的话，我们居住的这个世界上，可不可能其中一半的生物都在逃避——或受创于——另一半。

造物者绝非清教徒。任何生命皆毋需为生计而工作；可以光是窃取、吸食并就此得到庇佑，分享阳光和空气，并且分到很大一份。有某种东西，让这些爬行的、半透明的虱子和白白的、身躯肥胖的幼虫深深缺乏丰沛的特质，但是有位造物者却有种几近疯狂的丰沛特质，这位造物者将它们造出来，一个接着一个，并让它们到处嗡嗡叫着、潜伏着，飞来飞去、游来游去。这些寄生虫是我们生命的伙伴，幽暗地，深不可测地，慢慢地进入其活生生的寄主那柔嫩的组织里。它们如同我们一般，只不过是要寻找食物，寻找生长和繁衍的能量，才能在这星球上飞行或爬行，为繁复的结构添加更多形状，为宇宙的舞蹈添加更多的生命。

寄生。这份痒、这份肺里的气喘、这份内脏里盘成一圈圈的虫、肌腱里正孵着的卵、牛皮底下的幼虫——那是一种租金，由所有现在和我们一同住在这真实世界里的生物来支付。那是一种强行索取的租金。为了一尝空气的滋味，你难道不愿意，你难道不要付出喉头上和手腕上的一点点血吗？去问那只巨鳌。没错，对某些生物来说，是种缓慢的死亡；对另一些生物而言，像是体内有捻翅虫寄生的蜜蜂，则是种奇异的、变了形的生活。对于大部分的西方人类而言，直截了当地就是这儿一下，那儿一下针戳，或是凹凸不平的痒，来自一个我们从小就知道可以捏挤的世界，没什么好惊讶的。或者那会是疾病的黑暗萌芽，是阴湿的受洗池沼，我们许许多多次，被迫因盲目的机运而浸身其中，直到横竖是一死为止。咔嚓。那是世界的肉身上面的荆棘，如果我们需要表征的话，那又是一个，显示这世界到处都给穿了孔，透透彻彻地，十分实际，而且周边镶了时间那长了锯齿的条件，以及死亡那神秘且盘成一圈圈的弹簧。

根本就是公然的掠食者，这我了解。我乃其中之一。不容否认，掠食者的壮举可以和那些很不可爱的寄生虫之壮举一般可憎：谷仓蜘蛛缠裹并吸啜那些给诱捕了的蜂鸟，猩猩偶尔杀死并吃掉猴子。假如我吃起东西来像纤柔的瓢虫一般，那么我在九天之内就会遍扫孤儿乐园①内的所有人口。然而，任何掠食者最最霸道的潜伏和进攻，比起那几不可见的植入之卵，静静地孵出来，其邪恶差之远矣。碰到掠食者，至少你还有机会。

今年夏天，有一晚我去找寻麝香鼠，在溪面最宽处那座长长的行人桥上等待着。麝香鼠没来，但是桥上扶手的下面那条横木上所结的蜘蛛网，倒是发生了一件小事情。我一面看着，一面有只小小的淡绿色昆虫迎头飞进了蜘蛛网。它猛力抖动，招惹蜘蛛去攻击。然而那只脆弱的昆虫还不及蜘蛛肚腹的五分之一大，在一阵慌忙中挣脱了那些

---

① 孤儿乐园（Boys Town），电影《孤儿乐园》(1938) 里由腓纳根神父所设立的失足孤儿救济所。——编注

黏黏的丝缕，要命的一跌，跌到一英尺下那硬硬的桥面上，站起身，抖了抖身子，然后飞走。当时的感觉，一如得了叶性肺炎后康复中的感觉，觉得体内塞满了盘尼西林，然后往外走几步路：机运万岁。

最近我一直在列一张非正式的清单，列出那些逃掉了的，是我在各种混乱情境中见到的生物。以蜘蛛为首。过去我常在夏天看到盲蜘蛛，也就是长脚蜘蛛，而且养成了一种毫无意义的习惯，老要数它们有几只脚。不消多少时间，我就发现，我所遇到的成年蜘蛛，不管体形的大小，几乎没有一只还以八条圆柱着地的。大部分是七只脚，有些是六只。就算在屋子里，我也注意到，那些较大的蜘蛛，总有少掉一两只脚的倾向。

接着，去年九月，我在艳阳下穿过一条碎石子小径，差点踩到一只蚱蜢。我用一根树枝去戳它的腿，好看它跳，可是它不跳。于是我手膝着地，低低伏在地面，一看，可不是，它肿胀的产卵管陷入了碎石子。它的脉搏微弱地跳动着——动作远不如产卵中的螳螂那么紧绷——而且右边的触角接近底部的地方裂开了。它可是见过世面的。在卢卡斯草原上，我也曾想到过它，那草原上有好多蚱蜢在身边跳来跳去。其中一只很显著地缺了一条粗大的像弹簧般的后腿——只能在草丛中冲刺了。它来来去去，行动似乎相当顺当，当然啦，我并不知道它想往哪儿去。

大自然似乎抓住了你的尾巴。我想起所有看到过的后翼给撕裂了的蝴蝶，翼上有鸟喙啄过的锯齿痕。有四五只虎凤蝶少了一条尾巴，另有一只豹纹蝶的后翼残缺了三分之二。占据我清单一大部分的鸟儿，同样地，似乎也总是从后面给抓住，除了昨天才刚看到的千鸟，脚趾全部不见了，纤细的足胫末端是个平滑、灰溜溜的瘤状物。有一次我看到一只燕尾麻雀，定睛一看才发现，原来这只麻雀的尾巴中间那一撮羽毛都给扯下来了。我还看到过完全没有尾巴的麻雀、没有尾巴的知更鸟，以及没有尾巴的鹩哥。然后，我这份不公开的清单末尾是一只截了尾的松鼠，还有一只小麝香鼠，尾巴上靠近脊椎之处有个相当大的缺口。

专家的证词亦证明了同样的观点：外面的世界十分险恶。杰拉尔德·德雷尔 ① 支持将动物关在管理完善的动物园笼子里，他说他在荒野所收集到的动物，要不就是长满了寄生虫，或是受了各种伤正在恢复当中，要不就是两者情形兼有之。霍华德·恩塞因·埃文斯发现他那一带的蝴蝶，如我所见，皆体肤伤残。一位弗吉尼亚州西南部的博物学家，在一八九六年四月份的日记中记载说："丧服红蛱蝶很多，然皆损伤，乃历经冬季之故。"捕蝶人难以觅到毫无瑕疵的蝴蝶。鲸学家拍摄活鲸鱼伤痕累累的表皮，上面有狭长如我身高的伤口，还有山丘起伏般庞大的甲壳动物，称之为鲸蚤。

最后是保罗·赛普尔 ②，他是个南极探险家兼科学家，专门描写食蟹的海豹，这些海豹住在陆块外围的积冰上。他说："很少看到一只光滑的银色成年食蟹海豹身体两侧不带丑陋的伤痕——或是两英尺长的

---

① 杰拉尔德·德雷尔（Gerald Durrell，1925—1975），英国自然学家，创立了德雷尔野生动物保护基金，以及泽西岛动物园。——编注
② 保罗·赛普尔（Paul Siple，1908—1968），美国南极探险家、地理学家。——编注

平行割痕，这些是它设法从杀人鲸口中扭动着逃出来时所受的伤。"

我心里想着那些食蟹海豹和杀人鲸一排排牙齿的嘴巴，那些牙齿，据赛普尔说，"像香蕉那么大"。它们是如何逃脱的？怎么会是不只一两只逃脱，而是大部分的都逃脱了？当然，任何让猎物数目锐减的掠食者都会挨饿，正如弄死了寄主物种的寄生虫亦如是。掠食者和猎物的攻击和防卫（多产也是一种防卫），通常都以某种方式进行，好让双方的数目保持平衡，也就是中间很稳定，边缘给擦破和啮咬，就像啃过的苹果仍然保有其种子。健康的美洲驯鹿可以跑得比一群狼还快，狼群捡那生病的、年迈的和受了伤的，这些鹿落在鹿群之后游荡。这一切自不待言。可是有时候我们极为惊讶地发现，在机运那座非常狭窄的桥上，一些最"有效率"的掠食者是如何在运作的。狼确实会饿死在猎物丰盛的山谷里。一只杀人鲸一生可以错过多少只食蟹海豹？

无论如何，我还是回到"平滑银色"之食蟹海豹这幅画上来，这些是科学家在南极积冰上画下的海豹，身上一而再、再而三地带有那些无法想象的利齿所弄出来的长长割痕。无论你从哪一个方向去看它，鲸鱼的或是蟹豹的观点也好，蚊子或铜斑蛇或青蛙或蜻蜓或鲦鱼或轮虫的观点也好，都是若不咔嚓一口，就得挨饿。

Ⅲ

若不咔嚓一口，就得挨饿。今晚，我先前拿进来一把被啃咬过的山梅花和樱桃树的叶子，这些叶子现在在这张书桌上展了开来，疲软且蓝蓝的。它们没能逃脱，然而其时限反正也差不多到了。在外头，每一片叶子的茎部周围已经有一圈软木般的组织，正在变厚，将叶子一片一片地扼死。一层带有沙砾的无色灰尘，结成块状粘在各种瓜类上，而内部的虫子，食那鲜丽、甜美的瓜肉而肥壮。这世界满是化脓的伤口。美好、完整的果实在哪儿？这世界"实在既无欢乐、又无爱，无光——无以确知，无和平，无可解愁"。我突然想，我到过那儿，看过，做过；这世界很老，是个饥饿的老人，疲惫且毁败至无以修复之地步。我是否走了太多的路，未老先衰？在原本该长出一片森林的地方，却是一池恶臭之水塘，我看见水塘上方的石头祭台上，铜斑蛇崭新地闪闪发光。我看见瘤状脚的千鸟，体肤伤残的蝴蝶和鸟，身上结彩般挂了黑色水蛭的巨螯。还有那些造成伤口的苍蝇，找着了伤口的苍蝇，以及一个饥饿的世界，不肯等待我体体面面地死去。

休斯顿·史密斯[①]说："大自然里面，重点在于实际是什么样，而非应当是什么样。"我每天都以一种新的方式学习这一课。今晚我想到，就某种意义而言，这个世界上，一定只有那刚生出来的才完整无缺，我们这些已经成年了的，当会多多少少给啃咬过，且必然如此。这是意料中的事。除非发生意外，身体上的完整不是我们所拥有的；它本身就是一桩意外，一桩生命初期的意外，如同婴儿颅内的囟门，

---

① 休斯顿·史密斯（Houston Smith, 1919— ），美国宗教学家，出生于苏州，在中国生活到十七岁，后赴美求学，著有《世界宗教》等。——编注

或是刚孵化之生命，身上的卵齿。那些五英尺长的银色鳗鱼，成年后在夜里穿过草原以迁徙，是否身上也为苍鹭之喙所弄伤，为鲈鱼之利牙所撕剥？我想到在岸上看到的美丽鲨鱼，让射满阳光的波浪高高托起。那些鲨鱼身上是否也割出伤痕，厚皮上是否也有小虱，心脏里住着虫子？那只由屋顶上往下冲的反舌鸟，收拢了双翅，其充满浮力的翎管里，是否带了一群吸噬的虱子？我们与生俱来的权利和承袭之遗产，是否如雅各据以立一国之命的牛群一般，"有纹的，有点的，有斑的"①，但并非悲悯那闪闪发光的记号，犹如降自永恒的美，而是时间那沾满污迹的攻击和开采？爱丁顿说："我们全都是钟，面上显示年岁之流逝。"年轻人自豪地以恋人为其伤疤命名；老人独自在镜前，用眼睛拭去其伤疤，见到完整的自我。

　　书桌上方的窗外，传来嗞啦嗞啦的声音，是知了百无聊赖地吹着号角。假如我被一颗陨石击中，我想我可能会称之为盲目的机运，并诅咒着死去。可是我们这些活生生的生物彼此互啖，而对方从未伤害过我们。我们全部一同身处这个广口瓶中，扑杀任何移动之物。假如那肺炎球菌更致命地繁殖，假如它将我另一个肺也侵占了，依照上天创造它的意思生存并繁衍，那么我便送了自己这条命，而我命终前的可笑工作便会是一只复活节彩蛋，一只绘有海狸和鹿的彩蛋，这只蛋，甚至当我在绘制时，当那些生物在肺里萌生时，其实就已经孵化了。

---

① 出自《圣经·创世记》第三十章第三十九节。

真是荒谬。吗哪①到哪儿去了？何以万物不吃吗哪？吗哪溶解在什么样的稀薄空气中，致使我们侵犯自由来去、活着的生物，亦即彼此？

正如爱斯基摩巫师所说："生命中最危险之事，在于人的食物完完全全由灵魂所组成。"他这话说给谁听？是那个将肺结核传染给他的无害之人？还是那个用焦油纸和糖向他换取狼皮和海豹的人？不知道家人和朋友害我被寄生虫和掠食者咬了多少口；不知道这种相对孤寂的奢华，准许我享用多久。在此处这些大石头上，众人并非故意要扭打、要互击和饿死和背叛，然而虽然心存普天下之善意，我们就是会这样，没有其他的方法。我们要这样，我们让彼此的那层皮苦不堪言，尽余生咀嚼那苦涩的皮。

可是看见那被水蛭吸附了的巨鳖和撕裂了的飞禽，还有另外的意义。我想到那绿色的昆虫抖落翅膀上的蜘蛛网，还有身带鲸鱼伤痕的食蟹海豹，它们要求某种尊重。我要能够正正当当地谈论这一切，唯一的方法就是把你当做生还的同胞，直接而坦诚地对你们说话。我们身处此地，这是完全毋庸置疑的。从永恒的观点看去，从窄窄的嗉囊下面那变黑了的内脏里看去，这一切可能都会不一样；然而现在，虽然我们听见耳中的嗡嗡叫声，足踝处口颚的撞击，我们位处生存者金光闪耀的优势，可以环顾四周，因我们乃是那些被啃咬了却未有毁损者。此处也许不是最干净、最新的地方，但是在此处任何一端，那拱

---

① 吗哪（manna），古时候上天赐予以色列人的粮食。

圆、干净且永恒的地方根本不存在。"你们的祖宗在旷野吃过吗哪，还是死了。"① 没有比基督这句话更令人心寒、振奋的了。

阿拉斯加的爱斯基摩人相信有很多灵魂。每一个个别的灵魂有一连串的来世，一而再，再而三地回到人间，但是绝少投生为人。"既然它绝少以人身出现，我们能以此身来到这儿，又有人类的伴侣，乃一大恩典；那些伴侣在这一世当中，亦获恩典，因此该当受到深深的敬重。"以此身来到这儿，我喜爱这些小小的事实，那百分之十，那些真实且有脚的蛙虫，覆有外皮，隐秘的幼虫，引起肿泡的甲虫、血吸虫和小虱。但是要堆叠事实有很多种方法，而且很容易就忽略了某种事。"实际的情况，"梵高说，"实际的情况是，在真实生活中，我们是画家，要紧的是用尽力气去呼吸。"

所以我呼吸。我在书桌上方那扇开了的窗户边呼吸，一阵带了水气的香味，由正在生长的山梅花上那些啮咬过的叶片向我袭来。这空气，错综复杂，犹如穿过树木林立之山脊，射进厨房窗户的光线；这甜美的空气，是多叶的肺的气息，比我的更加腐朽的肺；这空气在许多牙齿中筛漏而过。我必须喜爱这些褴褛碎片。而且我必须承认，想到这座老院子独自在黑暗中呼吸，我的思绪便飘向了另一件事。

说真心话，我不能说这世界已经老了，因为我曾见过它崭新的样子。从另一方面来说，这片真心亦不容许我突然之间唤起那崭新和美的经验，认为就是那样，而挥去所有的知识。但是我现在正想着那株

---

① 出自《圣经·约翰福音》第六章第四十九节。

里面有光的树，我在溪边的院子里看到的，那株变了样的西洋杉。

　　这个世界又老又斑驳，此事不足为奇；但是这世界居然可以变得斩钉截铁地又新又完整，则令人称奇；过去是这样，现在仍是这样，以至于我往后的各种知识，竟都回归到这件事上。我突然想知道：我看到的西洋杉树枝真的都因虫瘿而肿胀吗？很可能；几乎可以确定。在那之前和之后，我都看到过那些"西洋杉苹果"，由那棵西洋杉的绿枝上肿起来：红灰色、发臭、不怀好意的。好吧。可是知识不能征服神秘，也不能令其遥远的光昏昧。我现在仍会魂游那天发生的事，明天也将如此，只要某种新之又新的精神由天空呼啸而下，将我击倒，并亮起那些光。我像空气般站在草地上，空气像闪电般在我血液中奔驰，让我的骨骼浮起，在我牙齿中泅游。我到过那儿，看到过，给击垮过。我知道那棵西洋杉怎么了，我看到那棵西洋杉的细胞充满电流在脉动，犹如翅膀扑动着赞美。若是将帽子里的东西都取出来，并说神秘征服了知识，那未免太简单了。即使那棵西洋杉因虫瘿而化脓，也不会让我对精神世界的看法有一丁点的改变，然而那些虫瘿确实关系到我对这个世界的了解。那么我能不能说腐朽乃美的一个深蓝色斑点，说这世界给撕剥和啃咬的缘边是犹太人的祈祷袍，是件祈祷时穿的披肩，是件繁复的美的衣裳？这种说法很诱人，但是我实在无法这么说。然而，我可以确定腐朽并不是美的心脏。我想我可以将那幅西洋杉的异象和那些虫子的挖凿，称之为一双峡湾，切入奥秘的花岗岩崖壁，并说那新的，无论多么隐秘，总是和旧的同时存在。那棵发光的树不会熄去，那光会照向一个旧的世界，时而黯淡，时而光亮。

我是堕落世界里被撕剥啃咬后的生还者，而且我年岁渐长。我正老去并给噬吃，同时也噬吃了我该吃的那一份。我并非清洗过而美丽的，并非掌控了一个凡事合宜的闪亮世界，而是在一个我后来才开始关爱，且支离破碎的残骸上，心存敬畏地漫游。残骸上给啃咬了的树木吐出一种细致的气息，其血淋淋且结了疤的生物，是我最亲爱的友伴；在那些被风吹开的云底下，在上游和下游，其美丽并不是因为不完美而悸动并发光，而是即便不完美，却仍然迫人地悸动并发光。西蒙娜·韦伊①简单明白地说："让我们爱底下这个国度。它是真实的，它提供对爱的抗拒。"

我是个牺牲，用绳子绑在这个世界石头祭坛的尖角上，等待虫子。我深深吸一口气睁开眼睛。放眼望去，我看见祭坛的尖角内有虫子，就像琥珀里的活蛆，而石头里有虫子的壳，还有蛾在我面前扑动。乌有之处刮起了风。真实感让我狂喜，绳子松了，我踏上路途。

---

① 西蒙娜·韦伊（Simone Weil，1909—1943），法国哲学家、宗教思想家、社会活动家，曾参加西班牙反法西斯运动、法国抵抗运动，著有《扎根：人类责任宣言》。——编注

北行

I

　　九月里，鸟皆安静。它们在山谷里换毛，反舌鸟在云杉上，麻雀在山梅花上，鸽子在溪边的西洋杉上。凡行经之处，地上皆散落了换掉的羽毛，长长的、五彩的大羽毛和没有羽轴的白羽绒。一整个月我都捡拾这没有重量的作物，放在口袋里，并将羽毛一根一根地插在墙上的一面镜框上。它们都还在那儿；我照着镜子，仿佛戴了一顶很正式的帽子，但里外弄反了。

　　到了十月，大大的躁动来临了，也就是鸟儿迁徙之前的躁动。一段漫长的、不合节气的热天之后，有一天，日子突然在寒冷中破晓了。鸟儿很兴奋，整日结结巴巴唱着新歌。花雀本来一整个夏天都躲在山上枝叶茂密的树荫里，现栖息在屋檐的排水槽上；山雀在刺槐上举行秘密集会，而一只麻雀举止怪异，像蜂鸟般在路旁一株秋麒麟草上方几寸之处盘旋着。

　　我在窗边观看，在溪边观看。一阵新的风吹起了手臂上的汗毛。

冷冷的光在超大的、疾行而过的云霄之间乍隐乍现；一片片的蓝色，像一群零乱且变化无常的鸟，调换位置并伸展开来，扑动着，由天空的这头奔向另一头。虽然有风，空气却是潮湿的；面孔四周闻得到沃土那浓烈的水汽，令我再度感到疑惑，为何那么些死亡并没有使气味更难闻——那么多腐烂了的叶子，下面那层已是黑色的糊团，捆了白色网状的霉，还有成千上万死去了的夏天昆虫。风变强时，一种更奇怪、更微妙的气味，由群山外泄露出来，是种令人不安的香气，乃湿湿的树皮、盐沼和泥田的气味。

溪水仍因那一阵热天而温暖。水上漂着餐盘那么大的鹅掌楸树叶，还有沉了下去的鹅掌楸树叶，皆往下游流去，消失在视线之外。我看着树叶落在水面上，先是掉在流动水面上的，然后是静止的水。其差别犹如前往康沃尔（Cornwall），又前往科孚（Corfu）。可是那些风和闪烁不定的光和松鸦疯狂的叫声，搅动了我的心。我在许愿：再冷些，比这更冷，比什么都冷，让年头往前赶去！

前一天，在淡漠冷静中，群蚁参与了迁徙，发着光，在前门，在后门，马路上前前后后都是。我尝试引诱它们落在我举起的手臂上，结果是白费力气。现在我突然在小溪水流较缓之处，看到正在迁徙的金翅雀，成群结队，在芦苇上方，从一棵柳树扑向另一棵柳树。它们在突如其来的一阵吹弹间，飞升然后停定，慢慢地散开来，像一张毯子抖落在床上，直到一阵冲动再度将它们抛起，二十或三十只像浪花般齐飞；它们斜斜展着翅膀，往前冲去，收拢翅膀，然后纷纷落下。

我追随那些金翅雀往下游去，直到身旁的溪岸高矗成一面峭壁，挡去了杨柳上和溪水上的光。比峭壁更高的地方挺立着亚当的林子，而峭壁内窝了几百条这个地区的铜斑蛇——这不但是根据当地人的观察，而且还加上县立农业代理办的证词。今年十月的躁动尤甚于任何四月或五月里的躁动。春天里，想要游荡的念头，有部分是由一种无以名之的烦躁所构成，且因长久不活动而生出；到了秋天，那份冲动较为纯粹，较难理解，也较为紧迫。我突然觉得，可以来点惊险，所以就蓦然将小溪交给了溪岸，爬上峭壁，我想往高处去，而且想看那片林子。

林子如鸟儿般躁动。

我站在鹅掌楸和梣树下，还有枫树、酸菜木、黄樟、刺槐、梓属类树木，以及橡树。我让眼光散漫并飘移，将所有非垂直移动的东西都过滤掉，便光看见了空中的树叶——或者应该说，因为我的心也飘移不定，便光看见了一片片黄色的垂直行迹，飘落着，不知从何而来，往何处去。一条条神秘的颜色，静静地在四周展开，又远又近。有些薄片状的颜色狂暴地往下坠，它们在一连串幅度渐弱的摆荡中左右扭动着，仿佛恣意地用各种能够掌控的翻覆和滑行绝招，来对抗其坠落。其他的则转着紧密的、自杀的圈子，直直落下。

鹅掌楸将叶子投掷在我的小径上，叶子扁而亮，像达布伦金币①。我行经一株糖槭树下，为那份高贵的不自觉所震慑：就好像一个身上

———————————————————

① 达布伦金币（doubloon），昔日西班牙金币。

着火的人，还继续镇定地啜着茶。

在林子最深处，有一丛羊齿植物。我正读到唐纳德·卡尔罗斯·皮蒂[1]的书，里面说，所谓的羊齿植物"种子"，昔日大家认为会赋予携带者隐形的能力，而成吉思汗的戒指里便戴了这么一粒种子，"因此能解鸟语"。假如我是隐形人，我能不能够很细小，以便随风而起，让身子散开成一面帆，像一片拱圆的叶子，吹向任何地方？蘑菇从森林的霉中迸出来，有各种正在冒出和开展阶段的鹅膏菌，一些大的褐色蘑菇，又圆又平滑，像一条条面包，一些我从未注意到的怪异紫色菇，呈骨螺的紫色，一种深海、水压很大的颜色，仿佛长满树木和大石的土地，将所有其他的颜色都挤压并滤出。

一只松鼠突然出现，转过头来看着我，然后开始吃蘑菇。松鼠和箱龟对蘑菇的毒性免疫，所以假如以为松鼠所吃的人都能吃，是很危险的。这只松鼠从底部将啃过的菌顶摘下，衔在嘴里，奔上了橡树干。我移动身子，它便摆出卷起尾巴的威胁姿态。我无法想象这套例行公事能够吓阻，甚至延缓什么样的掠食者。还是它把我也当成一只雄鼠？很明显的，像猫一样，它似乎总是摆出一副夸张的样子。其实它假如静止不动，不让我看到它尾巴倒还可能骗倒了我。它将身体摊平在树干上，将自己伸展成一个巨大的长方形状。它用了某种伎俩，让脚几乎不突出四个角外，就像一只飞鼠，然后它身体生出一个波

---

[1] 唐纳德·卡尔罗斯·皮蒂（Donald Culross Peattie，1898—1964），美国植物学家、作家，著有《西部树木的自然史》等。——编注

浪，直滚向那低低抵在树干上的尾巴，同样的波浪轻弹，一而再，再而三地，而且它始终定定地盯住我。接着，因更加畏惧——还是壮了胆？——它跑上一根枝干，嘴里仍衔着菌顶。然后，它紧紧伏在树干上，对准了实实在在的目标，蜷曲起来。它高高耸起了尾巴，激烈地甩动着，并不断发出噼啪声，就好像尾端粘了一块黏黏的胶带。

我离开那只松鼠，让它安稳地贮藏蘑菇，却几乎踩到另一只松鼠，正啃咬它尾巴的底部，体侧，并用后爪搔肩膀。一只花栗鼠正以一贯大祸临头的姿态四处疾驰。一看到我，便站定了研究起来，前脚紧紧地收在胸前，所以只见其脚爪，看起来就像个有所求的人，谦卑地拿着帽子。

林子里窸窸窣窣一片忙。灯蛾幼虫，也就是北美橙色灯蛾那些橙黑相间的幼虫正在活动。它们从各个方向穿过我的小径；它们会爬过我的脚，我的手指，紧迫地寻找庇护。假如臭鼬找到了一条，它会把它在地上滚来滚去，很灵巧地将长长的毛扫掉了才吃。那天竹节虫似乎也都出来炫耀；我起码看见五六只，或是同一条看见了五六次，都老想搭我裤管的便车。一位昆虫学家说，竹节虫，还有大桦斑蝶能够装死——虽然我不知道你要如何判定竹节虫是在装死，还是假装细枝。无论如何，雌竹节虫对于产卵是绝对随意的，"它刚好在哪儿，就让卵在哪儿"滴漏出来，"它们无论愿不愿意，都掉出来"——我猜想这可能意味着，我和我的裤管都突然惹上了竹节虫的那档子事儿。

我听到身旁的灌木丛中有阵嘈杂，某种动物走近来的窸窣声。听起来仿佛那只动物大小差不多像山猫、小的熊，或条大蛇。骚动停止又开始，越来越靠近。结果，引起这阵吵闹的，当然是，一只唧鹀。

这种鲜艳的鸟——黑背、白色的尾部条纹、白色胸部两侧有红褐色斑块——我看到的愈多，就愈喜欢它们。它们一点儿也不害羞。到处都有，树顶和地上。其鸣唱让我想起孩童在邻里呼朋引友的叫喊声——咿噢克咿——结尾有声直捣人心的鸣啭，特别让人感到亲切。唧鹀脸皮够厚，又好意思简单明了地啾啾鸣叫。就我所知，没有其他鸟降低身份，发出不折不扣的啾啾叫声。

那只唧鹀始终没看到我。它穿过小径，一路踢踢踏踏回到林子里去，像推土机般在落叶堆里割出一道痕迹，而空中泥块四散。

树皮在掌中清清凉凉的。我看见一只啄木鸟用头颅撞松树，还有一只大螽斯死在石头上。

我可以去。我可以就那样切过小径，一步一步地上路，可以去巴罗角（Point Barrow），麦金利山（Mount McKinley）、哈得逊湾。夏天的外套已经收起来了，冬天的外套很暖和。

到了秋天，大乌鸦由北而至的蜿蜒途径宣告了美洲驯鹿的秋季大迁徙。这些颈部多羽绒的鸟，将翅膀的顶端伸到对流气流的外层，向南疾行。那些大鹿在北极和靠近北极的山谷里，遇到一群又一群同类，挤成一团，越聚越多，像瀑布般汇聚力量，直到像海啸般大批涌过荒芜的土地。其毛皮又新又好。春天那层毛皮已经不见了——那层毛皮让南方的森林一大块一大块地磨掉，上面满是黑蝇和牛蝇叮过的痕迹，以及皮瘤蝇和马蝇的蛆——一层光亮的新毛皮出现了，那是一层茂密的褐毛，衬了毛茸茸一层用来隔绝并防水的中空毛发。连背部也都覆了一层四英寸厚的滑腻脂肪。其球节上的一块松动软骨，让它们阔步前进时发出咔咔响声，就这样一英里一英里横过苔原，向南前往树木的遮蔽之处；你在它们还没到之前和走了以后，都听得到那声音，隆隆如河川，滴滴答答如时钟。

爱斯基摩人最重要的驯鹿狩猎是在秋天，那时鹿肥而皮厚。假如一时兴起，或天气使然，让驯鹿转向另一座山谷，一座隐秘的、出人意料的山谷，那么，甚至在今日，一些内陆的爱斯基摩部落都可能整个儿闹饥荒。

在北极海沿岸，爱斯基摩人用晾鱼架将夏末的鱼晾干，以便一整个冬天用来喂狗。新结起的海上浮冰富有弹性，随着翻滚的海水起伏而不破裂。爱斯基摩人在上面走动时，其重量便将冰压得弯弯地往下陷，并有巨大的水波往外向地平线散开去，因此他们就好像是在世界这个大气球的脆弱护层上行走弹跳。在这些秋日里，爱斯基摩人不论大人小孩都玩翻线戏，那是他们向来就会玩的一种游戏。他们认为套在手指上的线绳图形"将太阳缠住"，因而"延缓其消失"。而后，太阳因冬天来临而下沉时，孩童会在任何有雪的山坡上往下滑，用冰冻了的海豹胚胎，以皮条穿过鼻端来拉动，当做雪橇。

这些往北之行吸引了我——此时的北行、过往的北行、思及北行。在北极探险的文献中，谈的就是北行。探险家可能会在他破旧的日记里潦草写下："北纬八十二度十五分。虽然浮冰群移动位置，我们今天往北完成了二十英里路程。"我要不要往北去？我的行程都很长。

身旁肉色的砂岩岩棚染了十蕊商陆的汁液，就像沾了血的祭坛。猩红色的边缘已经渲染开来，淡成淋巴液的颜色，犹如伤口流出的些微血水。我这么看着的时候，一片枫叶突然喊喊喳喳滑过岩石，像螃蟹般拱起，以叶片那几个尖端鼎立。另有一只黄斑点的狗不知打哪儿出现，嘴里叼了一条鹿腿。那鹿腿的蹄，尖尖的像是芭蕾舞者的脚趾。我曾经摸过鹿腿，当地有些屠夫把它们当做武器。那些鹿腿没有油而且很干，摸得出小小的骨头。那条狗顺着小径向我走来。我对它说话并让路给它，它在我身旁阔步慢跑而去，目不斜视。

在林子最后的、较高的那一部分，有些树是黑色和灰色的，没有叶子，可是让鲜而绿的藤枝缠绕住。小径是条金黄色树叶的航道，边缘洒满了鲜亮的藤枝，并缀有深绿色的树苗，由满地铺盖的树叶下冒出来。一株云杉树苗由一个马蹄印中长出来，那印子深深印在干了的泥泞里。

林子里有块小小的空地，很宽阔，像个浅浅的汤碗，地上长了草。这就是白母马易琦的森林牧场。水聚集在一个五英尺宽的小潭里，潭中飘着金黄色的树叶，而水面倒映着半遗忘了的、白云划过的天空。右边有一蓬细瘦、银色树皮的鹅掌楸树苗，高挑且尚未有旁枝的树干相倚在一起，光秃无叶。在这些林子里处处可见的杂芜和凌乱当中，那一小片牧草空地看起来很湮远，像是德鲁伊教①（Druid）举行仪式的场地，又像是个剧场，水潭在舞台中央，而那一蓬银色的树苗是给震慑了的观众。水潭边，情侣会伪装成各种样子来相会，而波顿②，长着驴头，也会在那儿对着水中的月影嘶叫。

我转身回家。那一天又发生了一件事情，又是一件与躁动生命的对立从身边经过。

我走近屋子附近一片长而斜、割过了的田野。四十只知更鸟掌控了这块地方，我就站在一排树旁观看它们。只有在秋天才看得到一群群的知更鸟。它们很均匀地分布在草地上，相隔十码。看来就像各就其位的一队行进乐队，然而面对各个不同的方向。散布在它们中间的是夏天最后一窝雏鸟，是些年幼的知更，胸口还有斑点，正初次启程前往未知的南方田野。我观看的时候，无时无刻都有一半的知更鸟在动，以一连串流线的跳动，斜斜地往前去。

我走进田野，它们便全停了下来，它们匆匆停下，排列着，看着我，每一只皆如是。我也停了下来，突然之间感到不自在，就好像是站在一队行刑队前面。你要怎么办呢？我向田野望去，看着那些昂起的头和黑色的眼睛。我要待在这儿。你们全都会走。我要待在这儿。

① 德鲁伊教（Druid），凯尔特人的宗教，崇拜自然，视橡树为至高之神。——编注
② 波顿（Bottom），莎士比亚戏剧《仲夏夜之梦》中的驴头人。

有一种北行是我希望完成的，是种一心一意地朝某处去的艰辛旅行，在那个地方，任何在晚上开向天顶的快门，将记录整个天空里星星的旋转，那是个完美同心圆的图样。我寻求简约、脱落、舍弃。

在海边，你常看见被锐利的沙和海浪削成一小片的贝壳，或贝壳碎片。你没有办法知道那本来是只什么样的贝壳，曾经收容什么样的生物；它可能是峨螺或扇贝、子安贝、笠贝或海螺。动物则早已消散，血液散布并稀释在大海中。你手中拿的只是冰凉的一小块贝壳，一英寸长，削得如此之薄，几可误作是一道淡粉红色的光，也几乎像刀片般富有弹性。那是种精华，是空气柔滑的凝结，是一道弯弧。我渴盼北方，在那儿，毫无阻拦的风会将我磨成这样纯净的一溜骨头。不过今年我将不往北行。我将守在此地，好潜近漂浮的竿子和冰寒的空气。我等在桥上，我等待、出击，在林中小径和草原的边缘、山顶上和岸边。从早到晚，得到的是南行的礼物。北方冲下山丘，像瀑布，像潮浪，然后倾泻着穿山谷而过；它来到我这儿。它让石榴变甜，让最后的蟋蟀和大黄蜂失去知觉，它煽红了林中枫树的火焰，弯下了草原上带籽长草的腰，将那遇之即冻的手指头伸到凌乱的落叶底下，把弹尾虫和蚯蚓、潮虫和甲虫幼虫推入更深的泥土里。太阳在白天里举向南方，到了夜晚，狂野的猎户座隐隐然出现了，像死人山上的布罗肯鬼魅 [①]。

[①] 布罗肯鬼魅（the Specter of the Brocken），指阳光透过云雾反射，并经由云雾中的水滴发生衍射与干涉，最后形成一圈彩虹光环的光象，在光环中常包括观察者本身的阴影。——编注

Ⅱ

过了几天，大桦斑蝶抵达了。我看到一只，然后另外一只，然后一整天都看到另外那些，之后我才意会到，自己正目睹一场迁徙，而且要再过两个礼拜，我才了解所见之庞大。

这些蝴蝶是这个夏天里两次或三次产卵的结果，每一只都是从翠绿的卵鞘里孵出来的，蒂尔的毛毛虫就是正要形成这些卵鞘，却因寄生的幼虫一路啃咬着爬出来，一下子便瘫软了。它们之中，有好多是在暴风雨来临前孵出的，那时候风扬起了树上的银色叶片，鸟儿则往矮树丛中寻找遮蔽之处，并发出叫声。它们是蝴蝶，往南方临墨西哥湾的那五州去，或是更远处，而其中有些是从哈得逊湾来的。

大桦斑蝶无处不在。它们轻快地掠过、上下舞动、停在空中、闲倚在尘土上——却全无其惯常的悠闲无虑。它们只有一个不畏艰辛的想法：南方。我在书房窗口观看：三只、四只……十八只、十九只，每几秒钟就有一只，有些还一同前来。它们由西北方直向我窗户扇翅而来，也有从东北方来的，从高高的毒胡萝卜顶上，从夜晚北极星悬挂之处化现而来。它们就像电影里骑着马出现的印第安人一般：先是一点，然后一团，静静地，在山的外缘。

每一只大桦斑蝶都有脆弱的身体和深橘红色的翅膀，上面绘有黑色条纹，环绕翅膀。停着不动的大桦斑蝶看来就像一只斑点大的老虎，沉静了下来，眼睛大张着。飞动中的大桦斑蝶像是一片具有意志的秋叶，赋予了活力并抛向空中，仿佛向空中吸啜了稀薄有能量的糖，一些叶片的生命或汁液。每一只，在我窗外爬上空中时，我都可以看到那较为纤柔的翅膀腹面，并且感觉是一大堆腿和绷得紧紧的胸腔，可是我从来没法在它翅膀的扑动和颠踬之间集中视线，然后它就往上飞跃窗户，消失在头顶了。

我走出去，看见一只大桦斑蝶做了一件美妙的事：它飞上一座山丘，却连一片肌肉也没有抽搐。我正站在听客溪的小桥上，是在一座非常陡峭的山的南边的山脚下。那大桦斑蝶在我眼睛的高度，从我身旁飞过了桥，然后，很疲惫地挥动着翅膀，直直地往空中攀升。它垂直地升到岸边一棵桐叶枫极其高的树顶。然后，它将翅膀摆成一特定的角度，滑上了陡峭之途，极为缓慢地滑翔，以阻止下落的方法攀爬，直到它停在山顶一座屋子前面的水洼旁。

我跟随之。它喘着气，往西边飞冲了一下，然后又回到水洼旁，开始攻击房子。它奋力地几乎直直飞上了那两层高砖墙旁的空中，然后爬上屋顶。它不浪费任何力气，在距离屋顶两英寸的地方，沿着屋顶的斜度而飞，吹弹之间，就不见了踪影。不知道它还得爬多少座山丘和房子才会停下来。从它意志力的那股劲儿看来，它仿佛可以扑翅穿墙而过。

大桦斑蝶，"就蝴蝶而言，坚忍而有力"。它们毫不停息地飞越苏必利尔湖。那儿的观察者曾发现了一件奇怪的事：大桦斑蝶并不直接飞往南边，反而在高高地越过湖水后，难以理解地向东飞去。然后，当它们飞到了看不见的地方时，又全都再度转向南方。接下来的每一群也都重复这神秘的急转弯动作，年年如此。昆虫学家目前认为这些蝴蝶可能是在"记忆"一段早已消失，却仍在心中的冰河位置。在另一本书里，我读到说，地质学家认为苏必利尔湖所在的位置，曾是这块大陆有史以来最高的山。我不知道，但很希望看到。要不我希望自己是蝴蝶，去感受什么时候该转弯。到了晚上，迁徙中的大桦斑蝶睡在一些树上，翅膀收起来，像花彩般悬在那儿，厚厚地在树上，毛茸茸地像熊皮。

　　大家向来假设大桦斑蝶吃起来的味道非常苦，因为其幼虫以乳草为食。你读到关于它的拟态，一定会碰到大桦斑蝶和美洲黑条大桦斑蝶：美洲黑条大桦斑蝶看来实在够像大桦斑蝶了，因此眼尖而尝过大桦斑蝶的鸟，会连美洲黑条大桦斑蝶也避开。新的研究显示，以乳草为食的大桦斑蝶并非真的令人难以下咽，因为乳草含有"类似毛地黄的攻心之毒"，会让鸟儿不舒服。我个人很喜欢一位昆虫学家以至诚的精神所做的实验。他像我一样，一辈子老听说大桦斑蝶吃起来令人难忘地苦，因此他就试了一下。"为了做一项真正是田野的实验，那位医生先到了南边，在田野里吃了几只蝶……乌卡特医生发现，大桦斑蝶也不比不加黄油的烤面包味道重。"不加黄油的烤面包？在大桦斑蝶的整个迁徙期中，处身那么些美和真正的壮丽当中，我很难压抑自己，不去想自己在空中真正看到的，是巨大而舞动的茶盘，给深居简出的人使用的。

要哄骗一只濒死或疲累的蝴蝶停在手指上，是很容易的。我看到一只大桦斑蝶飞过一片加油站空地；它正往南去。我将食指摆在其路径上，它便爬了上来，并让我举到面前。其翅膀颜色暗淡，但没有危险的迹象；丝绒的表层迎着光，暗示了极薄的鳞片相叠。是只雄蝶，紧抓着我手指的脚短且萎缩，握着我的手指时，带着一种散开来的脆弱，一种精致，属于低调的情感或是纯净的精神之调，几乎觉察不到的。而我知道那些脚其实正在尝我的味道，用敏感的器官啜取我手指皮肤上的水汽：蝴蝶用脚尝味道。它巴着我的时候，辉煌的翅膀一直开合，无意义地，仿佛在叹气。

它翅膀合起来的时候，在我脸上扇起了几乎无以察觉的香味，于是我靠上前去。我闻到似有若无的香甜，几乎叫得出名字……萤火虫、发光体——忍冬花。它闻起来像忍冬，真不敢相信。我知道很多雄蝶会从特别的香味腺体发出特有的味道，可是我以为只有实验室的器材能够侦察这些由许许多多蝴蝶复合而成的味道。我读到过一连串蝴蝶不太可能有的味道：檀香、巧克力、天芥菜花、甜豆。而这只活生生停在我手指上的动物，有种连我都感觉得出来的味道——其鼓翼居然有味道——这一小片东西，像任何封套或锤子，体温得自空气，这一缕已设定了程式，张开来的号角。而它闻起来像忍冬。为什么不是驯鹿蹄或杜香、冻原上的青苔或矮杨柳、哈得逊湾里的盐水，或因细粒冰河淤泥而混浊的河上那水汽？这忍冬不过是依稀记得的味道，是那逝去夏日的气息，是卢卡斯峭壁和听客溪边长满了草的篱笆，是种下了迷药的香味，腻在那些充满水汽的夜晚，现在纯净得变成空气里小心翼翼的涓滴，又纯又稀有的蒸馏品，几无人知晓，已大半丧失，并朝南方而去。

我带着它穿过加油站的空地，在一片田野上把它放下来。它飞上天，鼓动着、滑行着，停在一株黄樟树上，然后就不见踪影了。

几星期以来，我总是发现草地上或路上有一对对的大桦斑蝶翅膀，不见身躯。我收集了这么一只翅膀，将鳞片除去。我先是将它放在指间搓揉，然后用一把婴儿用的银匙尖端轻轻地刮。这小心翼翼的工作成果，现在躺在书房里这张书桌上：一种有弹性的鹰架，就像热气球上的粗布带子，黑色的脉络将那似有若无的东西张在乌有之物上面。外膜本身是全然透明的，我可以透过它看见极小的印刷字体。它像是晒伤后撕下来的皮那么薄，又像刮掉油脂的水牛皮制成的牛皮纸那么韧。在这山谷里，只有少数蝴蝶给吃掉了，剩下翅膀给我们；大部分都活下来，沿着山谷往南而去。

迁徙全力进行了五天之久。那五天我淹没其中，筋疲力尽。空气鲜活且让人松弛。时间本身是展开了的卷轴，放在一张桌子或石头祭台上，弯弯的，并仍在轻轻地颤动。大桦斑蝶在空中噼啪作响，像一大堆铜钱闪闪发亮，这里一只，那里又一只，还有更多、更多。它们拍击并慌乱地飞舞；它们冲刺，像独木舟的龙骨将空气切开，越来越快且速捷。看来好像秋天树林里的叶子都跑了，由这里到哈得逊湾的所有叶子，像瀑布、像潮浪般泻落山谷。就好像季节的颜色如生命之血在流失，就好像这一年正在脱皮和剥落。年头正往前滚，滚到了一个重要的弯，转过去之后就一股脑儿直往前冲了。大桦斑蝶经过又走了以后，天上一片空，而空气沉稳自若。年头正跳入黑夜里，这黑夜不是沉睡，是苏醒，是一种新而必要的刻苦，是我所渴盼、较为俭朴的气候。叶片掉落了的树木脆且寂然，小溪轻且冷冽，而我的精神屏息以待。

Ⅲ

在北极光出现之前，全世界指南针那敏锐的指针都要不安上数小时，在飞机和船上，它们在钉栓上激荡着，在书桌抽屉里，在阁楼上，在橱柜的盒子里颤抖着。

昨晚做了一个奇怪的梦，扰乱了我的心。我前去小时候的家，地下室覆了一层飘落的细雪。我掀起一张白雪覆盖的地毯，发现底下有一捆束扎起来的墨水画，是我六岁时画的；地下室旁边伸出去一条祈祷隧道，但不与地下室相通。

那祈祷隧道是一条完全被雪封起来的隧道，呈圆柱形，直径有一人高。只有爱斯基摩人，而且是在极少数的情况下，能够在祈祷隧道中生存。可是那儿既无出口也无入口，而我却仍然了解到，假如我，或几乎任何人自愿进入，死亡会在一场长而激烈的搏斗之后来临。隧道内冷得叫人活不下去，而空洞的风像把阔刀般永不停息地吹着。然而可吸入的空气很少，而且也很快就没有了。完完全全没有亮光，而且永世下着那同样细致、不会融化，被风卷起的雪。

我最近在看箴言，即四与五世纪埃及沙漠里那些隐士的格言。阿巴·摩西①对一位门徒说："去坐在你的庵房里，庵房会教你所有的东西。"

大桦斑蝶迁徙的几个礼拜以前，我前去卡汶湾，那是个位于听客山和布拉希山之间的一个缺口。而我现在想起来，我在那儿的森林小径旁看到了阿巴·摩西，以橡实的形式出现。那橡实正在将自己像螺丝般旋入土壤。其外壳上一条刚裂开的缺口中，进出了一条长长的白根，像只箭般地纵入泥土里。橡实本身很松，可是根却扎得很牢。我当时想，假如我能够将橡实举起并站立着，我就可将世界擎起。那条根旁边爆长出一条绿枝，而枝上开展了两片毛茸茸、有锯齿的叶子，是栗槲的小叶片，像两粒繁复的米粒般大小。那橡实受到了压力，迸裂开来，给用力地扎下去，又给卷着往上顶，因此同时出现了磨轧的动力俯冲和凌空跳跃②。

让植物枯死的霜便从那时开始降下。假如这时候我在山上或山谷里迷了路，又做出不智之举，便会因失温而死，而脑子会像只盘子般

---

① 阿巴·摩西（Abba Moses，330—405），埃及苦行僧、隐士。——编注
② 原文为法语。——编注

给擦得一片平滑，然后要过好一阵子，肉里面的水分会拉长变成水晶细条，刺穿并捣毁细胞壁。秋收过了，谷仓已满。世界各处森林里的阔叶树果实皆已掉落："橡树，坚果；桐叶枫，翅果；加州月桂，核果；枫树，翅果；刺槐，荚；石榴，浆果；七叶树，蒴果；苹果，梨果。"此时卡汶湾小径上那株栗槲树苗的双生叶片已经干枯，掉落、吹走；橡实本身已萎缩枯干。然而茎部的茎衣将水分保住，白色的根仍然细致地吸取，多孔且透水，默然。那些伟大作家所提到的自我之死，并非暴力的行为。那只不过是地球那颗大石头心加入地球的滚动罢了。那只不过是意志力的冲刺和知识的唠叨，慢慢静止下来罢了。是等待，犹如一只中空的钟，内有一个静止了的舌。逃逸、静默、平息。等待本身即是。

去年我站在结了冰的鸭池塘边，看见三只迁徙中的加拿大鹅低低飞过水塘。看到之前，先听到让人心跳停止的速度声响；我还感到受到鞭打的空气扑打面庞。它们轰隆轰隆地越过池塘，然后又回来，又再回来：我发誓自己从来没见过那样的速度，那样的专注，那样的扑动翅膀。它们一面飞一面将池塘冻结，它们响彻空际，它们消失了。我现在想起了这件事，那长了羽毛的骨头，杖笞一般一片模糊的击打，让我的脑子跟着振动。耶稣再生派的诗篇中说："我们的上帝将会来临，他将不会保持沉默；在他前面将有吞噬一切的烈火，强烈的暴风雨将在他四周骚动起来。"我记得的是那震惊。假如你等待，不只是有东西会来临，而且那东西会像瀑布，像潮浪般浇淋你身上。你以全然的自然等待，没有期盼，掏空了的，透明的，而那来临的东西就会摇撼并推倒你；它会剪割、松开、投射、扇筛、磨碾。

我曾贪噬丰盈，现在很想来些牛膝草。这遥远的银色十一月天空，这些干枯了的树枝，树叶已掉落，现带着纯净且隐秘的颜色——这是真实的世界，而不是镶了金，染了珠贝色的世界。我站在抹拭了的天空下，直接而赤裸，没有中间人。冰霜的风以其不停的冲刺，将我体内的骨头击出去，击成一只大乌鸦在空中滑翔。一种沉静且毫不费力的渴望让我飘浮起来，意志力以某种角度倾斜着，就像大桦斑蝶翅膀的倾斜，那蝴蝶静静地下坠，以攀登山丘。

有那感恩的羊胸摇祭——以赞美的悠然动作捕捉上帝的眼睛——而且是在某个时节。古代的以色列，在自愿奉献感恩祭品的仪式中，祭司穿着干净的亚麻布衣，来到祭坛前，空着手。一只给杀了的无瑕牲羊，胸部交至祭司手中：他摇祭羊胸，当做是神面前的摇祭祭品。风的利刃已完成其工作。感谢神。

分隔之水

> 他们会质问你，有关该花费什么东西的事。说："丰裕。"
>
> ——《古兰经》

"好天气来自北方：可畏的威严与神同在。"

今天是冬至。地球就刚好那样斜斜地对着其恒星，倾斜着，在转变方向和渴望之间，以固定的张力不断绕行，并且无助地、狂喜地旋入那疾速炽热的接触，又旋出来。昨晚猎户座一跃而上，并布满整个天空，既异教且疯狂，其肩膀和膝盖燃烧着，所配之剑是三个准备就绪的太阳——是为了什么？

而今天天气晴朗，甚至很热。我醒过来，感到手指又热又干，像陌生人的皮肤。我站在窗口，就是那年夏天，一只看起来像蜡一样的蚱蜢，在上面呼呼吐气的那扇凸窗；我心想，我再也看不到这一年了，不会再如此纯真了；渴盼像条围巾包住了喉咙。吕斯布鲁克①说："因为天父想要我们看到。而这也就是为什么他永远在对我们心灵的最深

---

① 吕斯布鲁克（John of Ruysbroeck，1293 或 1294—1381），中世纪基督教神秘主义者，著有《神圣爱人的国度》等。——编注

处说那个深奥不可测的字，其他什么也不说。"可是是哪一个字呢？这是奥秘还是羞怯？有一只铸铁的铃，悬在我肋骨拱起的地方，我一动它就响，或是鸣响，一个长长音节的跳动，往上激荡了我的肺，又往下激荡了骨骼中沙砾般的汁液，而我却无法辨识；我感觉那发出来的母音好像是一声叹息，或是一个音符，但是我无法捕捉那给予具体意义的子音。我转身离开窗边，走到外面。

在这个山梅花篱笆旁，有只蜜蜂，一只普通蜜蜂，因为天热而从窝里跳出来。我马上想到一个很妙的主意。最近读到说，古罗马人以为蜜蜂是被回声弄死的。讲出来的一个字，或一块落石，让峭壁给送了回来——那毫无实质的东西，却承载并散播了某样东西那无以理解的冲击——这居然能将那些强壮的动物活活地从空中击落，这真是个离谱而愉悦的想法。我可以试验一下。这是个散步的好借口，不下于任何其他的借口；也许可以因此让铃铛不再响，或甚至将它调得更准。

我知道哪里可以找到回声，而要再找到一只十二月里的蜜蜂就得碰运气了。我在腰上绑了一件毛衣，朝采石场走去。实验不算真正成功，但是这趟外出，引向了结束这短暂一年的日子里，处处山水间其他的远足和巡守。

好热；毛衣全用不着。一大片高高的云优雅地移动着，沿着高空中一条看不见的步道，像只巨大高傲的蜗牛，以平扁的足部滑动着。风中闻到了淤泥的味道，还有火鸡、洗的衣服、叶子……我的天，妙哉世界。连一秒钟的世界都说不清楚。在穿过林子的采石小径上，我又看到了给丢弃的水族箱。这时候，几乎过了一年，水族箱仍然只有一面玻璃破碎。我心想，可以在这儿摆个陆生生物饲育箱，把玻璃下面那两平方英尺的森林地面那一层，移到玻璃上面，把它框起来，藏个一分钱，然后对路过的人说，看哪！看哪！这儿有两平方英尺的世界。

我在采石场等了一小时，晃来晃去，眼睛过滤着空气，寻找小点，直到自己终于发现了一只蜜蜂。它在石头岸边的干芜草堆中，无精打采地漫游，几个月前，我就坐在那岸边，观看一只蚊子刺入并吸吮石头上的一条铜斑蛇；河岸再过去，是远处给剪得光秃秃的峭壁，其投射的阴影里，有一条条的冰柱触碰着绿色的采石场池塘。情势真是完美。喂！我实验性地试了一下：喂！森林下面的峭壁支吾以对，而石头里根部的尖端可曾颤动？再见！我大声喊出。再见！回声传来，而蜜蜂在杂草间事不关己地飘荡着。

我推断，也许古罗马的博物学家知道这个不为我们所知的事情，因为只有用拉丁文才有效。我对拉丁文只懂皮毛。"人身保护！"[①]我大叫，"躲起来的神！""来吧！"[②]石壁将声音击了回来："来吧！"[③]而蜜蜂仍然嗡嗡叫着。

此事到此为止。接近中午了：高高的云不见了。飘到了西弗吉尼亚州吗？飘落在一座高高的山脊上，落入众树的圈套，筛成碎片落向

---

①②③ 原文为拉丁语。

山侧？我尽己所能一直观看那只蜜蜂，用眼睛去捕捉，然后又失去踪影，直到它像失手飘走的气球般，突然升到了空中，消失在森林里。我一个人站着。耳中似乎还听到自己那听来很不习惯的声音，被岩石磨成了颤音，丢回我的喉咙里，扔在我周围，慢慢沉静下去，孤寂地：有没有可能在那些地方听到？在哈林斯池塘边，或我背后，横过溪面，一群燕八哥飞过的山丘上？有没有人在那儿听呢？我再度感到铃铛在肋骨下面微弱地回响。我来了，只要能来。我离开采石场，那突如其来的高昂情绪已泄了气，精神烦躁且紧绷。

采石场的小径从我家开始便和听客溪平行，一路往上游去。一旦林子变成空地和草原，我就顺着溪岸走下去。以前从未由小溪的这一头前去那泪滴形的小岛。快到小岛的时候，有一排栅栏挡住了去路，那是一道不很牢固的铁丝挡马栅栏，摇摇欲坠地横过溪面，我把它当做是一道松垮的桥，通到小岛上。我站着，喘着气，吸入流水的淡淡气味，并感觉到太阳晒在头发上。

岛上十二月的草已变白而且枯干，衬着桐叶枫灰扑扑的树干，更显苍白，踩在脚下声音很大。我背后，刚才来的地方，隆起一片属于黄昏的草原。黄昏是一匹马，身上颜色再也变不回来。它本来名叫午夜，有一年春天变成褐色，让附近的人都吓了一跳。我面前远处，听客山在阳光下闪闪发光并倾斜着。卢卡斯果园横在中距离之处，苍白的桃树枝干刚好伸展并摆出那样的姿态，一排又一排，就像一舞台瘦削天真的舞者，永远不会有人叫他们表演。果园下面绵延一片的是小阉牛草原，转变成淹满水的平原。最后是那桐叶枫树干的桥，通往小岛。我就是在那儿，充满惊恐地看着一只绿色的青蛙给吸食得只剩下皮囊，沉入水底。难以捕捉，空洞的天空拱圆地罩在头顶，我越是努力地寻找其圆顶，以测量距离，它就显然越加离我远去。

下游，小岛的尖端，巨型田鳖就是在那儿抓住并吃掉了活生生的青蛙。我坐在那儿，吸噬自己干干的指关节。是那青蛙眼睛塌陷的样子。它的嘴巴是一道又长又深的恐惧伤口；胸部和肩膀发亮的皮肤，抖动了一下便疲软下去，变成一只空囊袋；可是，噢，那两只给熄灭了的眼睛！它们皱缩起来，晓事的能力往外流泻，仿佛感受和生命只不过是碰巧加诸在眼睛这个概念上的，仿佛是将果酱灌到任何广口瓶里，而果酱很快且轻易地就没有了。那对眼睛瘪了下去，光彩尽失，不透明，并陷了下去。那巨型田鳖是由青蛙的背部下的手，还是由大腿凹陷的部分？若有人给我青蛙腿，我会吃吗？会的。

在感恩节的羊胸摇祭当中，羊胸在上主面前摇祭。除此之外，还有另外一样自动奉上的献祭同时进行。除了感恩的羊胸摇祭，还有举腿。羊胸摇祭是在上主的祭坛前摇祭，举腿则就只是举腿。我想知道的是：祭司是否向上主举腿？他是否抛丢牺牲羊的腿？这只羊，在祭司将它杀掉切块之前，是完美且完整的，而非“瞎眼的，折伤的，残废的，有瘤子的，长癣的，长疥的……甚至损伤的，或是压碎的，或是破裂的，或是骟了的……”① 他是否将羊腿由圣殿的一头掷向另一头，

---

① 出自《圣经·利未记》第二十二章第二十二、二十四节。

在祭坛血淋淋的两角之间掷向神？你看你害我做了什么。然后他把它吃掉。这抛掷是一种引起上帝注意的方法，激烈而绝望。并无不妥。我们是人；我们获准和造物主打交道，而我们必须为创造仗义执言。神啊，看你把这个生命弄成什么样，看那悲伤，那残酷，那简直该死的耗费！难道这样荒谬地，真的是为了这个，我才在这个无意识的星球上和我那些无辜的同类玩垒球玩上一整个春天，就为了锻炼投球的手臂吗？我能将一小块青蛙肩膀举得多高，多远，举向上主？多高，多远，多久，直到我死去？

我用手指抚弄那冻死了的草，将它像头发般缠绕在指尖，用手掌搓弄其顶端。又是一年盘绕起来了，像一面满是涂鸦，甩了出去的旗子，展开来，不知抛向何处。"不管剧中其他部分有多么勇猛，最后一幕是血淋淋的；最终他们把一点点土丢到你头上，然后就永远结束了。"在某一个地方，在每一个地方，都有一个缺口，犹如影子溪那令人颤栗的深坑，在脚下裂开，就像一架飞得很高的喷射机，窗户或机身上突然出现的裂口，东西会滑进去，或给吹进去，不见踪影，匆匆消失，摧毁了，不见了，再也找不到了。对生存者而言，每一次张开眼睛都有令人心碎的失落，每一个时刻，当麝香鼠潜入水中，当苍鹭惊起，当叶片旋转飘走时。生存者盛放食物的锅中有死亡，有苍蝇下了卵的肉、泥泞般的盐和采来的药草，苦得像棉枣。假如你能得到的话。有多少人祈求每日之食却仍挨饿？他们每日彻底地死去，就像那只青蛙一般；世人给玩弄，给随便撩拨一下，而天晓得他们热爱自己的生命。某年冬天闹饥荒，绝望的阿冈昆印第安人"吃的汤由烟、雪和鹿皮做成，消瘦的身上出现了像文身花朵般的玉蜀黍疹子——饥饿的玫瑰，一位法国医生这么形容；那些饿死了的人，身上覆满了玫瑰"。这是不是美，这些无故得来的玫瑰，还是仅止于力之展现？

美本身就是繁复地制成的诱惑，是所有东西中最残酷的骗局？我在法利·莫厄特的书里读到一则古老且复杂的爱斯基摩人故事，其中有一段多年来一直在脑中浮现，不请自来。那个片段是个短短的情境，符合所有的古典戏剧法则，简单而残酷，在一盏肥皂石海豹油灯的灯光下上演。

一位年轻人在异乡爱上一位年轻女子，在她母亲的帐篷里娶她为妻。白天那女子嚼兽皮并煮肉，而年轻人则去打猎。可是老妇人心生嫉妒，她想要那男孩。有一天她把女儿叫去，说要为她把头发辫起来；女孩很高兴地坐下来，感到自豪，不久却被自己的头发给勒死了。爱斯基摩人擅长的一件事就是剥皮。母亲拿着她那把形状像舞裙的弯弯小刀，剥下女儿美丽面庞上的皮，并将那空荡荡的一片均匀地蒙在自己的脸上。那天晚上男孩回来，与她共眠，睡在世界之顶的帐篷里。然而他打完猎一身湿，人皮面具就缩起来滑掉了，露出老母亲皱成一团的脸。男孩子仓皇而逃，永不回来。

有没有可能，假如我爬上天顶，乱翻乱抓那美丽的天幕，直到皱皱地抓满一手掌，好把它拉扯下来，那面具就会扯破，露出一张没有牙齿又老又丑的脸，眼睛发着愉悦的光？

起风了，越来越大；它似乎在同一时刻又入侵我的鼻孔，又振奋我的肺腑。我移动身子，抬起头来。不是的，这我经历过千百万次了，美并非骗局。有多少个日子，既然可以望向窗外的小溪，我便学着不去凝视自己的手臂？我对小溪说，来吧，让我惊讶；它也真的让我惊讶，用每一滴新的溪水。美是真实的。我绝不会否认的；可怕的是我会忘记。浪费和奢华一同在溪岸来来去去，沿着心灵自由入侵时间的繁复边缘。在我两边，溪水设下陷阱，留住了天上远远的光，把它们塑造成不停变幻的物质，并将它们这些斑斑点点的光给制服。

这就是听客溪！今天流势缓，又清澈。小岛水势较缓的那一边，溪水一直像窗玻璃一般明澈，像一层亮光，照在砂岩形成的神秘文字上，页岩上，以及蜗牛刻了字的黏土淤泥上。水势较急的那一边，溪水宴请了令人目眩的一大堆弯曲而且给抛掷出去的水面，以及点点光影和支离破碎的天空。这些是美和神秘之水，从花岗岩世界里的一个缺口流出来。它们注满我细胞内的矿脉，带着一种光，像是有花瓣的水，而且它们在我肺里搅动，既强力又冰寒，犹如一艘大船的螺旋桨。这些也同时是分隔的水：它们洁净一切，又刺鼻又有冲洗力，而且它们将我隔绝。我身上溅了一片灰、一块块烧过了的骨头，还有血；我眼色狂乱地四处游走，在原野上奔驰，并掠过树林，再也不大适合和他人在一起。

再忍受我最后一次吧。古老希伯来分隔之水的仪式中，祭司必须找到一头红色的小牝牛，一头毫无瑕疵的红色小牝牛，从未上过轭的。他将这头牛牵到族人的帐篷外面，杀了做牲品，整个烧掉，且不将目光移开；"人要在他眼前把这牝牛焚烧，牛的皮，肉，血，粪，都要焚烧。"① 祭司将一块香杉木丢入发臭的火焰中，以求长寿，丢入牛膝草以求净化，又丢入一根猩红色的线，以求一脉活血。分隔之水就是由这些纯净的骨灰所制成的，也就是将骨灰浸在注满了活水的容器里，每一回都重来一遍。这特殊的水具净化能力。一个人，任何一个人，用一枝牛膝草蘸容器里的水，然后将水洒在不洁之物上——只要洒就好了——"洒在摸了骨头，或摸了被杀的，或摸了自死的，或摸了坟墓里那人身上。"② 就是这样。可是我从未去登记扮演这角色。是骨头碰了我。

我站着，独自一人，世界摆动着。我是个亡命之徒，是个漂泊者，是个寻找征兆的徘徊者。伊萨克·迪内森③ 在肯尼亚，一颗心因失落而完全破碎，日出的时候走出屋子，寻找征兆。她看到一只公鸡将一条变色龙的舌头从喉咙里的舌根处戳刺后扯了下来，并一口吞了下去。然后伊萨克·迪内森必须捡起一块石头，砸死变色龙。可是我看到过那征兆，比我曾经要寻找的次数还要多；今天我看到一个令人精神振

---

① 出自《圣经·民数记》第十九章第五节。
② 出自《圣经·民数记》第十九章第十八节。
③ 伊萨克·迪内森（Isak Dinesen, 1885—1962），凯伦·冯·白烈森—菲尼克男爵夫人的笔名，丹麦作家，著有《走出非洲》等。——编注

奋的东西，一个很漂亮的东西，真实，而且很小。

我站在那儿一片茫然，情绪低沉，手插在口袋里，凝视听客山，并感到地在摇动。突然之间，我看到一艘像是火星人的太空船，在空中旋风般地向着我飞来。它犹如螺旋桨一般闪着借来的光，向前的冲力远超过下坠的速度。我目瞪口呆地看着的时候，它就在差点要碰到一株蓟草之前升了上去，盘旋在空中并旋转着，然后继续往前旋转，最后停了下来。我发现它在草地上；那是一个枫树的翅果，是一对翅果里面落了单的一个。哈啰。我把它丢向风中，它就又飞开了，全身竖立着充满活力的目的，不像掉落的东西或被风吹的，不像是被那愚蠢的风所推动，那气流被迫牵拉着环绕圆圆的世界。这翅果倒像是一个有肌肉且元气充沛的生命，或是一个薄薄地向另一种风散开来的生命，那风乃精神的风，吹向它想去的地方，降落，又升起，又缓缓停止。噢，枫树翅果，我心想，我必须承认我这样想，噢，欢迎，加油。

而我肋骨下面的铃很精确地响了一声，华丽的一声，如同混声的号角、高音喇叭，很甜美，而且产生一种长长暗暗的感觉，这感觉我会试着详细解释。用"甩"这个字来形容这世界的繁忙是太严苛了。"给吹着"比较对劲，可是是被一股宽大的，永不停止的气息给吹着。这股气息充满活力，放纵，永远在点燃东西；磨损了的碎片朝各个方向纷飞，萌芽成火焰。现在，当我随着一阵风而摇摆，单独一人且身子倾斜，我就会想枫树翅果。当我看到一幅从太空拍摄的地球照片，那星球那样地像幅画而且悬在那儿，简直教人吃惊，我就会想枫树翅果。当我与你握手或与你四目相交，我就会想两个枫树翅果。假如我是个下落的枫树翅果，至少我会旋转。

托马斯·默顿曾写道："总有一股诱惑，想要在沉思中混日子过，做些微不足道的雕像。"一辈子总有极大的诱惑，想要混日子过，有些微不足道的朋友、饭局和旅行，不断地过着微不足道的一年又一年。光是离开溪水倾泻和风吹过的罅缝，走到一旁，说，我何德何能受此恩宠，而且还真说对了，然后一辈子十分愤怒地郁郁寡欢，这么做真是太自觉，太显而易见地道德了。我绝不这样。这世界无论哪一个方向都要比这么做狂野，且更危险更苦，更奢华更明亮。我们应当作乐，却在工作，应当养育该隐和拉撒路，却在栽培番茄。

以西结痛斥那些假先知，说他们是"没有上去堵挡破口"①的人。最重要的就是那些罅缝。那些罅缝是心灵唯一的家，其高度和纬度如此惊人地贫乏且干净，心灵得以像曾经眼盲之人重获光明般，首次发现自己。那些罅缝就是磐石里的缝穴，你蜷缩在那儿，好看到上帝的背；它们是山和小穴之间的隙缝，风由那儿切过，冰寒收窄的峡湾劈开神秘之崖壁。前去罅缝里面。挤入土壤里的罅缝，转动，然后打开宇宙——而不光是枫树——之锁。你就这样过完今天下午和明天早上，以及明天下午。把下午过完。你带不走它。

---

① 出自《圣经·以西结书》第十三章第五节。

　　我活在平静和颤抖中。有时候会做梦。我对爱丽丝感到兴趣，主要是在她吃下那让她变小的饼干之时。我会削去自己，或让自己给削去，以便穿过那不能再窄的裂缝，一条我知道在天上的罅缝。我刚才正在寻找饼干。有时候我张开来，像只水果般给撬开。或是像根老骨头那样多孔，或透明，是染了色，凝结起来的空气，犹如涂上去的水彩；我在惊恐中环顾四周，假想自己没有影子。有时候我骑上桀骜不驯的信心，一手抓紧，另一手鞭挞空气，并像任何骁勇的人，用鞋跟凿挖，想要血，想要骑得更狂野，想要更多。

　　这世界上，没有任何保证。啊，你的需求有保证，你的需求绝对具有最严格的保证书，用最浅白，最实在的字句所写成：敲击、追击、问迹。可是你一定要读那些小字。"我所赐的，不像世界所赐的。"诀窍就在于此。假如你抓得住它，它就会将你抓住，抓到高空中，抓到任何罅缝去，而你会回来，因为你会回来有所改变，变成意想不到的样子——淌着口水，颠颠狂狂的。那分隔之水洒得再轻，都会留下不可磨灭之污迹。你在给抓到之前，有没有想过你会需要，譬如说，生命？你觉得自己能否保有性命，或任何所爱的东西？可是不是这样。你的需求都获得满足。可是并不像这世界所给予的那样。你发现，每当你的心灵有所需求，就会得到满足，而且你已知道，那惊人的保证是有效的。你看到生命死去，知道自己会死。而有一天你突然想到，自己绝对不可需求生命。显然如此。然后你就消失了。你终于了解，自己在和一个疯子打交道。

我想，将要死的人最后的祷词并非"求你"，而是"谢谢"，就如同客人在门口向主人道谢。那些人从飞机上掉下来，喊着谢谢你，谢谢你，在空中直直落下；而冷冷的马车为他们在岩石上停下来。神性可不是开玩笑的。这宇宙不是在戏谑中造出来的，而是以庄严的、无以理解的认真态度造出来的。是以一种深不可测的秘密力量，而且神圣，而且快速。我们对它束手无策，只能忽视它，或看到它。然后你无所畏惧地走路，吃该吃的东西，活到哪儿算哪儿，就像路上的僧侣，完全知道自己有多脆弱，不从忘却死亡的人群当中获得安慰，总是将博大和力量的灵视带在僧袍内，就像一粒活的碳，既不燃烧也不让他暖和，但是绝不离身。

我曾经有只猫，一只年迈好战的雄猫，会由床边开着的窗户跳进来，捶打我的胸，爪子几乎都不收起来。我曾给弄出血来而且打伤，给扭绞、目眩、拉扯。清晨我的双唇咸咸的；我照镜子，双眼见了都吓一跳，而眼睛是灰烬，或凶猛的芽，我在惊恐中张大了嘴，或是倒吸一口气。星球独自旋转并做着梦。力量孵化、回旋，并歪向一侧。星球和力量相遇而重击。它们融合并翻滚，闪电、地面上的火；它们分开、无言、屈服，然后再度接触，发出嘶嘶声和叫喊声。会发光的树嗡嗡作响发出火焰，而那些铸造的石头形成的山发出鸣响。

爱默生看到了。"我梦到自己在广大的空中任意飘浮，并看到这个世界也在不远处飘浮着，可是却缩成了苹果般大小。然后有位天使把它拿在手里，送到我面前，说：'汝当啖之。'我就把这世界吃了。"全部吃下去。全部，那繁复的、有斑点的、啮咬过的、有边饰的、自由的。以色列的祭司同时供奉羊胸摇祭和举腿，自由地、全然了解地，为的是感恩。他们摇祭，他们举腿，两种姿态，缺一则不完整，且两者皆代表了眼光清醒，眼光热切的感恩。那个铃说，走你要走的路，吃下肥肉，喝下甘水。一位十六世纪的炼金术士写到点金石，说："我们在郊外看到它，在村子里和城里也看到。它在上帝创造的所有东西里。女仆把它丢到街上。小孩与它玩耍。"巨型田鳖吃了这个世界。我像比利·布雷 ① 一样，走我要走的路，而左脚说"荣耀"，右脚说"阿门"：进出影子溪，从上游到下游，欢欣鼓舞，头晕目眩，跳着舞，和着那一对赞美的银色号角。

① 比利·布雷（Billy Bray，1794—1868），英国康沃尔郡一位标新立异的传教士，布道时载歌载舞。——编注

二十五周年纪念版后记

一九七二年十月，我在缅因州海岸的阿卡迪亚国家公园露营，读了一本有关大自然的书。我非常欣赏这位作家的前一本书。新书则很陈腐。里面的每一件事都是这个老套那个老套。老天爷救命，别再来冥想。这个人到底怎么了？几十年过去了，就这么回事儿。他精疲力竭地去想萤火虫是如何发光的。我知道，起码我刚好知道，那是两种各叫作荧光素和荧光素酶的酵素互相结合而发出光的。假如这位作家不知道，他似乎应该去学习。那天晚上我在营帐里看书时心想，也许我可以在还没厌烦之前，写写有关这个世界的事。

那时我刚看了科莱特①的《白日的诞生》；这本书写她的日常生活，其轻浮让年轻且形而上的我大吃一惊：好多美妙的餐点和淘气的对话。可是我还是全看完了，那生动的异国风味激起我的好奇。也许我的日常生活也会因其异国风味而激起他人的好奇。是不是就在那个时候我

---

① 科莱特（Colette，1873—1954），法国女作家，著有《吉吉》等。——编注

读了爱德温·缪尔 ① 那本很棒的《自传》，并注意到，他年轻时写的那一半要比另一半强很多？

那年秋天，一篇《纽约客》里面的文章说，数学家年轻时工作表现好，因为年纪渐长，"追求卓越的活力就丧失了"。这句话震撼了我，我就把它写了下来。活力从来不是问题，卓越听来倒新鲜。

二十几岁的时候我们多么执着于某些想法！何不写本类似大自然的书——譬如自然神学？十一月的时候，回到弗吉尼亚州，我把玩着这个想法，并开始在七英寸乘五英寸的索引卡片上写下多年来的阅读笔记。

以一年四季将故事串联起来是传统做法，所以我很抗拒，然而因为我想出来的其他一打结构，每一种都伤害到原已单薄的故事，便不得不这么做了。这本书的另一种二分法的结构让我更感兴趣。新柏拉图派的基督教描述了两种通往上帝的途径：正途和反途。持正途说的哲学家认为上帝是全能全知的，又认为上帝拥有一切正面的特质。我倒觉得反途较合吾意。其经验丰富的旅人，四世纪的尼萨的格里高利（Gregory of Nyssa）和六世纪的拟戴奥尼修斯 ②，皆强调上帝的不可知。我们有关上帝的任何说法都不真实，因为我们只知生物特质，而这些并不适用于上帝。持反途说的思想家抛弃所有不是上帝的东西，希望

---

① 爱德温·缪尔（Edwin Muir, 1887—1959），苏格兰诗人、翻译家，与妻子合译了卡夫卡、亨里希·曼等人的作品。——编注
② 拟戴奥尼修斯（Pseudo-Dionysius，约5—6世纪），叙利亚神学家、哲学家，隐其真面目于一世纪时任雅典法官的亚略巴古的戴奥尼修斯（见《圣经·使徒行传》第十七章第三十四节），故称拟戴奥尼修斯。——编注

剩余的只有那片神圣的黑暗。

这本书的前半，即正途的部分，累积了这世界和上帝的美好。此书在导论那一章之后，便以"观看"为开始。为了将这一章的各个部分拼起来，我费尽力气，几乎要放弃此书以及附带的那一叠大纲和卡片。正途的部分在"错综复杂"这一章达到极致。让人汗颜且薄弱的"洪水"将这一切冲走，而书的第二部分从"丰沃"开始走上反途，也就是错综复杂的黑暗面。这一半以"北行"为极致（这一章和最后一章是我最喜欢的）；在这一章里面，现象世界一片一片地空掉。"北行"和"观看"是对等的。结尾那一章让前后两半保持对称。

我每写完一章，便将尚未用到但很喜欢的索引卡片收集起来，归入后面章节的档案里去。写得愈多，后面的档案也就愈厚。写到"北行"时，我心想，这些精华，现在不用就再也用不上了，因此，我欢欣鼓舞地、饥饿地、因咖啡因而神志不清地，把它们全丢了进去。

后来我很后悔给每一章一个标题——那是十九世纪作风——因为有人说这本书是本散文集，而其实并非如此。这名称上的谬误一直挥之不去，而且还附着在往后所写的书上，那些书其中只有一本是（叙事）散文集，即《教顽石开口》(Teaching a Stone to Talk)。也因此我浪得散文家之虚名。

由于好些在其他方面皆令人景仰的男人不读美国女性作家的书，所以我想用一个绝对男性的笔名。《哈泼》杂志登了一章，然后《大西洋月刊》也登了，这时我心痒难忍，便用了真名，结果就收不回来了。

可是我仍然想用Ａ·迪拉德这个名字来出书，希望有人会只注意内文，而不考虑书皮、图片或广告，而且不记得别人对这本书，对其作者，或对其他读者的印象，也不知道作者的性别、年龄或国籍，只看书，就从第一句开始看——我们都希望如此，却都落空。编辑和经纪人说服我放弃"Ａ·迪拉德"，又说服我在书皮上放帧照片。这两个决定我都后悔。然而，我承认，躲躲藏藏的生活过起来会很不方便，其本身就很招摇。

我从来没想到出书会是一片混乱的。出版商的宣传主任和我每天都在电话中争辩，铆足了劲，彼此皆困惑不已，炮轰般的提议毫不间歇，她劝，我推。有些很可笑：我愿不愿意帮《时尚》杂志做服装模特儿？我愿不愿意帮好莱坞写稿？我决定避开宣传，躲掉巡回宣传，尤其不要在电视上亮相——不上《今天》节目，不上任何数都数不清的连播特别节目，不上我自己每周的节目（信不信由你）——这个决定救了我一命。

后来有位记者以电话访问我。她说："你在这本书里写了好多有关爱斯基摩人的事。怎么会有那么多爱斯基摩人？"我说极地空乏的景观代表了灵魂将自己放空，好让神入侵。一阵沉默。最后她说："我的编辑大概不会喜欢这一套。"

二十五年之后，《听客溪的朝圣》看来如何？最重要，而且具救赎意义的，我希望它看起来很大胆。它过于大胆，而且譬喻大胆，这是个优点。我毫不畏惧上帝而冲了进去；二十七岁的时候我以为自己拥有一切该有的放逸，来与世间最伟大的主题交锋。我毫不畏惧人而冲了进去。我以为也许有那么九个、十个僧侣会读此书。

我恐怕也遭遇了年轻人的障碍：喜好华丽的句子，并且总以为还不够华丽，直到做过了头。有些地方看来很可笑。它欣然使用"我"，让人感到尴尬，但至少它只是用第一人称来表示观点而已，就像用手拿着照相机对准某处。

难以解释的是，这本不容易看的书竟然经常晃进了寄宿学校和高中的课程内，还有大学必修课，后来出的一些书也如是。而我怀疑，因此之故，很多受过教育且应该会喜欢，或至少会懂这本书的成人，从未翻开此书——何必去看自己小孩书包里的书？也因此之故，有一代年轻人是咒骂着我的名字长大的——而你该记得，我本来不要用那名字的。

更多年之后的后记

一九七二年动笔写《听客溪的朝圣》时，我二十七岁。兴奋的滔滔雄辩以及形而上的大胆，显示那是一本年轻作家所写的书（傻子冲过去）[①]。我使用第一人称，为的是，用爱默生那无限荒诞的说法，是想成为一颗透明的眼珠。

《梅特里夫妇》[②] 显示了一位作家功夫成熟，变得简约：简短的句子、少量的修饰。梅特里夫妇是一对既简化了又放大了的男女，书中的每一个人和每一件事都只代表其自身，既不需要小宇宙也无需大宇宙。梅特里夫妇的人性故事只需说出来就好。作家风格的变化经常以修枝剪叶为终点。（我知道这种情况发生了，只是没想到自己已经那么老了。）

二○○七年

[①] 此语出自亚历山大·蒲柏（Alexander Pope）的诗句，原文为："Fools rush in where angels fear to tread."

[②] 迪拉德于二○○七年出版的小说，书名原文为 *The Maytrees*，此处暂译《梅特里夫妇》。

译后记

余幼珊

　　回想十多年前翻译《听客溪的朝圣》，是十分愉快而又有些吃力的经验。当时白天要教书做研究，只能在晚上翻译，所以，每晚吃过晚餐，便进入房里，埋首书中，仿佛每晚相约和安妮·迪拉德约会。情人约会，要分离时快乐而又不舍，我每晚也带着满足而又不舍的心情合上书，等待次日的会面。

　　翻译《听客溪的朝圣》之所以愉快，是因为这本书虽是散文，却充满诗意。迪拉德的处女作是本诗集，而《听客溪的朝圣》是她的第二本书，这第二本书的文体虽然改变了，却依然是以诗人的眼睛和诗人的手所写成的。此书二十五周年纪念版的"后记"中，迪拉德自己曾说："最重要，而且具救赎意义的，我希望（这本书）看起来很大胆。它过于大胆，而且譬喻大胆，这是个优点。"确实，这本书中的诗意大半呈现在作者使用的譬喻中，例如："此时风已轻微，变成暮色里柔和的空气，吹皱了水的皮肤。……微风吹起，是极其细微的气息，但是你在精神之狂风的力道中屏着气，兀自扬帆前进。"又如："观看的秘密就是乘着太阳风，扬帆而去。应当磨砺并开展你的性灵，直到自己就是一张帆，锐不可当，清晰透明，只需微风，即扬帆而去。"以及："我是一座喷泉的喷口，溪水不断注入；我是灵气，秋风中的一片叶子；我是雪片般的肉、羽毛、骨头。"迪拉德擅长将她所阅读到或是观察到的大自然现象融入她所思所想，亦善于将毫不相干的事物串联起来，有时固然失之抽象，但也因而使她的文字产生强大的张力，使她的语言充满了速度感和动感。

此外，迪拉德喜以一两句简短的话作为章节的总结，借此平衡先前长篇大论的"滔滔雄辩"或是巨细靡遗的观察和描绘，读者因此得以暂歇一口气，而不致于头昏脑涨地迷失在她的文字阵仗中，并心满意足且平静地与作者一同为这个章节画上句点。佳例甚多，例如《冬天》这一章的结尾："睡吧，蜘蛛和鱼儿；风不止，然屋坚固。躲起来吧，燕八哥和大鸊鸟；向风低头。"还有《错综复杂》中这样的收尾："你是一只燕八哥，我曾见你穿越一株长叶松，一心不乱。"

迪拉德之所以用喻大胆，乃是因为她自己在"后记"中所说的："我毫不畏惧上帝而冲了进去；二十七岁的时候我以为自己拥有一切该有的放逸，来与世间最伟大的主题交锋。我毫不畏惧人而冲了进去。我以为也许有那么九个、十个僧侣会读此书。"这段话不但显示年轻作者勇于挑战的尝试，也说明《听客溪的朝圣》并非一般描绘大自然的书。毋庸置疑，作者喜爱大自然，喜爱观察大自然，也喜爱阅读有关大自然的各种书籍，但她不仅止于观察和描绘。观察之余，她最想要的是解惑。这本书中处处是问号，字里行间似乎总是在向上帝大声质问："为什么？"在第一章，迪拉德就引用《古兰经》中安拉所言："天与地与其间万物，汝以为吾戏作乎？"接着，作者自己问道："这创造出来的宇宙，展向无从想象的空间，含藏无从想象的丰富形体，它到底是什么呢？还有空无，那令人发晕、无始无终的时间又是什么呢？"这是《听客溪的朝圣》的第一个大问题。

　　如果说，在宇宙万物中我们见识到上帝的瑰丽和奇妙，与此同时我们也见识到大自然的"残酷"：草蜻蛉吃掉自己的卵、大眼纹天蚕蛾因翅膀僵硬飞不起来而驼着背在车道上爬行、青蛙瞬间被巨型田鳖吸干、各式各样的寄生虫无以计数。这一切皆令人无以理解。这究竟显现了神的大能还是神的冷漠？这是《听客溪的朝圣》的另一个大问题："我们是人；我们获准和造物者打交道，而我们必须为创造仗义执言。神啊，看你把这个生命弄成什么样，看那悲伤，那残酷，那简直该死的耗费！难道，这样荒谬地，真的是为了这个，我才在这个无意识的星球上，和我那些无辜的同类玩垒球玩上一整个春天，就为了锻炼投球的手臂吗？"也因此批评家论及此书，常提到"神义学"（theodicy）。

　　《听客溪的朝圣》的作者不但发问，也尝试回答，这形成了此书的另一个特色，那就是"夹叙夹议"。迪拉德提出了问题，再细细观察大自然并且遍览书籍，而后提出见解。例如，在"解开那结"这一章，她观察褪去的蛇皮而下此结论："时间就是那相续不断的连环，是那无头无尾、鳞片不断重叠的蛇皮。……我们所寻找的力量，似乎也是个相续不断的连环，……神似乎一直滚动下去，就像神话里的连环咬尾蛇。"没错，神正如无头无尾的连环，无始无终地存在，永恒不断地创造。而且，神之所以为神，即在于其不可知的超越本质，所以，有关这世界的种种，有关神的创造，迪拉德终究是找不到答案的。即使到了最后一章，她依旧在提问，依旧不解："还是说，美本身就是繁复地制成的诱惑，是所有东西中最残酷的骗局？"面对大自然中荒谬离奇的现象，作者只能怀疑神创造了宇宙之后，是否"潜逃"了，使得一切出了差错："就我们看来，好多事情都出了差错。差错多到了我必须考虑另一条岔路，那就是，创造本身因为其自由的本性而无可怪咎，只有人类的感受乖离地出了错。"

确实，这些问题的答案或许就是"当下"那一章所提到的"我执"："所有宗教都晓得，阻隔在我们和创造者之间的，即我执——同时也让我们和其他人类互相分离，这是进化所赠予的一份苦涩生日礼物，把我们两端都截断。"而去除我执的方法，就是活在当下，活在迪拉德所谓的"纯真"之中："我所谓的纯真，是我们纯然沉浸在某一样东西的时候，精神上的忘我状态。此时心灵既开放而又全然专注。"我相信，我们之所以喜爱《听客溪的朝圣》，正是因为作者经常带着这份纯真徜徉于大自然中，并以开放而专注的心灵观察周遭或动或静的万事万物。无论大自然是美丽还是残酷，无论神是善是恶，迪拉德以这本书，以她细腻而又活泼"大胆"的文字，带我们一同前往听客溪朝圣："从上游到下游，欢欣鼓舞，头晕目眩，跳着舞，和着那一对赞美的银色号角。"

附录 安妮·迪拉德小传①

罗伯特·理查德森② 文

周玮 译

安妮·迪拉德在一九七四年出版了《听客溪的朝圣》，并获得普利策奖，此后她一直被视为美国文学的重要声音。她的声名多年来稳定增长，偶有跌宕。学者和评论家渐渐意识到了她的写作范围从自然界扩展到历史、形而上学和神学的领域，包括多种叙事类型，最终保

---

① 这篇小传此前未见正式出版，现收入安妮·迪拉德的网站（http://www.anniedillard.com/biography-by-bob-richardson.html），迪拉德带调侃地写了一段引言："我丈夫鲍勃（罗伯特·理查德森）是梭罗、爱默生和威廉·詹姆斯的传记作家。他不写桑塔格那种'疾病传记'。'当代作家'需要更新我的资料时，他自告奋勇要编写，便写了。通篇美誉让对方的代理或编辑作呕，他们退了稿。鲍勃已七十六岁了，做过两次开胸手术，安有两个起搏器。他很想看到这篇作品'发表出来'，请我把它放在网站上。没问题。"在译者看来，这篇小传地位独特，对安妮·迪拉德这位美国自然文学名家的创作生涯做了详细全面的介绍，对她重要作品的评价非常到位，也梳理了评论界的不同观点，不失公允，故而值得译介。

② 罗伯特·理查德森（Robert Richardson Jr.,1934—2020），美国文学教授，学者，传记作家。一九八六年，他出版了《梭罗传》(*Henry Thoreau: A Life of the Mind*)，安妮·迪拉德读后深为激赏，给她去信，两人由此相识，于一九八八年结婚。他的第二部传记《爱默生传》(*Emerson: The Mind on Fire*)（1995）获得美国历史学家协会的弗朗西斯·帕克曼奖，第三部传记《威廉·詹姆斯传》(*William James: In the Maelstrom of American Modernism*)（2016）荣获美国历史著作班克罗夫特奖。十年一剑，评论界公认理查德森耗费三十年心血撰写的三部大师传记是"当代美国文学研究领域的重大成就"。

罗·罗伯特在《多伦多环球邮报》上宣称：一九九九年出版的《现世》①"已让迪拉德稳居最伟大的美国作家之列"。

迪拉德著有一部小说，几部杂文集、诗集和一部自传，而她最具特色的作品是充满想象力的非虚构叙事——目击或描述，记叙和推测——难以归类。她鲜明的散文风格（同时深具鲜明的美国个性）为人所共知，模仿者众。她像梭罗，是一个细致的观察者；她像爱默生，笔下力道十足。然而她作品中的行文结构和意图独具一格。"我们的存在，短于我们所知道的时间，"她在《万物归一》②中写道，"而那个时间是漂浮的、劈裂的、透明的、可投掷的、狂野的。"

一九四五年四月三十日，迪拉德在匹兹堡出生，本名梅塔·安·多克（Meta Ann Doak），她的家族有苏格兰-爱尔兰、法国和德国渊源。她父亲弗兰克·多克有些年在一家小公司任职经理，他热爱的则是南方爵士乐，素喜沿密西西比河行船而下，跳舞，尤其是讲笑话。一九九四年，弗兰克·多克自费出版了一部回忆录，名为《像个潜艇三明治》(*Something Like a Hoagie*)。迪拉德在她的回忆录《美国童年》(*An American Childhood*)中写到父亲和精力旺盛的母亲帕姆（兰伯特）·多克，母亲喜欢跳舞，搞起恶作剧来才华狂放，有悖常理。假如电话响起，是有人拨错了号码，迪拉德的母亲就会把电话递给身边最近的人："快，你来接，说你的名字叫塞西尔。"

---

① 《现世》(*For the Time Being*)，倪璞尔译，外语教学与研究出版社，2016。
② 《万物归一》，匡咏梅译，广西师范大学出版社，2022。

梅塔·安，人称安妮，三姐妹中的老大；艾米小她三岁，莫莉小她七岁。她们都在匹兹堡长大，全家从一所宅子搬到另一所宅子，总归不出弗里克公园街区①。夏天她在伊利湖南岸的祖父母家度过。迪拉德去匹兹堡的基督教长老会教堂礼拜，上埃利斯女子学校②。有四个暑假她去了基督教长老会的营地。"我们唱浸礼会的歌曲，度过美妙的时光，"她这样回忆，"这让我对抽象观念有了一些认识。"孩提时代，她骑着车在匹兹堡四处闲逛，奔跑时曾双臂张开、面朝下跌倒在人行道上，有两个早晨滑雪橇时头冲前、肚子朝下摔了出去，速度太快，撞破了鼻子。她将棒球投向车库门上红线划出的好球区。棒球运动遂成为她的毕生爱好，一直到一九九九年她都在打二垒，有一次成功地独立打出三杀③。学生时代她还参加了大学曲棍球和篮球校队。

她热衷收藏矿石和昆虫，有一整套化学仪器，还有一台显微镜，令她发现单细胞世界奇观无限。她弹钢琴，演奏《诗人与农夫》序曲和布吉伍吉爵士曲。

若论有何不同，那就是她的内心世界比外部世界更为活跃。她上素描课和绘画课，在自己屋里一连几个小时素描，研究细部，如记忆中的面容、她的左手、蜡烛、鞋子、棒球手套。素描和绘画也是两个毕生爱好。但她首先是个嗜读之人。她读过的二战题材小说数不胜数，还有其他新老作品。她阅读野外指南，认为安·黑文·摩根的《池塘

---

① 这一街区可算是匹兹堡的富人区。
② 匹兹堡的私立女子学校，包括幼儿园、小学和初中。
③ 三杀（triple play），棒球术语，使攻方三个球员同时被杀出局。

溪流野外指南》极为出色。有段时间来者不拒：罗伯特·史蒂文森的《绑架》，狄更斯的《远大前程》，《拿破仑情史》《白鲸记》《弗洛斯河上的磨坊》，还有《疯狂杂志》①。早川一会②的《语言的故事》和弗洛伊德的几部著作。她反复大量阅读德国表现主义和法国象征派诗歌。里尔克和兰波，还有一部关于兰波的传记体小说《燃烧的岁月》③。她读亨利·米勒、约翰·奥哈拉、海伦·凯勒、海明威、托马斯·哈代、威尔基·科林斯、约翰·厄普代克、《情铸》④、《丑陋的美国人》⑤、《隐藏的说服者》⑥和《谋取地位的人》，还有菲茨杰拉德传记。她读 C.S. 刘易斯⑦关于神学的广播谈话。老师们对她内心的想法所知甚少。等她十五岁到十七岁的时候，老师们对她的事情或能确定一二，但他们并不喜欢。《美国童年》里写到一个老师，她说："哎，看看吧，这就是一个二十世纪的孩子。"

---

① 《疯狂杂志》(*Mad Magazine*) 由时代华纳旗下公司出版的一本专门恶搞流行文化的讽刺月刊，创刊于 1952 年。

② 早川一会（Samuel Ichiye Hayakawa, 1906—1992），又译为塞缪尔·早川，加拿大出生的日裔美国语言学家，曾任旧金山州立大学校长，加利福尼亚州联邦参议员。他有多部面向大众的著作，为推广语义学做出了重要的贡献。

③ 此处指詹姆斯·拉姆齐·厄尔曼（James Ramsey Ullman, 1907—1971）的作品 *The Day on Fire: A Novel Suggested by the Life of Arthur Rimbaud*。詹姆斯·拉姆齐·厄尔曼是美国作家、登山家，以创作登山主题的作品闻名。除了登山类书籍著作，他还写过南太平洋旅行记以及这本关于诗人兰波的小说。

④ 《情铸》(*By Love Possessed*, 1957) 是美国作家、普利策奖得主詹姆斯·古尔德·科曾斯的小说。

⑤ 《丑陋的美国人》(*The Ugly American*, 1958) 是一部政治小说，当时是销量过百万的畅销书。

⑥ 《隐藏的说服者》(*The Hidden Persuaders*, 1957)，作者是美国社会评论家万斯·帕卡德，这本书揭露了当时广告界的内幕。后面提到的一本《谋取地位的人》(*The Status Seekers*) 也是帕卡德所著。

⑦ C.S. 刘易斯（C.S.Lewis, 1896—1963），20 世纪英国杰出的文学家、文学评论家、科幻与儿童文学作家、基督教神学家和演说家。

迪拉德做任何事都如饥似渴，热情率性，不计后果。总是有男孩子。很快就成了男朋友。她买了小手鼓，出没于谢迪赛德的花哨酒吧，暗地响应那些开始系统性搅乱自身感官的垮掉派诗人。她赢了查尔斯顿舞比赛。除了她父亲痴迷的南方爵士乐，她又迷上了摇滚乐——直到现在也依然喜欢。她曾因为抽烟被停学。有一天她接受了几个男孩飙车的邀约，结果撞了墙，她当时坐在副驾驶座。自那以后她依然继续狂飙，只是多数时候是以其他的方式。

迪拉德的女校校长玛丽安·汉密尔顿和她父母都想让她去南方读大学，以磨平她不羁的棱角。然而正如她在《美国童年》中所写："我对我那不平的棱角怀有希望，我想拿它当开罐器，在世界的表面打一个洞，我可以借此洞脱身。"她从匹兹堡及其社交圈开出一条路，离开父母，去了弗吉尼亚州罗纳克的霍林斯学院。去霍林斯而不是拉尔夫-梅肯女子学院是她自己的决定，因为她做了一个梦，梦见霍林斯的老图书馆后流淌的卡汶溪，风景优美。

迪拉德在霍林斯的老师包括研究十七世纪历史的学者约翰·摩尔、南方文学教父路易斯·鲁宾、研究神学的乔治·高德，还有理查德·迪拉德——诗人、实验派小说家、霍林斯日后著名的创意写作项目主任。李·史密斯是她的同学和好友。迪拉德对神学、文学和写作孜孜以求。到了二年级的圣诞节，她和理查德·迪拉德订婚了，两人于一九六四年六月五日成婚。二十岁时她成为教授的妻子。她继续求学，拿到学士和硕士学位，打垒球，玩"皮纳克尔"扑克，学会读等高线图。她在阿巴拉契亚山脉步道和蓝山山道行山露营。不过主要还是读书，其次写诗。她和她丈夫住在罗纳克一个安静的郊区，房子后院地势陡升，通往一条并不起眼的溪流，最宽时大约十七英尺（约五米），叫"听客溪"。

一九七四年，迪拉德出版了一本诗集《转经筒的门票》（*Tickets for a Prayer Wheel*），评论家对诗歌抒情艺术、神学主题和清晰的形式赞誉有加。迪拉德的独特声音已清晰可辨："我们用泡沫当羽毛 / 铺垫我们的巢，河流奔涌，/ 仁慈的围屏① 从中分开。"

二十世纪六十年代末和七十年代初，迪拉德也在写散文。一九八九年，她接受了《出版人周刊》凯瑟琳·韦伯的访谈，提到自己对诗歌本质的理解："不在优美的言辞，而是能够洞穿意义的内部结构。"对迪拉德而言，散文比诗歌更高一级。"诗歌是长笛，"她对韦伯说，"而散文是整个管弦乐团。"她的目标是用诗的结构来组织散文，让散文承载和诗歌同样的，甚至更有分量的意义。七十年代的某一天，迪拉德读完一本书觉得失望，不禁心想："我能写得更好。"一年后，《转经筒的门票》尚在印刷，迪拉德又完成了一部手稿，确定了书名。《转经筒的门票》出版两个月后，《听客溪的朝圣》也出版了。《哈泼》杂志打来电话的那个下午，迪拉德正在打垒球比赛，她从二垒手的位置下来，拿起电话，发现自己"成名了"，她的书在全国出版。兴奋之余她吃了一个苹果，吃得极快。

---

① 围屏（screen）一词原指教堂内的圣坛屏，用于分隔中殿与唱诗班席。

二〇〇〇年，《俄勒冈人报》^①的鲍比·提切诺回忆道："《听客溪的朝圣》一书让我停下了脚步……她的文字诱惑着你与她同行……一个美妙刺激的旅伴。我每一两个月就会翻阅一下（二十六年来！），总有新的体会、新的愉悦。"一九七四年《听客溪的朝圣》出版，对于这样一个拒绝在电视上露面的作家，纽约的宣传机构已尽其所能掀起了巨大的声势。《哈泼》杂志刊登了其中两章，把她列为一名供稿编辑；《大西洋月刊》刊登了另一章，还有一章登在《体育画报》上。《科克斯书评》在《听客溪的朝圣》还是校样的阶段就大肆抨击。洛伦·艾斯利^②也对它加以抨击，温德尔·贝里^③说此书没有提出任何土地利用的伦理准则云云。C.P.斯诺备感震惊。尤多拉·韦尔蒂为《纽约时报书评》撰写长文，挑剔书中发展不足的人物、抽象性的内容和学究气。韦尔蒂引用书中的段落："这个世界和魔鬼签了约定，它不得不这么做。条件很明白：你要生，就得死……"^④她声称："我确实不明白她这种时候在讲什么。"《听客溪的朝圣》精装本几乎无人问津，然而这么多年过去，平装本却进入了全国每一所大学的高等课程表。初版

---

① 《俄勒冈人报》(*The Oregonian*)，美国西海岸历史最悠久、发行量最大的报纸，于一八五〇年创刊。

② 洛伦·艾斯利(Loren Eiseley, 1907—1977)，美国人类学家，作家，一九五七年他出版了第一部作品《无尽的旅程》(*The Immense Journey*)，该书出乎意料地畅销，被视为二十世纪中期以来最有影响力的美国杂文集之一。

③ 温德尔·贝里(Wendell Berry, 1934—)，美国作家、诗人，环保主义者，出版过五十多部作品。他在肯塔基州距自己出生地不远的地方买下一个农场，迄今已经营了四十多年。他对于土地怀有深邃的敬意，是农耕生活价值坚定的捍卫者。二〇一〇年，时任总统的贝拉克·奥巴马为他颁发了美国国家人文奖章。

④ 此处及后面摘录的译文引自《听客溪的朝圣》(广西师范大学出版社，余幼珊译，2015)，个别地方略有改动。

341

二十七年后，它跻身多个"最佳作品"书单，包括菲利普·萨勒斯基的"二十世纪最佳性灵散文"和《纽约时报》的"二十世纪百部最佳非虚构作品"。

在此书出版前，其中不少章节已在杂志上刊出，所以迪拉德被称为杂文家，《听客溪的朝圣》被归类为杂文集。但实际上她只写过一部杂文集《教顽石开口》。她活力充沛的散文时而庄重，时而华丽，时而轻快，时而欢腾。一位评论家称之为"脱口秀式的狂喜神迷"。"观看的秘密就是乘着太阳风，扬帆而去，"她写道，"应当磨砺并开展你的性灵，直到自己成为一张帆，锐不可当，清晰透明，只需微风，即扬帆而去。"后面她又写到"一辈子在愤怒的边缘上郁郁寡欢"的生活，而她说："我绝不这样。这世界无论哪一个方向都要比这么做更加狂野，更加危险苦痛，也更加奢华明亮。我们应当作乐，却在工作，应当掀起风浪或是起死回生，却在栽培番茄。"

迪拉德构想万物之道，往往通过叙事而非分析来证言，通过叙事的象征而非论证来构建"感知的世界"。

大约五年前，我曾经看到一只嘲鸫，由一栋四层楼高的屋檐上，向下垂直俯冲。鸟飞既不经意又随性，如同茎的卷曲，或是一颗星星亮起。

嘲鸫向空中跨出一步然后下坠。翅膀还收拢在两侧，好像只是站着唱歌，而不是以每秒三十二英尺的速度由空中落下。就在撞向地面前的一瞬间，鸟儿准确地、从容不迫地稳稳将翅膀张开，露出宽宽的白色横条，又展开优雅的、有白色条纹的尾巴，滑向草地。我刚从墙角转过来，就一眼瞧见那潇洒的姿态；四下没有他人。

鸟儿自由落体般的降落，犹如树在林中倒下那充满哲思的谜。我想，谜底必须是：不管我们要不要，或知不知道，美和天道兀自展现。我们只能尽量在场。

《听客溪的朝圣》结构复杂，富有层次。首先这是一部叙事作品，记述了她漫游和阅读的日子，把时间花在何处。也是一部"心灵气象日志"，这是她借用自梭罗的一个短语。这还是一部关于自然界的能量强劲的科学记录。同时又是一部"光辉灿烂"的神正论[1]，语气严峻、震怒、大胆地质问一个为善的造物主为何造出一个残酷而暴力的世界。在结构上，该书扎实的对称性基于中世纪基督教神学对灵魂接近上帝的描述。前八章呈现了一种现代版的"正途"，第九章"洪水"则是一个转折，后七章呈现的是"反途"。正途上的人通过善行，通过爱上帝和上帝的善行来积极尝试接近上帝。正途上的灵魂是登上一个善的梯子走向上帝。而走上反途的灵魂，正如迪拉德所述，通过否定一切关于上帝的说法来接近上帝："所有关于上帝的推测都是不正确的。语言具有欺骗性，世界具有欺骗性。上帝不是无上完美的善、无上完美

---

① 神正论（theodicy）是神学的一个分支，针对恶的情形为上帝的公正性做出辩护。

的全能、无上完美的慈爱：这些词语适用于生物，而上帝不是一个生物。"

反途上的灵魂摈弃所有不是上帝的东西：在无知无觉的黑暗中，灵魂只能希望上帝发现它，在感官之外，理性之外。在该书的前半部，世界越发繁盛丰盈；而到了后半部，太多被虚掷的造物使灵魂羁足，头脑之中和死亡论辩，出现了愈发浩大的空无之境。灵魂正在放空，做好准备，等待上帝可能的介入。

所有这些，都付与才华横溢的激情书写，文字可与梭罗和梅尔维尔相媲美，能量充沛，藐视传统，令人称奇。习惯性的高亢和突降，就像一列过山车，总是诉诸感官的描述，坚持不懈的主动语态，一以贯之的记叙。在全书最后一段，迪拉德提及爱默生的梦境，他梦见自己看到了地球在遥远的地方旋转，然后一位天使到来，对他说："汝当啖之。"他就把这世界吃了，"全部吃下去"。

一九七五年迪拉德获得了普利策非虚构作品奖，此后她离开了弗吉尼亚州，搬到普吉特湾近处的一个小岛，距华盛顿州的贝灵汉不远，搬家的部分原因是回避媒体和公众。波士顿的迈克尔·J.格罗斯认为"迪拉德拒绝营造公众形象，为的是打磨苦心孤诣的写作人生，让它拥有难得的完整"。她在华盛顿州结识了她的第二任丈夫，盖瑞·克莱韦登斯，一位作家和人类学家。两人共同生活了十二年。他们在一个偏远古朴，似乎还从未告别十九世纪的小镇居住了很长一段时间。迪拉德住在华盛顿州，并在西华盛顿州立大学兼职授课，是那里的"杰出访问教授"，在此期间她写了一个中篇，名为《生者》(*The Living*)，后来扩展为一部长篇小说。也是在那里，她完成了自己最喜欢的作品《万物归一》①。

在最终将会完成的"自然之恶缘何存在"的三部曲中，《万物归一》是第二部。该书采用个人叙事的形式，这里的关键词是"形式"，而非"个人"。迪拉德对事件的记叙，看似个人叙事，但经过她的重新塑造，融入她从广博阅读中撷取的意象和观点，被转化为一段象征性的、存在主义的旅程。这也是梅尔维尔用一个老捕鲸手的悲惨故事创作出《白鲸》的过程。评论家芭芭拉·劳恩斯伯里注意到评论者们起初将迪拉德的作品与梭罗和爱默生的相比，然而随着时间流转，他们开始拿它来和霍桑及梅尔维尔的小说比较。

在《万物归一》的开篇，迪拉德借用了爱默生写给玛格丽特·富勒的一封信中的句子："没有人怀疑时日即神灵。"她决定用接下来的三天来试验。第二天，岛上一户人家的飞机在她附近坠毁。书中写到一个小女孩的脸被烧伤毁容，朱莉·诺维奇，她是迪拉德做苹果酒时认识的。我们如何认识这三天的神灵？书中发问。第一天的神是一个异教的神灵，栖居于所有的造物，让群山焕发生机，是缠绕在作家发间的一个裸体小人般的神灵。第二天，"上帝的牙齿"，神对真实事故

---

① 《万物归一》的原名为 "*Holy the Firm*"，直译为"坚固的圣质"，此文中沿用中译本书名，引文均摘自此译本。

的残酷漠然置之，神灵缺席。第三天的神是神秘的上帝本尊，当光线穿透了肋骨，它透过她背负的背包显现。全书收尾时，叙事回归被烧伤的女孩，对神的再次奉献，还有基督受洗的启示。

此书的结构就像贝多芬晚期的四重奏一样复杂。《万物归一》有三部分——创造，堕落，救赎。第一部分的基点是感官体验，呈现出一个新生的岛屿世界，充满灵性，生动鲜明，洋溢着泛神论的色彩。第二部分的基点是思想，她愤慨发问，以理性探讨坠落、第二天的飞机失事，但理性无法为不必要的苦难找到意义。第三部分的基点是性灵，从狂喜发展到觉悟。作家在能被感知和言说之物的边际蹒跚行走。而所有这些都是通过叙事而实现的，这一点我已一再强调。记叙这个世界的事物，海岛、农场、女孩、书籍、男孩。这是被强化的、有所负载的叙事，被打造成象征的叙事，自始至终都是叙事。

开篇的事件照亮了整个故事，点明主旨：一位僧侣或是艺术家奉献自我的人生，将自我奉献给空无、火、恐怖和美。迪拉德独自一人，在宿营地读一本小说，关于那位年轻的法国诗人，醉酒的亚瑟·兰波，"一本我十六岁读过后就想去当作家的小说；我希望那种感觉再来一次"。一天夜里，一只蛾子飞进了她的烛火。

一只金色的雌性蛾子，很大的一枚，翼幅展开足有两英寸长。她扇动着翅膀扑进了火，腹部落入了烛泪，粘上了，烧起来，动不了，几秒钟内就被烤干了。她那舞动的翅膀，就像棉纸一样烧起来，放大了烛火的火圈……当这一切结束时，她的头，据我判断，就像她的翅膀和腿一样已经烧没了……此时此刻，剩下的只是她胸腹部亮闪闪的角质壳——残缺的，烧得塌陷的一段金色条状蛾身，直直地挤在烛泪形成的凹陷里。

于是，这蛾子的精髓，这炫目的骨架，变成了一根烛芯。她不断地燃烧。蜡油没过蛾子的身体，从腹部到胸部，从胸部到参差不齐的洞口（原先那里是头部的位置），扩展融成火苗。一簇橘黄色的火苗包裹着她，投到地上的影子仿佛焚身于火焰中的僧侣……

她持续烧了两个小时，没有变化，没有弯曲，没有倾斜——只有里面亮闪闪的，就像是瞥见投影到墙壁上的楼房失火，就像一个空心的圣徒，就像一个火苗脸的处女追随上帝而去。我就着她的光读着书，思绪纷飞，巴黎的兰波在一千首诗歌里烧光了自己的大脑，夜在我的脚下湿漉漉地聚集。

一九七九年，迪拉德和克莱韦登斯搬回东部，在康涅狄格州的米德尔敦安家，迪拉德又有了一份教职，这次是维思大学的驻校作家。"我来到康涅狄格，是因为在我的漫游中，该是回到东部的时候了——回到那片硬木森林，那里繁茂的树木和柔软的植物都各自拥有鲜明的四季"，她在一九八四年的《时尚先生》杂志发表的文章《我为何居于此地》中写道。她们的女儿科迪·罗斯一九八四年出生在康涅狄格州。全家在科德角的南韦尔弗利特度夏，克莱韦登斯前一段婚姻所生的两个女儿卡琳和谢丽从一九七六年至此一直在迪拉德的生活中占据着重要位置。一九八二年迪拉德出版了一本相对次要的作品《以小说为生》（*Living by Fiction*），还有一部重要的作品《教顽石开口》。

《以小说为生》是"一个茶杯里的形而上学"，颇得评论家青睐。当代作家（博尔赫斯、库弗、纳博科夫）的现代主义小说是一种单薄平面的艺术，就像抽象表现主义。意义寓于艺术作品的关系。传统小说具备深度，塑造出丰满的角色，就像使用透视法的架上绘画，最终更撼动人心，因为仅凭这一部小说就能满足我们对于意义的追求。

《教顽石开口》的副标题是"远行和偶遇"，据作者的介绍，"这本书不是零散篇章的合集，比如某些作家为补充其重要作品而出版的那类文集。它确实是我的重要作品"。第一篇《全食》是迪拉德最出色的短篇散文之一，乔伊斯·卡罗·欧茨将其选入二十世纪散文佳作100篇。《全食》表面上叙述的是迪拉德和她丈夫的一次旅行，两人向东穿过喀斯喀特山脉，去华盛顿州的亚基马区看日食。但真正的故事不仅是太阳的黯然失色，还有理性、白日信仰和清醒头脑的黯然失色。

一场雪崩阻塞了穿过喀斯喀特山脉的公路，迪拉德却一头扎进公路维护人员用推土机挖出的雪堆隧道。叙事中的这个入口是非理性和潜意识的荒凉黑暗之界的入口。迪拉德在旅馆歇脚，前厅里充溢着超现实的荒谬感。她思考着日食本身——正午时分的黑暗，她探究人类在暴力和黑暗的"深渊"中发现的东西。

"但是，假若你驾驭这些怪兽继续深潜，假若你和它们一同在世界的边缘坠落得更远，你会发现我们的科学无法确定或命名的所在，培养基、海洋、矩阵，或是托升其余一切的以太，它赋予善为善的力量，也赋予恶作恶的力量。"然而一切都倚赖人性的醒悟。迪拉德的文学力量过去如此，现在也依然有一种催人醒悟的作用。《全食》出色地描述了一场现实中的日全食，那颗行星势不可当的黑暗阴影，山顶上用望远镜科学观看的沉默人群，人们的尖叫声。同时也是一个坠入无意识世界的冰冷噩梦的过程，一种对心灵隐藏轴线的刺探。

《极地远征》由两个故事穿插而成，记述了卓绝不凡然而策略有误的极地探险，特别是斯科特和富兰克林率领的远征，还有平日教堂礼拜的蹩脚事件。这一篇的口吻淡然和风趣并存，手法是《现世》的预演。尊严是神圣的阻碍，这一主题已在她的作品中反复出现。

《像鼬一样生活》是迪拉德又一篇被收入各种选集的文章。她在文中回忆欧内斯特·汤普森·西顿[①]讲过的一个故事，一个男人"将一只老鹰从高空射下，他察看老鹰，发现它带着一具鼬的尸骨，鼬嘴咬住了鹰的喉部。推测起来，应当是这只鹰猛扑下来，抓住鼬，鼬一个

---

① 欧内斯特·汤普森·西顿（Ernest Thompson Seton, 1860—1946）：加拿大博物学家、作家，擅长狩猎。一八九八年他出版的动物故事集《我所知道的野生动物》（*Wild Animals I Have Known*）极为畅销，此后又出版了四十余部相关题材的作品。通常认为西顿是现代动物小说体裁的开创者。

转身，凭本能张口咬去，牙齿锁住鹰脖，差一点胜出"。这一篇的主题是全心投入，坚持不懈，也许还有像艺术家那样殒命高空。"我想那应是妥当、适合、顺从和纯粹的行为，"她得出结论，"应当紧握你的必需之物，决不放手，软软地悬垂其下，任它将你带向四方。便如此，甚至是死亡——无论你这辈子如何生活也终将抵达的死亡——也不能将你们分开。紧扣死亡，让它也把你带入高处，直到你的眼睛烧伤脱落，让你麝香味的肌肉一丝丝掉落，让你的骨头散架，四处散落，散落在田野和森林，轻飘飘地、了无思绪地，从不同的高度落下，也从鹰飞的高空落下。"

《普罗维登西亚的鹿》最初发表于一九七五年，是《教顽石开口》的核心篇章。故事发生在厄瓜多尔的丛林，迪拉德看到一只被诱捕、绳缚、受伤的鹿，忍受着剧烈的痛苦等死。团队中的城市男人们观望着，想看迪拉德身为女性的反应。她比他们坚强。这一篇以艾伦·麦克唐纳与鹿相似的故事作结，他不慎点燃汽油烧成重伤，伤好以后又点燃了自己。"可有哪位人士能顾及尊严向艾伦·麦克唐纳解释，向普罗维登西亚这只鹿解释，到底发生了什么？"

书中最后一篇精心组织，写一个三十五岁的叙述者和一个无名的年轻女孩去度周末。时间就像在自行车下坡时，随辐条摆动的扑克牌不断加速。乡间的一个周末是一生的隐喻。文章结尾处，一阵秋风"让吹过的水面变得黑暗，就像用手指合上百叶窗的板条"，秋日的来临让作者想到了死亡。

一九八四年，迪拉德出版了《和中国作家相遇》（*Encounters with Chinese Writers*）一书，幽默地记述了她和一队美国作家的中国之旅以及她协助美方组织一个中国作家代表团的来访。这本书体现了她对中国作家生活的洞见，而对迪斯尼乐园里的艾伦·金斯堡和中国作家也有绝妙的刻画。

一九八七年，迪拉德出版了《美国童年》，此书看似记述了她在匹兹堡长大成人的经历，其实不算通常意义的回忆录。回忆录针对的不是迪拉德自己，而是父母、姐妹、邻居，她成长中置身的那个世界。真正的主题是意识的苏醒。"十岁的孩子有天醒来，发现他们自己置身此处，意识到他们一直如此，从来都在此处，"她写道，"和每一个孩子一样，我无比贴合地滑入自我，就像一个跳水的人迎向她的池中倒影。她的指尖进入水中的指尖，她的手腕上滑至她的手臂。跳水者用她的倒影裹住自己，完完全全，在脚趾处封闭起来，她穿着这一身爬出水池，从此不曾脱下。"此书睿智而富于魅力，下笔流畅轻快，文字正如她的童年，地道的美式风格。《旧金山观察家纪事报》称该书"进一步巩固了安妮·迪拉德大作家的声名"。语言十分幽默，也不乏美到惊人的时刻，令读者喉头发紧。她细细描述自己掐住母亲皮肤的一刻，观察到较年长者的"双手被皮肤松松包住，就像袋子里的骨头"。她听父亲磨砺一个笑话的机锋："青蛙走进一个酒吧。"她看到飓风刮倒的电线"射出飞溅的火球，熔化了沥青……我站在那里注视那数以亿计的硕大闪电在街道上涌动。电缆充满电力，像瀑布一样源源不绝，它为自己掘出土坑，黄色的电火花似水泼溅。我在繁忙的佩恩大道边站了大半天，呆呆凝视，直到下午晚些时候，有人在某处关闭了电源"。

二十世纪五十年代的冬天，一场大雪持续下到第二个星期，某天晚上，从餐厅的窗户看出去，那个名叫乔·安·希伊的邻家女孩正在街灯下独自滑冰："滑冰的人一度离开了灯光。她掠入街灯以外的黑暗，沿街疾行，只能看到她的白色冰刀和白色的雪。她在另一盏街灯下再次现身，身处不绝的寂静……在第二束街灯的锥形光中，她向后旋转屈身，然后突然转体半周，就像是回返自身，吸收了自身的动量，又从自身反弹。她飞驰向前，滑入黑暗的街道，复又安详地出现在下一个街灯的光锥里。我呼出一口气，抬头看去。街道远远的尽头，夜空没有月亮，陌生异样，一片孱弱无底的黑，缀满静止不动的寒星。"

就这样滑入自己的意识，这根通电的金属丝叙述了对于棒球、男孩、书籍、科学和雪球的领悟。鲜活的生命状态，她说，就是站在瀑布下。"你执意离开那昏睡的岸边，你脱掉沾满尘土的衣服，抬起赤裸的双脚，走过高而湿滑的岩石，屏住呼吸，选择落脚之处，然后踏入飞瀑。激流在你头上倾盆而下，一下下重击你的肩膀和手臂。强劲的水流在你身侧冲刷而下，你感受着水流……你在这儿还能呼吸吗？""是的，"她答道，"即使在这里你也能呼吸。"你可以学会这样地活着，在激流下活着。

一九八八年，迪拉德与克莱韦登斯离婚。她与罗伯特·理查德森结婚，理查德森是一位教授、学者，著有两部备受好评的传记，《梭罗传》（1986）和《爱默生传》（1995）^①。一九八九年她出版了《写作人生》（*The Writing Life*），一本她予以批判的书，除了最后一章，写的是特技飞行员戴夫·拉姆的真实经历。这一章的叙事时而回旋，时而俯冲，过程正如一场令人心跳骤停的飞行；每一位出色的作家都是特技飞行员。《纽约时报》的书评家喜欢这位特技飞行员的部分，认为书中有很多这样精彩的点滴，然后作结："很可惜，这些点滴无法汇总成一本书。"

一九九二年，迪拉德出版了她的第一部小说《生者》（*The Living*），较早的一个版本是同题的中篇小说，一九七八年刊登在《哈泼》杂志上。她将其重新打磨为一部小说。到了一九九四年，她又为《安妮·迪拉德读本》重写了最初的故事。《生者》的背景是十九世纪下半叶的太平洋西北海岸地区，讲述了贝灵汉湾地区的拓荒者和新移民三代人的故事。托马斯·基尼利为《纽约时报》撰写此书的书评，提到迪拉德"能以真正的史诗体来写作的杰出才华"。雄浑的画卷在书中展开，将海岸、山脉、森林、河流、印第安人、农场、伐木业、中国人、铁路的出现、经济繁荣、城镇的发展，以及劳工争端一一纳入。

一八五五年，第一批拓荒者乘轮船来到"世界崎岖的边缘，这里树木奋力扎入岩石……，似乎就是昨天的某个时候，大陆的边角被骤

---

① 罗伯特·理查德森所著的《梭罗传》和《爱默生传》中译本均由浙江文艺出版社于 2020 年和 2022 年出版。

然截断，而黝黑的林木继续生长，仿佛一切都没有发生"。读者追随着一队拓荒者和他们的孩子从一八五五年到一八九七年的生活。有些熬过了荒野抛给他们的种种考验，有些人却以难以预料、悲惨，或突兀的方式死去。

迪拉德在二十世纪九十年代的繁荣时期写就《生者》一书。小说的主要事件发生在一八九三年，美国早年间的一段繁荣时期。评论家多认为书中的大反派比尔·欧邦尚塑造得十分成功，一个阴暗独特的人物，行事动机恶毒，深不可测。欧邦尚疯狂残忍，是一个浮夸、自我膨胀的知识分子，从书中吸取毒素。他独自栖身于一棵巨大的花旗松的残桩。主角克莱尔·菲什伯恩的名字暗示着"明亮的燃烧的基督"①，他是一个极为高尚的青年，曾做过欧邦尚的老师。欧邦尚恐吓要杀死菲什伯恩，他的想法并不是真正置其于死地，而是要看他如何在紧迫的死亡恐吓下活着。欧邦尚的疯狂和毁灭性为人所共知，他曾经在低潮的时候把一个中国人绑在地桩上，留给那人一盏灯，任其眼睁睁看着自己将被上涨的潮水淹没。欧邦尚走在贝灵汉湾的滩涂上，津津有味地构想着威胁中的谋杀如何可能，但不是真正杀死菲什伯恩。"你告诉一个人他的命握在你手里，奇迹般地，他的命真的就握在你手里了。他对此相信几分，你就能支配他几分。他属于你就如同一个人属于上帝，取决于他信仰的程度。"

---

① 原文为 clear Christ aflame，谐音克莱尔·菲什伯恩（Clare Fishburn），Fishburn 这个姓氏字面意思是"燃烧的鱼"，而鱼的希腊文为 ΙΧΘΥΣ，因其恰好由"耶稣、基督、神的、儿子、救世主"五个词的首字母构成，而成为基督教的代表符号之一。

菲什伯恩是一个忠于家庭的男人，无论碰到谁都会出手相助。他讨厌过分琐碎的事情，"享受乐事，寻求行动和任务，是一个快活的巨人，急性子，无心机，容易听信他人，一个慷慨大方的孩子"。读者追随着这个男人和他妻子的故事，看菲什伯恩告诉她自己将被杀害的实情，此后如何岌岌可危地活着。他的生活和迫近的死亡构成的对比塑造出扣人心弦的叙述，焦点集中在自然界和菲什伯恩心爱的人身上。因为他在等待死亡降临，每一天观看自然时都有这样一种感觉，这是他对这个地方最后的想象。以这种方式生活对于菲什伯恩来说不啻一种醒悟的人生。

面临死亡的菲什伯恩一如既往地选择了生活，欧邦尚对这个"在他手心"的人益发心怀怨怒。最终，欧邦尚再一次行使他的"控制权"。他安排了一次和菲什伯恩的会面，告之他将不会被杀害。克莱尔穿过一座排架桥来见欧邦尚，心中预期着死亡，他看见自己的生命"潜入上游的光"。虽然大地不断翻耕泥土之下的人和马匹，却没有哪一代人亲眼看见，被毁坏的田野继续生长，忘却一切。菲什伯恩向死而生，对于生命的理解在此刻达到了顶峰。他拒绝了欧邦尚的赦免。他必有一死，菲什伯恩终于明白这就是作为生者的意义。没有任何东西能够夺走属于他的这份宝藏，欧邦尚也不例外。"所有的生者都在一同攀登当下的顶峰。所有的男女和孩子跑上像地球一样广袤的田野，打开时间就如同在草地上辟出一条小径，他是与他们一同诞生的。不，他说，他剥开光亮，在空中行走，朝着家的方向；不。"

欧邦尚不得善终，大快人心。在《生者》的结尾，下一代的休·霍纳和他的爱人维尼，也即克莱尔·菲什伯恩和他妻子的侄子与侄女，他们延续着上一代人的生命，劳作，航行，学习医药，在海滩上生火，听闻育空金矿的罢工，在午夜时分游泳。休·霍纳在梯子上爬了很多级，爬上一棵老杉树的树顶平台，俯瞰一面池塘。更高的地方拴着一根又大又粗的老绳，充当秋千。平台上布满黑影，下方的池塘也看不见。休抓住绳子荡出去。"他颤抖着荡过空中，看到下方的黑暗如阴云开散，让位给地面上一泓深邃的星辰。他心下希望那就是池塘，林中的凹洞映出苍穹。他裁夺时机，放手而去；就这样将自己抛入群星。"

《生者》一书证明迪拉德能够运用自然文学作家把握客观世界的科学视角和浪漫主义作家的梦幻之眼，来呈现人类"朝向上游之光"的非凡旅程。菲什伯恩就像《听客溪的朝圣》的作者，面朝上游，看向未知的未来，那里"来自幽秘源头"的"波浪在我的头上炸裂……活生生的水和光"，带来新生的"无尽世界"。

评论家芭芭拉·朗斯伯里留意到"书评人大多认可克里夫·梅森在《美国西部文学》（1993）中的看法，他说这部小说是迪拉德创作生涯知性和风格的巅峰"。《纽约时报》，美国图书馆协会书单，以及《新闻周刊》《出版人周刊》《安提阿评论》《国家》杂志都对书中的人物称许有加。但是路易丝·斯威尼在《基督教科学箴言报》上指出人物单薄的问题，《华尔街邮报》和《纽约客》也持相同看法。大卫·普兰特在《耶鲁书评》中指出故事情节破坏了全书的后半部；其他读者发现小说只有后半部栩栩如生。在加拿大、法国和美国，《生者》一书仍有很多拥趸，他们认为此书对北美文学做出了重大贡献。

一九九四年，迪拉德出版了《安妮·迪拉德读本》，其中《像鼬一样生活》一篇有小处修改，短篇小说《生者》被她扩写为中篇小说，《万物归一》有些微改动，她还首次发表了一些诗歌，后来被收入诗集《如此清晨》，于次年一九九五年出版。《安妮·迪拉德读本》也是第一本且唯一一本收入"路加之书"的文集。一九九八年和一九九九年，哈珀经典系列推出了迪拉德几本书的新版和修订版。她在《生者》中加入了一众人物的生卒年表，并将开头部分改短。她为《写作人生》做了一些修改，也对《万物归一》做了少许修订，改动了三部分的小标题，表明意图。

二十世纪九十年代末，迪拉德教学课时越来越少，她和丈夫待在佛罗里达州基韦斯特的时间越来越多。他们依然在科德角避暑，但在南方待的时间更长，有时在北卡罗来纳，大部分时候在基韦斯特。一九九九年，迪拉德结束二十一年的教职，离开维思大学。同年她出版了《现世》。《多伦多环球邮报》的评论家伊拉·莱文首先注意到《听客溪的朝圣》《万物归一》和《现世》构成了关于自然之恶的叙事三部曲。

《现世》的内容看似芜杂：游访以色列，戈壁沙漠中一位法国古生物学家的生平，一组哈西德教派的思想家、科学，插科打诨，以及新闻报道——七个短章为读者逐一描画出独特而宏大的视野，探讨个体的我们本质何在，身处何方。这本书的形式从内容之中自然地浮现，与她以往所有的作品都不同。迪拉德用纷纭各异的材料熔接出一部素朴、奇特、知性强大的作品。有些作家认为这是她最好的著作。大量非虚构的叙事纷至沓来，好像被冲到二十世纪最后一片海滩上的漂流瓶中发现的字条。《现世》中的段落有时读起来像是《圣经·传道书》，有时像巴·舍姆·托夫，又或是西蒙·薇依的笔记，太空时代版本的《风沙星辰》，现代主义的《奥义书》，又或是后现代的《忧郁的解剖》。迪拉德的利刃切入紧密相连的骨骼。"我们生活的地方无不藏匿着地雷，大自然本身就是一个陷阱。没有人能够通过，没有人能够走出。你我都可能因心脏疾病而死。"① 另一处开篇写道："洛杉矶机场有两万五千个停车位，每一个车位可以分给一个死于一九八五年哥伦比亚火山爆发的人，或者分给近两年来因为误触战场残留地雷而死的人。如果五人乘一辆车，几乎全世界的因纽特人都能塞进洛杉矶机场的停车场里。"伊拉·莱文赞许迪拉德"分享她博大的思想，连同其所有的巨著、文本、记忆和想法，也坦陈她宽广的心胸"。波士顿的迈克尔·格罗斯提到这本书"爱与恐怖的均势"，此外他和很多评论者都注意到迪拉德无畏的勇气。

迪拉德书写人类境地的企图凝聚了整本书的内容。一页页推进的动力则是她三十年来不断打磨臻于完美的散文体。她使用动词的频率

---

① 本段及后两段中的引文均引自《现世》的中译本，倪璞尔译，外语教学与研究出版社，2016。

之高也如其他英语作家，占整整百分之二十，和塞缪尔·约翰逊一样。她几乎从来不用被动语态。她在《美国童年》里发现了几个被动语态结构，此后完全禁止自己使用。她曾说过，在学生习作中她希望找到从未见过的两个词语的搭配。她自己的读者则必须在没有地图指引的条件下从梅斯特·埃克哈特①抵达洛杉矶国际机场。她的句子牢牢把握住感官，像回避霍乱一般回避抽象和"理论"。有人问她自己是否能够"成为一个作家"，她答道："你喜欢句子吗？"

在《现世》这本书里，迪拉德在自己的病理学探究中投入了各种东西，包括一个医院的水槽。"'灵性之路'这一好笑至极的流行词汇，指的是人们为探寻'绝对者'的真谛，十年如一日摸索走过的那些漆黑的台地和光秃的山丘。群星之下的辽阔平原上，星星点点的人——他们或是成群结队或是独自一人——搭起帐篷，看着燃烧的篝火。他们停下来睡一夜，或者一停就是几年，然后继续上路——尽管他们既不知自己要去何方，也不知为何要去……他们一直坚持着。许多年过去了，他们发现自己仍在黑暗中伸手摸索。"《纽约时报》的书评人直言自己对宗教和自然都不感兴趣，当然也就对此书大加批评。其他书评人则认为此书"激情热烈，充满人性"，当属"炫目的成功之作"。在本书开篇，迪拉德援引伊文·康奈尔的文字："在每一种文明中，都有关于'旅人'传说的记载。这些传说被一再传颂，被不断赋予新的

---

① 梅斯特·埃克哈特（Meister Eckhart, 1260—1328），中世纪德意志著名的神学家和神秘主义哲学家。

体裁、新的象征、新的苦痛与新的力量。"有一次迪拉德和一个同伴开车经过康涅狄格州，车行驶在一座古老的石头铁路桥下。桥这头漆着"耶稣即主"的大字，另一头则漆着"生命不息摇滚不止"，她说："这完全概括了我的人生哲学。"

安妮·迪拉德的所有作品自首版以来均在不断销售。大部分被翻译成法语、德语、意大利语、荷兰语、瑞典语、汉语、日语和韩语，也在英国出版。她有三部作品名列二十世纪最佳美国作品的四个不同榜单。截至本文写作之时，她的作品所获奖项包括普利策奖（1975，非虚构），两次"宽德罗"奖（法国的一个最佳法语译本奖），美国艺术与文学学院的文学奖，古根海姆奖金和美国艺术基金会奖金。她的作品曾以多种形式配乐，成为戏剧、歌剧，以及不计其数的油画和雕塑表现的主题。她从未在电视节目中露过面，也不允许自己的作品被改编成电影。她说，自己的作品只能作为文学作品，否则毫无意义。巴克敏斯特·富勒先前说过，她的写作"以自然大师的手笔写尽种种细微美丽，远远超出当今其他作家"。《听客溪的朝圣》出版近三十年来，迪拉德的声名稳步增长，在美国一流文学家的行列中，她应能永保一席之地。